KB266082

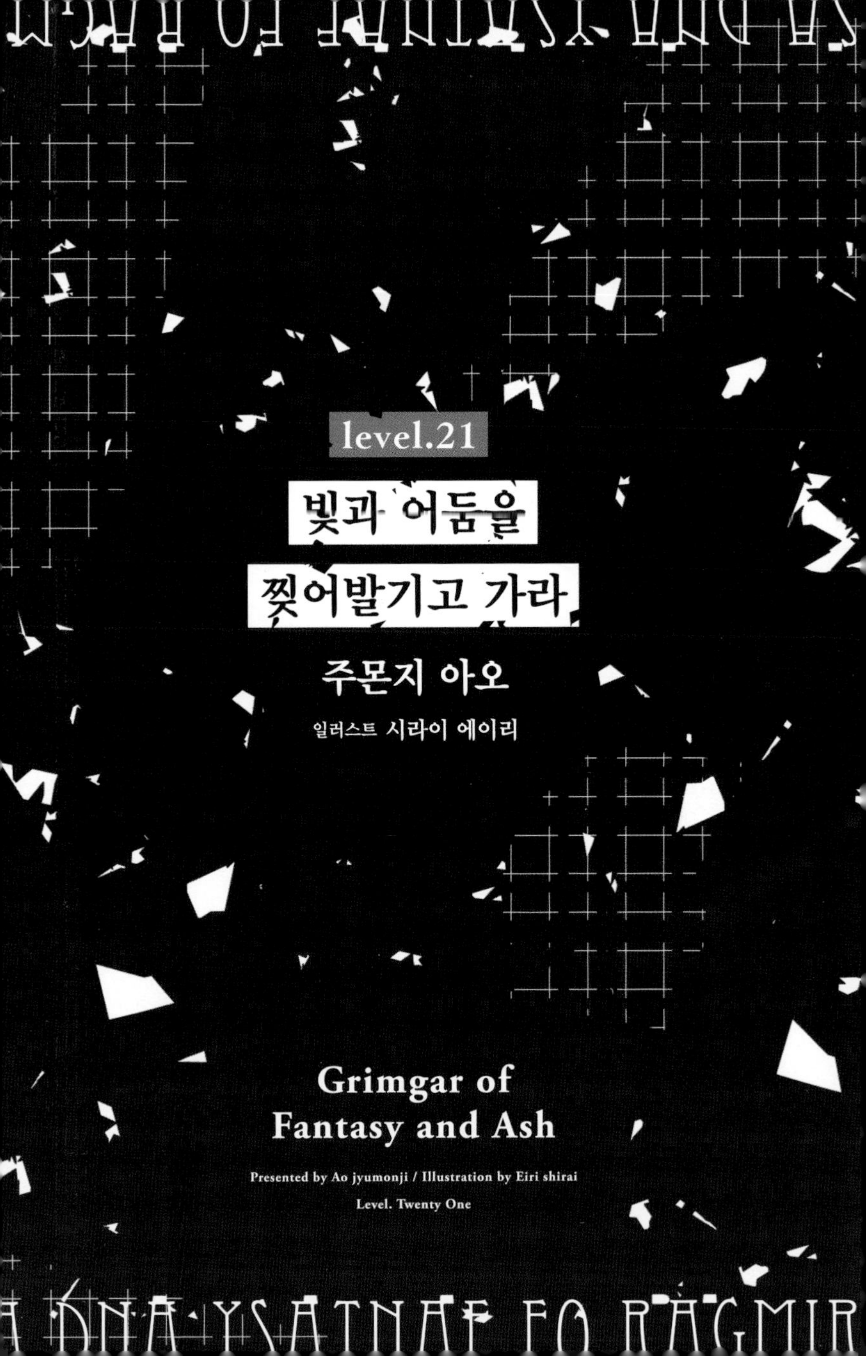

level.21

빛과 어둠을
찢어발기고 가라

주문지 아오

일러스트 시라이 에이리

Grimgar of
Fantasy and Ash

Presented by Ao jyumonji / Illustration by Eiri shirai

Level. Twenty One

"…다른, 세계. 그림, 갈…."

"네가 있던 곳과는, 다른 세계다.
그림갈이라고 불린다."

리요
란타와 유메의 자손.
요리의 여동생.

요리
란타와 유메의 자손.
리요의 언니.

재와 환상의 그림갈 level. 21

주몬지 아오

1. 웃고 싶으면 웃으면 돼

그날 아침은 추워서 잠에서 깼다.

텐트 안은 차갑고 습했다. 아빠도, 엄마도 없다. 먼저 일어나서 밖으로 나갔겠지. 조금이라도 온기를 느끼려고 낡아빠진 담요를 머리까지 뒤집어썼더니, 출입구 천막이 열리는 기척이 났다. 아빠인지 엄마인지 텐트에 들어왔다. 담요 위에서 꼭 껴안기에, 엄마라는 것을 알았다.

"있잖아, 마나토. 아빠랑 이야기해 봤는데. 도시로 가기로 했어."

엄마가 그렇게 말했을 때, 어떻게 생각했었더라? 마나토는 잘 기억나지 않는다. 하지만 도시에 간다는 것을, 도시에서 산다는 뜻으로는 이해하지는 않았던 것 같은 느낌이 든다. 그전에도 도시에 가는 일은 있었고.

아빠와 엄마는 헌터였다. 헌터라는 것은, 활이나 석궁, 창이나 나이프로 짐승을 죽이기도 하고, 물고기를 잡기도 하고, 그물망 같은 것을 설치해서 잡기도 하고, 나무 열매나 과일, 버섯, 산나물, 향초, 약초 등을 캐면서 이리저리 이동하면서 지내는 사람들을 말한다.

마나토도 철이 든 후에는 자기 나이프를 갖게 되었고, 어떤 것이 먹을 수 있는 나무 열매인지, 어떤 버섯과 식물이 확실히 위험한지, 주의해야 할 벌레, 뱀, 등등, 최소한의 정보는 자기도 모르는 사이에 알게 되었다. 아빠나 엄마가 가르쳐주신 것이겠지. 모르는 것은 두 사람한테 물어봤다. 엄마는 매번 친절하게 대답해주었지만 아빠는, 스스로 확인해 봐, 라고 말한 적도 있다. 아주 조금 찢어서 핥아 보고, 아무렇지 않으면 입안에 넣어보고, 시간이 지나도 특별한 일이 일어나지 않으면 대개는 괜찮다거나, 그렇게 알아내는 방식도 마나토는 어릴 때부터 터득했다.

헌터는 마나토 가족 말고도 있었다. 대물을 노리는 경우나 사냥감을 무리째로 잡으려고 할 때는 다른 헌터들과 협동하는 일도 있었다. 단, 장기간 다른 헌터들과 행동을 같이하는 일은 없었다. 여러 번 협조했던 헌터도 있지만, 얼굴은 대충밖에, 이름은 전혀 기억나지 않는다.

헌터들이 들르는 집락을 마나토는 몇 군데인가 기억한다. 그런 집락에는 10채 정도의 집이 있었고, 작은 밭이 있고, 언제 죽어도 이상할 것 없는 노인들이 살았다. 온천이 나오는 집락도 있었다. 그 집락은 도시 사람들에게 습격당하고 그들이 점령해 버렸다고 한다.

도시는 집락보다 크다. 훨씬 크다. 셀 수 없을 정도로 많은 집들이 있고, 사람들이 많다. 썩어날 정도로 많다. 거리에는 장이 서고 물건을 팔거나 살 수 있다. 헌터는 그런 종류의 시장에서 모피나 고기를 팔고, 직물 옷이나 나이프나 못이나 접착제 등 스스로 만들 수 없는 물자들을 얻는 것이다. 하지만 볼일을 다 보면 오래 머무르지는 않는다. 도시에서 사는 놈들은 헌터를 무시하고, 경계하기도 했다. 빨리 뜨는 게 좋다.

아빠와 엄마는 헌터였고, 그러니까 마나토도 헌터였다.

도시에 가기로 했다.

또 도시에 가는 것이다.

마나토는 그 정도로 받아들였다.

착각이었다.

큰 착각이었다.

아빠와 엄마를 따라, 먼저 니코우라는 도시로 갔다. 니코우에는 전에도 와본 적이 있는데, 토쇼군이라는 번쩍거리는 건물을 멀리에서 구경했었다. 그런데 목적지는 니코우가 아니었다. 마나토네 가족은 니코우를 그냥 지나쳐, 거기서부터 한나절을 걸어 츠노미야라는 도시에 도착했다.

츠노미야는 처음 와봤다. 한 번도 본 적 없을 정도로 큰 거리였다. 여기저기가 다 건물투성이였고, 아무리 좁은 골목에도 사람이 있었다. 틀림없이 엄청난 수의 인간이 살고 있을 텐데도, 길가나 도로에 시체가 굴러다니지 않는 것이다. 거리에는 파리가 꼬인 시체가 있기 마련인데, 까마귀는 많았지만, 뭐든지 먹어 치우는 개나 돼지는 얼쩡거리지 않았다. 뭉게뭉게 검은 연기를 뿜어내는 괴물 같은 건물이 몇 채나 있었고, 도시 전체가 흐릿한 연기로 가득 차 있었다. 사람들의 이야기 소리나 호통치는 소리나 외치는 소리, 거기에 뭔지 알 수 없는 소리들로 아무튼 시끄러웠다.

츠노미야에는 철조망으로 둘러싸인 하치마야 공원이라는 장소가 있는데, 강철로 된 튼튼한 문 앞에 믿을 수 없을 정도로 긴 행렬이 있었다. 아빠와 엄마가 그 줄에 서 있는 동안 마나토는 어딘가에서 시간을 보내야만 했다. 그래도 배는 고팠지만 지루하지는 않았다. 마나토와 마찬가지로 부모가 줄 서 있는 동안 기다리는 아이들이 수십 명이나 있었기 때문이다. 마나토는 그 애들과 대충 어울리며, 서로에 대한 것을 이야기하기도 하고, 츠노미야에 관해서 배우기도 하고, 물건을 주우며 돌아다니기도 했다.

츠노미야를 관리하는 보스는 시장이라고 불리는데, 그 녀석은 야쿠자인 모양이다.

야쿠자는 마나토도 알고 있었다. 야쿠자는 머리를 밀거나, 이상한 색으로 물들이거나 하고, 반드시 문신을 한다. 화려한 옷을 입고, 마치 보란 듯이 무기를 들고 있고, 여러 명이 몰려다니기 때문에 금방 알 수 있다. 거리에서는 특히 조심해야 한다. 무서운 놈들이다. 야쿠자에게 잘못 보이면 무슨 짓을 당할지 모른다.

도시의 보스가, 야쿠자?

어떻게 된 일이지?

야쿠자는 위험하고 나쁜 놈들이라고 마나토는 생각했기 때문에 의외였으나, 실은 그렇게 드문 일도 아니었다. 흔히 있는 일인 모양이다. 다들 그렇게 말했다.

아빠와 엄마는 꼬박 이틀 가까이 줄을 서서 간신히 야쿠자 시장을 만날 수가 있었다. 뭐, 만났다고는 해도, 면담한 것은 시장 본인이 아니라 대리인 야쿠자인 모양이지만, 아빠와 엄마는 츠노미야에서 살고 싶다고 그 녀석에게 부탁했다. 그래서 오케이, 좋아, 라고 해서, 시민 등록인지 하는 수속을 마친 자에게는 야쿠자 시장이 일과 합숙소를 배당해 주는 것이다.

합숙소라는 것은, 시영단지라고 불리는 집합주택 중 하나다. 텐트보다는 훨씬 크지만, 천장이 낮고, 마나토는 괜찮았지만, 아빠와 엄마는 똑바로 서면 머리가 부딪친다.

일에 관해서는 물어봐도 자세히는 가르쳐주지 않았지만, 해가 뜨면 아빠도 엄마도 합숙소를 나가 밤이 되면 돌아왔다. 두 사람은 아무래도 저 뭉게뭉게 검은 연기를 피워올리는 괴물 같은 건물에 다니는 모양이었다. 그 건물은 공장, 이라는 이름이라고 한다. 공장에는 작업반장이라는 야쿠자가 있고, 그 녀석이 명령한 일을 시키는 대로 하는 모양이다. 이것을 노동, 이라고 부른다고 한다. 노동하는 것이 아빠와 엄마의 일인 모양이다. 도중에 휴식 시간이 한 번 있고, 밥도 나온다. 그럭저럭 먹을 만한 밥이라고 아빠는 말했다.

노동이라는 이름의 일이 끝나면 종이 표를 받는다.

그냥 종이 조각이 아니다. 금권. 돈이다.

돈은 츠노미야와 그 주변에서 물건과 교환할 수 있으니까, 아빠와 엄마는 그것으로 먹을 것을 구해 합숙소로 갖고 온다. 츠노미야 시장에서는 고기나 야채, 과일뿐만이 아니라 맛이 진한 국물이나 면류, 죽, 경단 같은 것이나, 선어물이나, 튀김, 꼬치구이 등 여러 가지 먹을 것을 잔뜩 팔고 있다. 자기 전에 오일 램프를 켜고 함께 밥을 먹는 것이 제일 큰 즐거움이었다.

단, 아빠도 엄마도 그리 많이 먹지는 않았다. 아주 조금만 입을 대고, 나머지는 마나토에게 먹였다. 아빠와 엄마가 공장에 가 있는 동안, 마나토는 야쿠자에게 시비 걸리지 않도록 주의하면서 츠노미야 거리를 어슬렁거리며, 먹을 수 있을 만한 것을 발견하면 뭐든지 입에 넣었다. 그래도 기본적으로는 언제나 배가 고팠기 때문에, 아빠와 엄마는 그를 생각해 준 것일 거다.

그뿐만이 아니라, 두 사람 다, 그리 많이 먹을 수 없는 사정도 있었다.

헌터 시절부터 두 사람은 때때로 발을 질질 끌었고, 아빠는 왼손의 악력이 거의 없었다. 엄마는 양 팔꿈치와 오른쪽 손목, 왼쪽 무릎이 특히 나쁜 것 같았다. 가끔씩 아빠나 엄마의 이빨이 빠지면, 다 같이 웃으며 넘어갔었지만, 잘 생각해 보면, 이빨이 적어지면 음식을 제대로 씹을 수가 없다. 합숙소에 살게 되고 나서 두 사람은 많이 말랐다. 사실 그 전부터 두 사람은 말랐었다.

헌터는 덫사냥 때 말고는 직접 사냥감을 쫓아다녀야 하고, 그럴 때 두 사람은 고생했다. 마나토가 필사적으로 사냥감을 몰아 두 사람이 기다리는 곳으로 유도하기도 했다. 사냥감이 갑자기 반격해와서 위험했던 적도 있었다. 아빠가 구해줬다. 마나토는 기뻤고, 오히려 즐거웠을 정도지만, 두 사람은 간담이 서늘했던 모양이다.

아빠와 엄마는 이제 헌터 생활은 무리라고 느끼고, 츠노미야 거리에서 살기로 한 것이었다.

두 사람 다 조만간 죽을 거다. 분명 그리 길지는 않을 것이다.

마나토는 그렇게 생각했을 뿐, 입 밖에 내서 말하지는 않았다. 아빠도 엄마도, 자신들은 죽을 것이라는 말을 하지 않았기 때문이다. 아마도 죽는 것은 어쩔 수 없다고, 두 사람 다 생각했겠지. 누구나, 무엇이든, 살아있으면 죽는다. 생물이라면 죽는 것은 당연하다. 하지만 마나토가 있어서 두 사람은 걱정스러운 건지도 모른다. 마나토도 언젠가 죽겠지만, 그때까지 어떻게 해서 살아가면 좋을지. 혼자서 헌터 생활을 하는 것은 어렵고. 어떤 헌터도 최소 2인조다. 가능하면 세 명은 있는 게 좋다. 4, 5명 있으면 훨씬 편하다.

도시에서라면 마나토 혼자라도 살아갈 수 있지 않을까?

그렇게 생각해서 아빠와 엄마는 츠노미야 거리에서 살기로 한 것이 틀림없었다.

†

어느 날 엄마가 신문이라는 종이를 가져와서 거기에 적힌 글자를 읽어주었다. 엄마는 글자를 읽을 수 있다며 아빠는 자랑스러워했다. 아빠는 숫자를 나타내는 글자와, 그밖에 몇 가지 글자만 외우는 정도였고, 글자들이 이어져 있는 문장은 읽지 못한다. 엄마는 머리가 좋다며, 아빠는 이빨이 없는 쭈글쭈글한 얼굴에 한껏 주름을 잡으며 웃었다.

어느 날, 엄마가 책이라고 하는 종이 다발을 사 왔다. 종이가 흩어지지 않는 것이 신기했다. 모든 종이에 글자가 빼곡히 채워져 있었다. 옛날에 읽은 적이 있는 책이라고 엄마는 말했다. 줄곧 다시 한번 읽어보고 싶었다고 한다. 그래서 이삐기 차곡차곡 돈을 모아 엄마에게 사다 주었다. 엄마는 울면서 기뻐했다. 울면 글자가 보이지 않고 책이 젖어버릴 테니 난처하다며 엄마는 웃었다. 읽고 싶고, 읽을 수 있는데도, 읽을 수 없다니. 마나토와 아빠도 크게 웃었다.

어느 날 엄마가 마나토에게 글을 가르쳐주었다. 아빠와 엄마가 일을 하러 나간 사이에 마나토는 밖에 잘 나가지 않고 합숙소에서 신문이나 엄마의 책을 보게 되었다. 배가 너무나 고팠지만, 마나토가 글자를 익혔다며 엄마가 기뻐해 준다. 엄마가 기뻐하면 아빠도 기뻐한다. 아빠도 엄마도 조만간 죽으니까, 살아있는 동안에 조금이라도 기쁘게 해주고 싶었다.

어느 날 아빠가 침상에서 일어나지 못했다. 엄마도 힘든 것 같았지만, 간신히 공장에 갔다. 엄마는 오면서 따뜻한 국물을 사 왔다. 아빠는 먹을 수 있을 리가 없다며 웃었고, 마나토, 대신 네가 먹어라, 라고 말했다. 마나토가 국물을 홀짝거리고 있노라니, 맛있냐? 라고 아빠가 물었다. 응, 맛있어. 마나토가 대답하자, 아빠는 웃었다. 그래, 맛있구나, 다행이다. 마나토도 진심으로 맛있고 다행이

라고 생각했다. 엄마도 웃었다. 다행이네. 다행이다. 다행이다. 다
함께 웃을 수 있을 만큼 웃었다. 아빠는 이제 곧 죽으니까, 지금 웃
어두는 게 좋다.

오일 램프를 끄고 한가운데 누운 아빠 좌우에서 엄마와 마나토가
달라붙어서 자려고 했더니 합숙소에 야쿠자가 쳐들어왔다.

"야, 왜 멋대로 일을 쉰 거냐? 장난해? 인마. 그냥 넘어갈 거라고
생각하는 건가? 이 새끼. 그럴 리 없잖아. 바보 놈아."

야쿠자는 빛을 내뿜는 도구를 들고 있었다. 그 도구로 방 안을 비
춰 상황을 확인하더니, 담요 위에서 아빠를 짓밟았다.

"뭐냐? 인마. 애새끼가 있잖아. 애가 있으면 애도 일을 시켜야지,
인마. 애비가 일을 못 하면 그만큼 자식이 일하면 되잖아. 그것도
모르는 건가? 너 바보냐? 바보 놈."

마나토가 야쿠자한테 덤벼들려고 했더니 엄마가 꽉 붙잡고 말렸
다. 아빠는 저항하지도, 비명을 지르지도, 신음을 내지도, 몸을 뒤
척이지조차 못했다.

"잘 들어, 인마. 내일은 나와, 인마. 안 나오면 어떻게 될지 알고
있겠지? 엉?"

야쿠자도 아빠를 발로 마구 차거나 하지는 않았다. 담요 위에서
아빠 몸 위에 발을 올려놓고 짓누를 뿐이었다.

"그리고 너 인마, 애새끼도 시민 등록시켜. 팔팔해 보이는 애잖
아. 애한테 일을 시키라고, 일을. 참 내. 불법 주민이 끊이지 않아서
이쪽은 난처하다고. 너무 곤란하게 만들지 말아 달라고. 알겠어?
바보 놈."

야쿠자가 나가고 조용해지자, 아빠가 웃음을 터뜨렸다. 저 야쿠

자, 천장에 몇 번이나 머리를 부딪쳤었어. 그래, 맞아, 라고 엄마도 웃었다. 합숙소 천장이 낮다는 건 알고 있을 텐데, 머리를 부딪쳤다. 바보는 그쪽이잖아. 마나토도 웃음이 나왔다.

한가운데에 누운 아빠한테 마나토와 엄마가 또 달라붙자, 아빠는 괜찮아, 라고 말했다. 하루 쉬었으니까, 좋아져서 내일은 일하러 갈 수 있어. 괜찮아.

하지만 다음날도 아빠는 일어나지 못했고, 엄마도 기어서밖에는 움직일 수가 없게 되었다. 엄마는 그래도 일하러 가려고 했지만, 이번에는 마나토가 자정하고 말렸다. 하긴 이래서는 어차피 일을 할 수가 없을 테니, 라고 엄마는 웃었다.

마나토도 하치마야 공원 철문 앞에서 줄을 서서 시민 등록을 하는 게 좋을지도 모른다. 그렇게 생각하고 의논해 봤지만, 아빠는 으음… 하고 신음할 뿐이었고, 엄마도 고개를 가로저으며, 됐어, 됐어, 라고 대답하는 게 고작인 것 같았다. 밤이 되자 어제 그 야쿠자가 또 나타났다.

야쿠자는 아빠도 엄마도 발로 차지 않고, 마나토를 합숙소 밖으로 끌고 나갔다. 합숙소 문이 줄지어 있는 시영단지 복도는 두 명이 스쳐 지나치는 게 고작일 정도로 좁지만, 천장은 야쿠자가 서도 부딪치지 않을 정도로는 높았다.

"잘 들어, 애송이."

야쿠자는 마나토에게 어깨동무를 하며 작은 목소리로 말했다. 엄청나게 자극이 강한 구취에 코가 비뚤어질 것 같았다.

"다른 말은 안 할 테니까, 제대로 시민 등록을 하고 일거리를 받아. 너라면 오래 일할 수 있어. 네 아빠와 엄마는 이제 틀렸어. 놈들이 뒈지면 말이지, 이 합숙소는 다른 시민에게 배당될 거니까. 아빠와 엄마가 너를 데리고 츠노미야에 온 의미를 생각해 봐. 알겠어?"

"입 냄새 나."

견디지 못하고 말했다가 야쿠자에게 얻어맞았다.

"애새끼. 망할. 나는 이쪽 담당이니까, 또 상황을 보러 온다. 네 아빠랑 엄마가 죽으면 시청에 보고해야 한다. 시체는 시청의 다른 부서가 처리할 거니까. 너는 시민 등록을 하고 시장님을 위해 열심히 일해. 떳떳하게 살아. 네 아빠와 엄마도 분명 그걸 바랄 거야. 너를 위해서는 그게 제일이니까. 그게 아니라면 츠노미야에 오지 않았을 테니. 안 그래?"

다음날 일어나보니 아빠가 차갑게 식어 있었다. 엄마는 마나토보다 먼저 그 사실을 깨달은 모양이지만, 말하지 않았다. 마나토가 곤히 자길래 깨우고 싶지 않았어. 엄마는 그렇게 말하고 아주 살짝 웃었다.

밤, 야쿠자가 합숙소 문을 두드렸다. 들어오지는 않았다. 마나토가 문을 열자, 슬슬 죽었나? 라고 물었다. 아직, 이라고 대답하자, 그러냐, 라고만 말하고, 야쿠자는 돌아갔다.

그다음 날, 엄마는 숨은 쉬고 있었지만, 눈을 감은 채로 마나토가 말을 걸어도 대답하지 않았다. 합숙소 안을 엄청난 수의 파리가 날아다녀, 때려잡아도 때려잡아도 한이 없었다.

밤, 야쿠자가 합숙소 방문을 두드렸다. 마나토는 문을 아주 조금만 열고, 아직이야, 라고만 말하고 닫았다. 야쿠자는 한동안 복도에 있었던 모양이지만, 몇 번인가 문을 발로 찼을 뿐, 그 이상은 아무 짓도 하지 않고 돌아갔다.

그 다음 날, 마나토는 잠들 수가 없었다. 동이 트기 전에 엄마의 호흡이 완전히 멎었다. 죽고 나서야 엄마가 아빠와 손을 잡고 있었다는 것을 알았다.

파리 떼를 쫓아내지도 않고, 마나토는 생각했다. 야쿠자가 말한 것처럼 시민 등록을 하는 게 좋을까? 아빠랑 엄마가 죽었다는 사실은 금방 들통난다. 여기에는 있을 수 없다. 츠노미야 시민이 되어, 시장을 위해 공장에서 매일 노동한다. 휴식 시간은 한번. 밥을 얻어 먹는다. 그리고 돈을 받는다. 그 돈으로 밥을 사 먹는다. 가끔 신문이나 책을 사서 읽고 쓰는 것을 배운다.

마나토는 합숙소에서 아빠 시체를 질질 끌어냈다.

엄마 시체도 마찬가지로 밖으로 옮겼다.

꽤 힘들었지만, 두 사람 다 죽을 때쯤에는 몸이 꽤 작아졌으니까, 마나토 혼자서도 어떻게든 옮길 수 있었다.

그리고 아빠와 엄마 시체를 시영단지 앞에 나란히 눕히고, 손을 맞잡게 해줬다.

잠시 망설였지만, 신문과 책은 엄마 가슴 위에 놓았다.

"그럼, 갈게. 아빠, 엄마."

두 사람에게 웃어 보이고 나서, 시영단지를 나가 마나토는 북쪽을 향해 걸어갔다. 헌터였던 시절에 사용했던 등짐 주머니 안에 자기 나이프와 망치, 부싯돌, 못 몇 개, 캔에 든 접착제 등등 최소한의 도구는 들어 있었으니까, 분명 살아갈 수는 있을 거다. 살아갈 수 없다면 죽으면 그만이다.

밝아지기 전에 츠노미야 거리를 나갈 생각이었으나, 길이 울타리로 봉쇄되어 있고 야쿠자들이 경비를 서고 있었다. 츠노미야에 들어올 때는 야쿠자들은 있었던 것 같긴 하지만 울타리 같은 건 없었다. 아무래도 울타리는 열고 닫을 수 있는 모양이다. 밤에는 닫아서 함부로 지나다닐 수 없게 해둔 것 같다.

울타리를 지키는 야쿠자들에게 사정하면 지나가게 해주지 않을까? 무리겠지. 돈을 지불하면, 어쩌면 내보내 줄지도 모른다. 하지만 마나토는 돈을 갖고 있지 않았다.

어쩔 수 없이 길가에 앉아 울타리가 열리기를 기다리고 있노라니, 야쿠자가 다가왔다.

"애새끼, 거기서 뭘 하고 자빠졌어? 엉? 츠노미야를 나가려고? 이 새끼야, 너 인마, 뭘 저질렀구먼? 어이, 이리 좀 와봐, 망할 애새끼."

잡힐 뻔해서 마나토는 도망쳤다. 도망치니 야쿠자들이 쫓아왔다. 추적자 야쿠자는 점점 늘어났다. 합숙소를 찾아왔던, 지독하게 구취가 심한 야쿠자의 모습도 보였다. 한번, 몇 명의 야쿠자에게 포위되어 엉망진창으로 얻어맞았지만, 빈틈을 노려 간신히 도망쳤다. 길은 어디나 다 야쿠자투성이인 것 같아서, 마나토는 개천으로 뛰어들었다. 개천에 걸려 있는 다리 밑에 구멍이 있었다. 마나토조차도 웅크리지 않으면 들어가지 못할 것 같은 구멍이었다. 그래도 구멍은 한참 이어져 있었다. 캄캄하고, 야쿠자의 구취보다도 냄새가 심하고, 여러 가지 것들이 꿈틀거렸다.

"얼간이!"

어둠 저편에서 누군가가 소리쳤다. 톤이 높은 목소리였다.

"……어?"

영문을 모르겠다. 마나토가 멈춰 서자, 톤이 높은 목소리가 "동료가 아니야!" 라고 외쳤다.

"야, 해치워!"

뭔가가 밀어닥치고, 마나토는 눈 깜짝할 사이에 뭔가에 칭칭 감겨, 더러운 흙탕물에 빠졌다. 깊이는 무릎보다 훨씬 낮았지만, 위에서 눌러대니 흙탕물이 입과 코로 들어왔다. 숨을 쉴 수 없게 되어 마나토는 필사적으로 버둥거렸다. 잠시 후에 아무것도 알 수 없게 되었다.

†

눈을 떠보니, 몸도 머리카락도 옷도 축축하긴 했지만, 흙탕물 속은 아니었다. 마나토는 손목과 발목을 묶여 딱딱한 바닥 위에 누워 있었다. 그곳은 캄캄하지 않았다. 불빛이 있었다. 장작불이다. 헌터 생활을 하던 무렵에는 종종 아빠, 엄마와 셋이서 모닥불을 둘러싸고 있었다. 하지만 아무래도 여기는 야외는 아닌 모양이다.

마나토는 몇 명이나 되는 인간들에게 에워싸였고, 그들이 내려다보고 있었다.

"원래는 죽였어. 넌 아직 애니까 안 죽인 거야."

"너희들 뭐야? 야쿠자?"

"아니야. 야쿠자일 리가 없잖아. 너도 야쿠자가 아니구나."

"야쿠자한테 쫓기고, 얻어맞았어."

"뭘 한 거야?"

"아무것도. 츠노미야를 나가려고 했을 뿐이야."

"왜 츠노미야를 나가고 싶은데?"

"아빠랑 엄마가 죽어서 이제 합숙소에 있을 수 없게 되었고, 시민 등록하고 일하는 것은 싫어서."

"그건 우리도 그래. 다들 아빠나 엄마가 공장에서 일하다가 죽어 버렸어."

"그럼 똑같네."

거기에는 일곱 명이 있었다. 마나토를 포함하면 여덟 명이다. 다소 체격이 다르거나, 남자거나, 여자거나 했으나, 대개 비슷한 처지였고, 모두 부모가 없었다. 얼간이, 라고 말하면 카나리아, 라고 대답하는 암호인데, 정확히 대답하지 못하는 녀석은 동료가 아니다. 카나리아, 라는 것은 새 이름인 모양이다. 어떤 새인지는 아무도 몰랐다. 서로 의논하다가 대충 정한 모양이다.

카나리아들은, 개천 옆 구멍이나 맨홀 안, 방법을 생각해 내지 못하면 빠져나갈 수 없는 건물과 건물 사이, 붕괴 직전이라 야쿠자가 출입을 금지한 빌딩 등을 거처로 삼고 있었다. 한곳에 머물러 있으면 야쿠자한테 들켜, 최악의 경우에는 죽을 테니까, 여기저기 이동하면서 생활하고 있다.

밥은 주로 시장에서 조달한다. 돈은 갖고 있지 않아서 노점에 진열된 음식을, 훔칠 수 있으면 훔친다. 하지만 들키면 야쿠자가 몰려오고 그들에게 쫓겨 다닐 테니까, 아주 조심하지 않으면 안 된다. 노리는 것은 먹다 남긴 것, 팔다 남은 음식, 변질되어 가는 것들이다. 그리고 시장 뒤쪽에 늘어선 전용 궤짝에 쓰레기로 버린다. 쓰레기라도 뭔가 쓸데가 있는 모양으로, 이틀 걸러 한 번씩 시청의 야쿠자가 수집하러 온다. 그전에 먹을 수 있을 만한 쓰레기를 회수한다.

단, 쓰레기는 경쟁이 심하다.

츠노미야에서 카나리아들 같은 생활을 하는 자들은 꽤 있었고, 어린아이 집단뿐만이 아니라 여러 조의 어른들도 있다거나 한다. 다들 먹을 수 있는 쓰레기를 찾으니까, 아무래도 서로 뺏고 빼앗기게 된다. 싸우는 일도 있지만, 너무 소란을 피우면 야쿠자가 날아올 테니 적당히 해야 한다. 적당히 하고 싶어도, 상대방이 작정하고 덤비면 반격하는 수밖에 없다. 그래서 크게 다친 카나리아가 한 명 있었는데, 움직일 수 없게 되어 그대로 죽었다. 카나리아들은 마나토를 포함해서 일곱 명이 되었다.

맥 닝노 님는 야쿠자들이 '도빌 직진'을 결행했을 때는, 쓰레기 모으는 자들이 엄청나게 많이 살해당했다. 카나리아도 한 명, 야쿠자에게 잡혀 몽둥이찜질을 당했고, 엉망진창이 된 시체가 시장 한복판에 걸렸다.

여섯 명이 된 카나리아들은 마침내 츠노미야를 나가기로 했다. 들어올 때는 그렇지도 않은데, 나가려고 하면 여기저기에 야쿠자가 있거나, 울타리가 있거나 해서, 상당히 어려웠다. 카나리아들 외에도 츠노미야를 나가고 싶어 하는 자들이 있어서, 그들과 손을 잡자는 이야기도 나왔다. 하지만 그 녀석들중에 배신자가 있어서 야쿠자한테 밀고했다. 결국, 밀고한 놈도 포함해서, 그 녀석들은 몰살당했다.

최종적으로는 한낮, 사람들이 많이 츠노미야로 우르르 들어올 때, 여섯 명이 단숨에 돌파했다. 야쿠자들에게 한참 동안 쫓겼으나, 간신히 따돌렸다.

여섯 명 있으면 어떻게든 된다. 마나토는 그렇게 생각했다. 몸이 안 좋았던 아빠와 엄마, 마나토 셋이서도 헌터 생활을 할 수 있었다. 카나리아들은 여섯 명이나 있고, 게다가 아직 젊다. 태어난 지 몇 년 하고 며칠 지났는지 확실히 아는 카나리아는 한 명도 없었지만, 아마도 10년 정도겠지.

준츠아는 아는 게 많고, 독서도 제법 할 수 있는 편이다. 그 준츠아가 하는 말로는, 인간은 30년 살면 꽤 장수한 편이라고 한다. 그렇다는 것은, 대충 견적을 잡아도, 모두 적어도 앞으로 10년은 살 수 있을 것이다. 하긴 10년 후에는 아빠와 엄마처럼 이빨이 빠지기 시작할지도 모른다. 쪼글쪼글해지고, 점점 팔이나 다리가 움직이지 않게 된다. 제대로 먹을 수 없게 되면, 머지않아 죽어버린다.

아무라는 여자애는 머리카락이 새 둥지 같았고, 어떤 야쿠자한테 얻어맞아 빠진 앞니를 신경 썼었다.

"야쿠자는 오래 살아. 츠노미야 시장은 35살이래. 35년이나 살아 있대. 대단하지 않아?"

아무는 다른 야쿠자와 사귀고 싶었다는데, 빠진 앞니를 비웃음당해서 화가 나서 돌을 던졌다가, 맞은 상대가 격분해서 발로 걷어찼다고 한다.

마나토는 아무의 앞니가 빠진 채로 새로 나지 않는 것이 신기했다. 어째서 그 앞니는 새로 나지 않는 건지 물었더니, 어릴 때 이가 빠지고 새로 난 어른의 치아는, 빠지면 다시 나지 않는다고 준츠아가 가르쳐주었다. 분명히 아빠도 엄마도 이빨이 빠지고 다시 나지 않았다. 단, 마나토도 다쳐서 몇 개인가 이빨이 빠졌던 적은 있지만, 금방 다시 생겨났다. 그 사실을 말하자, 모두 꽤 놀랐지만, 준츠아만은 놀라지 않았다.

"들은 적이 있어. 가끔 그런 사람이 있다고. 마나토는 그거구나."

"그거가 뭔데?"

"왜인지 몰라도, 그런 녀석이 있대."

츠노미야를 나간 후에, 왼쪽 눈만 보이는 네이카가 입버릇처럼 말하게 되었다.

"일본은 넓으니까, 이왕이면 멀리 가자."

처음에 마나토는 일본이라는 것이 무슨 말인지 몰랐다. 네이카의 말로는, 일본은 이 세계를 말하는 것이라고 한다. 이 세계는 일본이고, 일본은 넓다고. 준츠아는 한번, 일본 전체의 낡은 지도를 본 적이 있다고 한다. 일본은 북쪽으로도 남쪽으로도 한참 펼쳐져 있는 육지고, 거기서 떨어진 섬도 있는데, 그 섬도 일본이라고 한다.

멀리 갈지 말지는 둘째치고, 츠노미야에서 가급적 벗어나는 게 좋다. 거리라면 이제 진절머리 나고, 산이나 들에서 먹고 살려면 헌터 생활을 하는 수밖에 없다.

마나토가 카나리아들에게 헌터의 생활방식을 가르쳤다. 준츠아는 이해가 빨라서 무엇을 시켜도 금방 배웠고, 쑥쑥 숙달되었다. 준츠아는 체격도 좋았다. 제일 키가 크고, 분명 다른 아이들보다 몇 살 연상일 것이다.

"분명 내가 제일 일찍 죽을 거야."

때때로 준츠아는 싱긋 웃으며 그런 말을 했다.

"너희들 나보다 먼저 죽지 마."

여섯 명이 헌터 흉내를 내며 이동하면서 살다가, 카나리아 한 명이 열이 나더니 움직이지 못하게 되었다. 무엇을 먹여도 토해버리고, 점점 여위어갔다. 이건 죽겠구나, 라고 느낀 다음날, 역시 숨을 쉬지 않게 되었다.

죽은 카나리아를 어떻게 할지 다섯 명이서 의논했다. 어차피 이미 죽었으니 금방 부패한다. 근처에 대충 놓아두면 짐승이나 벌레가 먹어 치워 뼈밖에 남지 않을 것이다. 그걸로 된 거 아니냐고 마나토는 생각했고, 보이지 않는 오른쪽 눈을 천으로 덮어 가린 네이카도 찬성했지만, 다른 세 사람은 다른 의견을 갖고 있었다.

새 둥지 머리에 빠진 앞니를 신경 쓰는 아무는, 왠지 불쌍하잖아, 라고 말하는 것이었다.

"이대로 두고 그냥 우리만 어딘가로 가버리는 건, 뭐랄까, 불쌍해. 왜냐하면 같이 가고 싶었던 거잖아? 사실은. 죽었으니까 갈 수 없고, 데리고 가는 것도 무리지만. 썩을 거고. 하지만 이대로는 왠지, 불쌍해."

작별 인사를 하자, 라고 준츠아가 말을 꺼냈다.

"이 녀석은 죽었으니까, 우리가 무슨 말을 해도 들리지 않고, 아무가 말한 것처럼 데리고 갈 수도 없어. 어떻게 하는 게 좋을지 나도 모르지만, 아무것도 하지 않는 건 찜찜해."

바닥에 누워 죽어 있는 카나리아를, 살아남은 다섯 명이 둘러싸고 앉았다. 다섯 명이 죽은 카나리아에 관해서 이야기하는 동안에 까마귀들이 몰려들었다.

"저놈들, 너를 먹을 셈이다."

마나토는 그렇게 말하고 웃으려고 했지만, 웃을 기분이 들지 않았다. 눈앞에서 죽은 카나리아가 까마귀들에게 뜯어먹히는 것은 아무래도 싫었다. 다들 같은 생각이어서, 구덩이를 파서 죽은 카나리아를 묻어주면 어떨까? 라는 이야기가 나왔다. 그게 좋아. 그렇게 하자. 다섯 명이 땅을 파헤쳐, 바닥에 죽은 카나리아를 눕혀놓고 흙을 도로 덮으니, 이제 됐다 싶은 느낌이 들었다. 이게 맞아.

다섯 명의 카나리아는 헌터 생활을 이어가면서 여기저기 다녔다. 마나토 말고는 원래 헌터가 아니었으니까, 덥거나 춥거나 피곤하거나 졸리다거나, 불평이 많았다. 연장자인 준츠아조차도 때때로 힘든 것 같았다.

더운 계절에는 알몸이 되어도 더워서 견딜 수 없었고, 잠들 수 없을 정도로 추운 밤도 드물지 않았다. 비만 내리는 시기에는, 맑은 하늘이 보이다가도 갑자기 하늘이 어두운 구름으로 뒤덮이면서 캄캄해지고 소나기가 쏟아지기도도 한다. 비가 계속 내리면 강이 범람해서 여기저기가 침수되고, 온갖 곳이 질척질척하고, 제대로 걷는 것도 힘들다. 준츠아가 말했는데, 폭우로 물에 잠긴 거리가 몇 개나 있는 모양이다.

독기에 오염된 장소는, 나무들이나 지면의 상태가 이상하기도 하고, 새도 벌레도 없기도 해서, 평소에는 일목요연하게 알 수 있지만, 비가 심하게 내리면 구분하기 힘들다. 실수로 들어갔다가는 독기를 쐬게 되어 나쁜 병이 생긴다. 죽는 일도 있다고 한다.

게다가 숲속에는 절대로 손을 대선 안 될 곳이나, 갑자기 맞닥뜨리면 죽었다고 생각해야 할 짐승이 있다. 그런대로 꽤 있다.

특히 큰곰, 큰멧돼지, 큰원숭이는 위험하다. 헌터가 열 명 이상 모여도 간단히는 사냥할 수 없고, 큰원숭이는 무리 지어 다니니까, 한 마리라도 잡으면, 무리 전체를 적으로 돌리는 게 된다. 아빠와 엄마한테 들은 이야기인데, 큰원숭이 무리는 집락을 습격하고 인간을 잡아먹는 일도 있다고 한다.

그리고 또 큰살쾡이도 무섭다. 헌터들이 몇 명인가 함께 살다가 갑자기 한 명만 사라지는 일이 있다. 이것은 큰살쾡이의 소행이라고 여겨진다. 큰살쾡이는 야영하는 헌터들에게 소리도 없이 접근하여, 한 명만 납치해서 잡아먹는다. 한 명이 먹히면 며칠 후에 또 한 명이 먹힌다. 결국 한 명도 남지 않게 된다. 큰살쾡이는 그런 사냥 방식을 한다고 한다.

마나토는, 말하자면 태어날 때부터 헌터였기 때문에, 그냥 그런 것이라고 생각했다. 어쩔 수 없이 상대방한테 들키면, 그때는 정말 별수 없다.

아무리 조심해도 당할 때는 당한다. 일일이 겁내고 있을 수는 없다. 하지만 마나토 말고 다른 카나리아들은 아무래도 신경이 쓰이는 것이겠지.

특히 밤은 무서운 모양이다.

밤이라기보다, 밤의 숲이 무섭다. 항상 위험한 짐승들이 노리는 것 같아서, 좀처럼 푹 잘 수가 없다.

카나리아들은 폐허를 찾아다니게 되었다. 사람이 살지 않는 폐허에는 대개 살지 못할 이유가 있다.

지반이 약해서 여차하면 무너져서 생매장되어 버린다거나. 왜인지는 모르지만, 거기에 있으면 몸 상태가 나빠져서 생물이 접근하지 않는다거나. 큰원숭이 무리가 있다거나, 기차역을 큰곰이 거처로 삼고 있다거나. 사람도 위험한 짐승도 없는 폐허는 매우 드물지만, 전혀 없는 것은 아니다. 그런 장소에서 먹고 자며 헌터 생활을 하는 것이다.

사실, 폐허에 있으면 노리는 대상이 되기 쉽다. 폐허가 있으면 사람도 짐승도, 일단 들어가 본다. 뭔가 쓸만한 것이 없는지 찾아보거나, 지낼 만한 것 같으면 거기서 살려고 한다. 제대로 형태가 남아 있는 건물은 특히 요주의다. 헌터 정도라면 그나마 나은 편이고, 야쿠자 출신 부랑자 같은 놈들도 있는데, 그놈들은 짐승이 아니라 인간을 표적으로 삼는다.

메바시라는 큰 도시 남쪽에 대규모 폐허가 있는데, 카나리아들은 거기에서 죽어가던 야쿠자 출신과 마주쳤다.

그 야쿠자 출신은 동료에게 버림받고 빌딩 지하에서 널브러져 있었다. 지독하게 여위고, 두 다리가 썩고, 물웅덩이에 고인 흙탕물을 핥아먹는 것밖에 할 수 없어, 열흘도 버티지 못하고 죽을 것 같았다. 때마침 사슴고기를 잔뜩 갖고 있었기 때문에 마나토가 두 조각 정도 나눠주자, 몹시 고마워했다.

"나쁜 짓만 하며 살았는데, 죽기 직전에 사슴고기를 적선받다니. 마지막에 좋은 일이 있었으니까, 이제 언제 죽어도 여한은 없다. 고마워."

야쿠자 출신은, 나가노라는 큰 도시를 장악한 곤노도회인지 하는 야쿠자 조직에 소속했었다고 한다. 하지만 뭔가 의리 없는 짓을 저질러서 파문당한 탓에, 나가노에 있을 수 없게 되었다. 그래서, 마찬가지로 야쿠자 출신 낙오자들과 함께 집락이나 상단을 습격하거나, 작은 거리의 주민들을 납치하거나 해서, 인간을 잡아먹었다고 한다.

"그렇지. 보답이 될지는 모르지만, 좋은 걸 가르쳐주지. 메바시와 나가노 중간 정도에 카리자라는 장소가 있다. 카리자는 그런대로 이름이 알려졌으니까 알지도. 그래도 이건 처음 들을 걸. 카리자의 아주 깊숙한 구석 쪽에, 그럴싸한 집이 몇 채 남아 있어. 나는 언

젠가 거기서 살 생각이었다. 좋은 여자 만나서 말이야. 나만의 집을
손에 넣고, 거기에서 죽고 싶었다—."

†

카나리아들은 카리자를 목표로 정했다. 메바시에서부터 서쪽으
로 난 길을 따라 걸어가면 카리자라는 것은 금방 판명되었다. 진창
에 빠져 오도 가도 못하는 경트럭을 끌어내 줬더니, 그 운전수가 가
르쳐준 것이다. 트럭 운전수는 메바시와 나가노를 왕복하며 짐을
운반하는 모양이었다. 길에는 산적이 출몰하니까 조심하라고, 말할
필요도 없는 말을 해준다. 산적은 야쿠자 출신 낙오자랄까, 야쿠자
그 자체로, 지나가는 자를 습격해서 모조리 빼앗아 간다. 가까운 거
리에서 쓸 수 있는 돈을 지불하거나, 뭔가 가치 있는 물자를 넘기거
나 하면 봐준다고 하는데, 카나리아들은 돈 같은 건 갖고 있지 않았
다. 갖고 있는 것은 기본적으로 필요하니까 갖고 있는 것으로, 순순
히 내줄 수는 없는 것이다. 산적은 무기를 잔뜩 소지했다. 사람 수
도 많다. 싸워도 승산이 없으니 피하는 수밖에 없다.

카나리아들은 가급적 길에서 떨어져 산속으로 걸어갔다. 비가 자
주 오는 시기라서 카나리아 한 명이 열이 났다. 기침하고 계속 몸을
떨었다. 자기를 놓아두고 가라고 그 카나리아는 말했지만, 그럴 수
도 없어 마나토와 준츠아가 번갈아 가며 업고 걸었다. 그 카나리아
는 여자인 아무와 네이카보다도 몸집이 작았고, 가벼워서 괜찮다고
말해주자, 그럴 리가 없다며 기침하면서 웃었다.

작은 카나리아는 잘 웃는 카나리아였다. 어쩌면 마나토보다도 많

이 웃는 카나리아였다. 키는 작고, 어깨 폭이 좁고, 흉곽도 좁았지만, 손가락이 유난히 길고 손재주가 좋았다.

마나토가 업었을 때, 작은 카나리아는 속삭이는 것처럼, 츠노미야에서의 이야기, 츠노미야를 나온 후의 이야기를 했다. 그때는 고생했다거나, 최악이었다거나, 그런 것뿐이었지만, 마지막에는 반드시, 그래도 재미있었지—라고 말하며 작은 카나리아는 웃는다. 마나토가, 재미있었지, 라고 대답하며 웃으면, 작은 카나리아는 더 웃었다. 너무 웃다가 기침이 나서, 그 기침이 멎지 않아서, 웃기지 말아 달라고 불평하면서, 작은 카나리아는 웃었다. 그래서 또 기침을 했다.

작은 카나리아는 카리자까지 버티지 못했다. 비가 계속 와서 묻을 장소를 찾느라 고생했다. 나무뿌리 근처의 물러진 흙을 걷어내고 파내서, 거기에 작은 카나리아를 눕혔다. 다 함께 진흙을 덮어주었다. 이제 카나리아는, 준츠아, 아무, 네이카, 그리고 마나토, 네 명뿐이 되었다.

카리자에는 거리가 있고, 야쿠자가 많이 있었다. 게다가 야쿠자들끼리 사이가 좋지 않았다. 무슨 회며 무슨 조며, 각각 다른 그룹에 속한 야쿠자들이 세력다툼을 하는 모양이었다. 큰 시장이 있고, 물건이 쌓여 있었다. 거리에서는 자주 볼 수 있는 경트럭뿐만이 아니라, 우차나 마차도 거리의 도로를 오갔다.

카나리아들은 의심했다. 야쿠자 출신 낙오자에게 속은 것 아닐까?

카리자는 그리 큰 도시가 아니다. 하지만 그런 것치고는 시장의 규모가 크다. 사람이 유난히 많고, 야쿠자투성이다.

야쿠자 출신 낙오자는, 카리자의 한참 깊숙한 구석 쪽에 훌륭한 집이 몇 채 남아 있다고 했었다. 구석이란 어디인가?

카리자 남쪽에는, 시가타케라는 야쿠자 보스가 사는, 대궐이라 불리는 큰 저택이 있다. 북쪽에는 분게조라는 야쿠자 그룹의 무장 기지가 있어, 너무 위험해서 도저히 접근할 수 없었다.

그래도 카나리아들은 포기하지 않았다. 때때로 카리자에 들러서 물자를 조달하며 헌터 생활을 이어가면서, 구석 쪽에 있다는 집을 찾았다. 몇 번인가 카리자의 야쿠자와 시비가 붙었지만, 그때마다 산으로 도망쳐서 위기를 모면했다.

카리자 주변에서는 미츠메(세 눈)라 불리는 큰곰을 다들 두려워해서, 헌터가 적었다. 미츠메는 그 이름대로 눈이 세 개 있고, 일어서면 다 자란 성인 세 명분보다도 키가 크다고 한다. 흑백 얼룩의 북슬북슬한 털에, 한번은 카리자 거리 중심부까지 들어와서 사람을 습격한 적이 있다. 그때는 30명이나 잡아먹혔다고 한다.

그 정도 되는 짐승이라면, 발자국이나 발톱 자국이나 잠자리 흔적이나 똥 등 많은 흔적을 남기는 법인데, 그런 것은 일절 보이지 않았다. 그래서 마나토는 아무렇지 않았으나, 다른 카나리아들은 매우 겁을 먹었다. 카리자 무리는 훨씬 더 미츠메를 두려워했다.

카리자 거리에는 미츠메한테 죽은 30명의 위령비가 세워져 있고, 미츠메 동상까지 있었다. 언제였던가, 주정뱅이가 미츠메 동상에 대고 소변을 봤다가 야쿠자에게 붙잡혀 죽었다고 한다. 사실인지 아닌지는 모르지만, 시가타케 대궐에도, 분게조 무장 기지에도, 미츠메를 모시는 제단이라는 것이 설치되어 있고, 미츠메가 다시 카리자에 오지 않도록, 험상궂은 야쿠자들이 매일 기도하고 있다는 것이었다.

결국 분계조 무장 기지보다도 훨씬 떨어진, 한참 북쪽 산속에서 그것을 발견했다. 옛길에서 조금 올라간 곳에 집의 잔해가 두 채분이 있었고, 거기에서 더 올라가면, 또 집 두 채가 무너져 있다. 그 구석에 딱 한 채만, 2층짜리 튼튼해 보이는 건물이 남아 있었던 것이다.

그 일대는 울창한 숲으로 시야 확보가 매우 어렵다. 상당히 가까이 접근하지 않으면, 거기에 건물이 있다는 것조차 알 수 없었다. 문도 창문도 열쇠로 잠겨 있고, 어떻게 해도 열리지 않기 때문에, 카나리아들은 유리창을 깨고 안으로 들어갔다. 먼지가 쌓이고 거미줄이 있었지만, 누군가가 살았던 때의 모습 그대로, 여러 가지 물건들이 온전히 남아 있었다. 그 야쿠자 낙오자는 그 물건들이 존재하는 것을 알고 있었던 모양이다. 그런데도 손대지 않았다. 분명 그 말고는 아무도 이곳을 모른다. 카나리아들만의 집이다.

이제부터 함께 여기에서 살자. 여기서 생활하자. 준츠아도, 아무도, 네이카도, 마나토도, 굳이 그런 말은 하지 않았다. 말할 필요도 없었다. 이 산에는 미츠메가 서식하는지도 모르지만, 그게 어쨌다는 건가? 지붕도 대들보도 썩지 않았고, 지붕이 붙어 있고, 벽도 있고, 난로까지 있는 집을, 우리만의 장소를 손에 넣은 것이다. 모두, 다른 카나리아들처럼, 카나리아들의 부모처럼, 야쿠자 낙오자나, 거리에 사는 사람들이나, 야쿠자들, 그리고 짐승들처럼, 언젠가는 죽는다. 그때까지는, 이 집에서 산다. 그리고 죽으면 이 집 근처에 묻어달라고 하는 거다.

카나리아들의 집에는 침대 두 개가 놓인 방이 두 개나 있었다. 준츠아는 1층의 난로가 있는 방 소파에서 자겠다고 한다. 마나토는 1층 침실, 아무와 네이카는 2층 침실에서 자기로 했다.

처음으로 침대 위에 누워 눈을 감았던 밤, 마나토는 아빠와 엄마를 떠올렸다. 아빠랑 엄마와 함께 셋이서 헌터를 하던 시절에 이 집을 발견했더라면 어떻게 되었을까? 그런 생각을 했다. 분명 두 사람 다 크게 기뻐했을 것이다. 웃고, 또 웃고, 잠들어도 깨도 웃고, 계속 웃었겠지.

“―어웨이크(눈을 뜨라).”

누군가의 목소리가 들린 것 같은 느낌이 들어서, 눈을 떴다.

어둡다.

아직 밤인 건가?

하지만 캄캄하지는 않다.

바닥이 뭔가 흐릿하게 빛나고 있다. 땅이 아니라 바닥이다. 이 바닥. 돌인가? 콘크리트. 콘크리트나 그런 건가? 그 바닥에서 뭔가가 빛나고 있다. 뭐가 빛나는 거지?

"⋯어?"

이런 곳에서 잠들었던가? 아무래도 이상하다. 여기는 어디인가?

"일어났나?"

누가 그렇게 말을 걸어서, 가까이에 누군가가 서 있고, 그 누군가가 자신을 내려다보고 있다는 사실을 깨달았다.

"⋯누구―준츠아? 아무? 네이카? 아니야⋯?"

윗몸을 일으키면서 눈을 크게 떴다. 바닥이 희미하게 빛난다고는 해도 꽤 어둡다. 바깥은 아닌 모양으로, 그런대로 넓이가 있고, 나 말고 다른 사람이 있다. 그 정도밖에 모르겠다.

"나는―유감이지만 준츠아? 도⋯ 아무도, 네이카도 아니다."

사람, 이겠지. 말을 할 수 있는 걸 보니.

"⋯그렇겠지."

"친구인가?"

"뭐가?"

"준츠아. 아무. 네이카. 네 친구들인가?"

"친구랄까⋯ 아니. 뭐더라? 동료?"

"그렇군."

“당신… 알아? 걔네가 어디에 있는지? 아마… 가까이에 있을 텐데.”

“아니, 미안하지만 나는 몰라.”

“그렇구나.”

조금 멍한 상태라, 준츠아나 아무, 네이카의 이름을 말해버린 것은 좋지 않았던 건지도 모른다. 상대는 전혀 모르는 놈이다. 모르는 놈은 일단 조심하는 게 좋다. 어쩌면, 카리자 근처의 야쿠자인지도 모르고.

카리자에는 안면이 있는 사람이 몇 명인가 있고, 이름이 알려지기도 했다. 야쿠자 몇 명에게는 찍혔고, 가능하면 들키고 싶지 않다.

준츠아랑 애들은 괜찮은 건가?

나는 어떻지?

여기가 어디인지도 모르고, 바로 옆에 모르는 놈이 있다.

어째서 이런 장소에 있는 건가? 짐작도 할 수 없다. 도대체 무슨 일이 있었던 거지?

여느 때처럼, 준츠아와 아무, 네이카와 같이 있었다.

분명, 집에 있었다. 우리 집에.

다른 놈들이 다가오지 않는 카리자 구석 쪽에서, 간신히 찾아냈다. 기둥이나 대들보도 튼튼하고, 이층 건물이고, 지붕도 벽도 무너지지 않았고, 유리창도 깨지지 않았다. 그 집에 있었다.

준츠아가 있고, 아무도 있었다. 네이카도.

뭔가 먹으면서 이야기했다—그랬던 것 같은 느낌도 든다. 분명하게는 기억나지 않지만, 그리고 집을 나갔—던 걸까?

여기는 집이 아니다. 그렇다는 건, 밖으로 나간 것이겠지.

혼자서?

"일어설 수 있나?"

모르는 놈이 물었다. 이 녀석은 누구인가?

"…응. 아니. 잘 모르지만, 일어설 수 있을… 까나?"

"여기에 있어도 별거 없어. 나가자."

"나가?"

나도 모르게 "괜찮은 거야?" 라고 확인해 버렸다. 나가게 해주는 건가? 갇힌 것이 아니었다. 그런 뜻인가?

"여기에 있고 싶다면 상관없지만 말이야. 나는 슬슬 간다. 너는 어떻게 할래?"

"어떻게 하냐… 니—."

우선 일어서봤다. 모르는 놈은 벌써 이동하고 있다. 걸어서, 멀어져간다. 꽤나 조용한 발걸음이다. 체중이 가벼운 건가? 굉장히 조심성이 많은 건가?

모르는 놈을 쫓아갔다. 모르는 놈은 벽 쪽에 있는 모양이다. 쫓아오기를 기다리는 것 같다.

"여기로 나갈 수 있다."

"…어떻게 된 일?"

"그저 밖으로 나가면 돼."

모르는 놈은 벽으로 들어갔다.

사라졌다.

없어졌다.

"어어…."

당황하여 모르는 놈이 들어간 벽에 손을 짚어보자, 감촉이 있었다. 건너편으로 쓱 빠져나갔다. 손을 짚을 생각이었는데.

"뭐야? 이거⋯."

정말로 벽인가? 어두워도, 거기에 뭔가가 막아서고 있다는 것은 알 수 있다. 벽이다. 하지만 잘 보니 그 부분은 달랐다.

마치 아무것도 없는 것 같다. 벽에 네모난 구멍이 뚫려 있고, 그 너머에 캄캄한 밤, 어둠이 펼쳐져 있다. 그런 식으로 느껴지기도 했다.

과감하게 들어가 봤다.

그러자 빠져나갔다.

"⋯우와."

그곳은 계단이었다. 빙글빙글 나선을 그리고 난간 손잡이가 있다. 단, 방금 나온 곳에는 손잡이가 없다. 신기하다. 어둡지는 않은데도, 밝지도 않다.

몇 계단인가 아래에 모르는 놈이 있었다.

새삼 생각한다.

이런 놈, 모른다.

녀석은 검은 계열의 후드가 달린 망토를 걸쳤고, 얼굴은 모르겠다.

가면으로 숨기고 있기 때문이다.

"왔군."

놈은 가면을 쓰고 있다.

"내려가자."

"⋯아니, 저기―."

“뭐야?”

“여기, 어디야?”

“옛날에는, ‘말뚝’이라고 불렸다고 한다.”

“말뚝? 막대기 같은 것?”

“우리는, 방주 안에 있어.”

“방주? 배…?”

“내려가자.”

가면의 남자는 나선계단을 내려가기 시작했다. 일단, 따라가는 수밖에 없다.

“저기, 잠깐.”

“응.”

“물어보기만 해서 미안하지만… 당신, 누구?”

“나 말인가? 그렇군….”

가면의 남자는 좀처럼 대답하지 않는다. 잠자코 나선계단을 내려가는 시간이 한동안 이어졌다.

“마나토.”

견디다 못해 내가 먼저 이름을 말했다.

가면의 남자가 발을 멈췄다.

“…마나토?”

묘한 반응이다. “응” 이라며 고개를 끄덕여 보이자, 가면의 남자는 돌아보았다.

“네 이름—인가? 마나토…?”

“그렇다니까. 동료들 사이에서는 맛토라거나 마나라고 불렸지만. 그래도, 이름은 마나토야. 아빠랑 엄마가 그렇게 불렀으니까.”

"아빠…, 네 부모님은?"

"죽었어. 한참 전에. 동료도 모두 부모는 없었어."

"너는, 몇 살이지?"

"몇 살? 아, 나이? 그게… 음, 확실히는 모르지만, 12거나? 14였던가? 13인가?"

"젊군. 생각했던 것보다."

"대충 말한 거지만. 부모님이 죽고 나서… 3년? 4년? 정도인가? 그 정도는 지났다고 생각하는데. 그렇게까지 제대로 세어보지는 않아서."

"…마나토."

"응."

"내, 지인 중에—"

남자는 가면 안쪽에서 한숨을 쉬었다.

"…한참 전이지만, 우연히, 너랑 같은 이름의, 친구가… 동료가 있었어."

"흠. 그렇구나. 희한한 우연이네."

"기우(奇遇)라고 한다. 이런 건."

"기우?"

"생각지도 못했던, 기이한 인연으로 만난다는 뜻이다."

"기우라. 처음 들었어. 아. 그렇지. 당신은?"

"이름 말인가?"

가면의 남자는 계단 손잡이를 움켜쥐었다. 장갑을 꼈다. 가면도, 눈 부분과 입 부분에 구멍 정도는 있는 것 같지만, 얼핏 봐서는 모르겠다. 방어를 위한 것일까? 가면의 남자는 피부를 전혀 노출하지

앉았다.

"하루."

가면의 남자는 손잡이를 놓았다.

"그렇게, 나를 부른 사람이 있었다."

"하루."

반복해서 말해봤다.

하루.

봄을 뜻하는 걸까?(주1) 계절 이름이다. 겨울 추위가 누그러지고, 내신에 비가 내린다.

아니면, 뭔가를 붙인다는 뜻의 하루, 인가(주2)?

"그럼, 그렇게 불러도 돼? 하루라고."

"상관없어. 나는 너를 마나토라고 부르겠다. 문제없나?"

"문제라니."

왠지 아무래도 이상한 말투를 쓰는 놈이다. 약간 웃고 말았다.

"없어. 문제 같은 건. 왜냐하면, 마나토니까."

"그런가. 내려가자, 마나토. 여기가 어디인지 알고 싶겠지."

하루라는 이름인 가면의 남자는, 다시금 계단을 내려가기 시작했다.

여기는 어디일까? 아까 하루 본인이 방주인지 뭔지 안이라고 가르쳐줬었다. 방주란 뭘까?

마나토는 하루 뒤를 따라갔다. 물어보고 싶은 것은 있다. 얼마든지 있지만, 어째서인지 말이 잘 나오지 않는다.

이윽고 나선계단 끝이 보이기 시작했다. 그야말로 끝이다. 그 앞에는 아무것도 없다.

주1) 하루: 春. 봄.
주2) 하루: 貼る. (풀 등으로) 붙이다.

하루는 말없이 그 아무것도 없는 나선계단 끝으로 들어갔다. 깨어났던 장소와 같다. 아무래도, 거기로 들어갈 수 있는 모양이다. 혹은, 나갈 수 있는 걸까?

마나토도 그곳을 통해 나갔다.

밖이었다.

이번에는 정말로 밖이다. 그곳은 야외였다.

해가 저문 직후일까? 해가 뜨기 전일까? 하늘 반 이상이 구름에 덮여 있다. 태양은 보이지 않는다. 맞은편 오른쪽 저편이 약간 밝으니까, 태양은 그곳으로 가라앉았거나, 이제부터 얼굴을 내밀려고 하는 것이겠지.

여기는 언덕 위다.

마나토는 돌아봤다. 건물이 있다. 높은 건물이다. 빌딩이라기보다, 탑일까? 위쪽은 무너졌고, 넝쿨이 감겨 있다.

"…어. 어디야? 여기."

언덕에서 조금 떨어진 곳에 폐허가 있었다. 폐허 같은 건 마나토는 많이 봐왔다. 단, 지금까지 마나토가 본 어떤 폐허보다도 오래되어 보였다. 폐허에는 대개 빌딩이나 역이 있다. 지붕과 벽이 남아 있어도 언제 무너질지 모르고 위험하니까, 보통 인간은 눌러살지 않는다. 그리고 지하 거리도. 다소 위험해도, 굳이 그런 곳에서 숙박하는 자도 있었다. 마나토와 동료들도, 계단을 사용할 수 없는 빌딩이나, 냄새나고 습기 찬 지하도를 임시 거처로 삼았던 적이 있다. 숲속에는 위험한 짐승이 우글우글하고, 제대로 된 거처는 습격당하기 쉽기 때문이다.

"네가 있던 곳과는, 다른 세계다."

하루는 언덕을 조금 내려가서, 커다란 흰 돌 앞에 서 있었다. 이 언덕에는 그것과 비슷한 돌이 많이 있었다.

"그림갈이라고 불린다."

"…다른, 세계. 그림, 갈…."

마나토는 하루가 한 말을 그대로 입 밖에 내서 말해봤다.

무슨 뜻인지 전혀 모르겠다.

그림갈.

다른 세계.

"무슨 이? 이렇게 해서… 이런 곳, 온 기억은 없는데. 다른 세계라니, 뭐? 세계… 일본이 아니라는 뜻?"

"일본은, 나라 이름이다. 나도 과거에 거기 있었다. 아무것도 기억나지 않지만. 일본 이야기는 들었으니까, 전혀 모르는 건 아니야."

"하루도… 일본 사람?"

"그런 모양이야. 일본에서 이 그림갈로 왔다."

"그러니까… 그거—어떻게 해서?"

"나도 몰라. 너와 마찬가지로 그림갈에 온 자들은, 아주 많지는 않지만, 꽤 있었다. 모두, 모른다고 말했다. 오기 전 일은 기억에 있어도, 무슨 일이 일어난 것인지—무슨 일을 저질렀는지, 아무튼, 그때 일은, 아무도 기억하지 못해. 모두가 다."

"…잠깐, 잠깐만."

마나토는 쪼그리고 앉아 머리를 쥐어뜯었다.

"그럼, 하루 말고도, 있는 거야? 나 같은… 일본 사람이?"

"있었다, 고 말해야 할지도 모르지."

"지금은… 없어?"

"오랜만이거든."

"뭐가? 오랜만이라니."

"일본에서 그림갈로 건너온 자는, 방주가 있는 방으로 전송된다. 그런 시스템이 방주에는 있어. 그런 장치가 있다고 말하는 편이 좋을까? 우리 때는, 몇 년 간격으로, 몇 명인가… 때로는 10명 이상이 한꺼번에 건너오는 일도 있었다. 하지만 점점 빈도가 낮아지고, 인원수도 적어졌다."

"오랜만이라는 건… 한동안 건너오지 않았다는?"

"그래."

"얼마나?"

"40년 이상—."

하루는 그렇게 말하고, 한번 숨을 쉬었다.

"마지막으로 건너오고 나서, 50년 가까이 지났나?"

"50년? 그건… 길잖아? 사람은 그렇게 오래 살지 않잖아. 아빠랑 엄마도, 죽을 때, 아마 대충이지만, 30 정도도 되지 않았어. 하루, 너무 오래 산 거 아니야…?"

"네 부모는 요절한 거라고 생각하지만 나는… 그래. 네 말이 맞다, 마나토. 확실히, 나는 너무 오래 살아 있다."

"50년. 그… 50년 전? 그림갈에 일본인이 건너왔을 때, 하루는 어린아이였어?"

"아니."

"그렇다면… 하루는 몇 년, 살아 있는 거야? 그야… 일본에서는 30년 살면 꽤 오래 산 편이거든? 어차피 다들 죽으니까, 몇 년인지,

몇 살인지, 꼼꼼하게 세어보지 않아."

"나도 제대로 세는 것을 그만뒀어, 마나토. 너희와는 사정이 다르겠지만. 사정이 많이 다른 것 같군. 고작해야 40 몇 년 사이에… 일본에서 무슨 일이 있었던 거지? 정말로, 40 몇 년밖에 지나지 않은 건가? 왠지, 좀 더…."

하루는 가면으로 감춘 얼굴을 숙이고, 혼잣말을 말하는 것처럼 뭔가 중얼거렸다.

가면을 벗은 하루는 어떤 얼굴을 하고 있을까?

마나토의 부모는, 숙기 선에 바짝 마르고, 이빨이 빠지고, 주름 투성이가 되었다.

츠노미야의 시장은 35살이 넘었다고 들은 적이 있다. 본 적은 없다.

하늘 저편이 아까보다도 밝다.

해가 저문 뒤가 아니라, 이제부터 해가 뜨는 것이다.

마나토는 새하얀 둥근 달을 발견했다. 일본 하늘에 떠 있던 달은, 분명히 좀 더 기울어졌었다. 하지만 마지막으로 달을 제대로 본 것은 언제였던가?

준츠아와 아무, 네이카는 어떻게 하고 있을까? 세 사람은 카리자의 집에 있는 건가? 무사한 걸까?

어째서 이런 일이 벌어진 걸까?

마나토는 일어서서 심호흡했다. 크게 기지개를 켜고, 몸을 좌우로 굽힌다. 머리카락이 꽤 길다. 그러고 보니, 한동안 자르지 않았다. 네이카가 "슬슬 머리 자르지?" 라고 말했던 것을 떠올리고, 마나토는 살짝 웃었다. 거치적거리니 슬슬 자르는 게 좋을지도 몰라.

"…뭘 하는 거야?"

하루가 물었다.

"뭐긴."

마나토는 다리를 벌리고 상체를 힘껏 뒤로 젖혔다가 앞으로 굽혔다. 그것을 반복했다.

"몸을 움직이는 거야. 몸만 제대로 움직이면, 당장은 죽지 않으니까."

"…뭐—그런 건가."

"하루도, 오래 산 것치고는, 몸놀림이 가볍다고나 할까, 좋은 느낌이네. 그래서 오래 산 것 아닐까?"

"글쎄, 그건…."

"있잖아, 뭔가 먹을 수 있는 거 없어? 숲이 있네. 앗. 산이 있네. 높네!"

마나토가 높은 벽처럼 솟아 있는 산맥을 가리키자, "저건 천룡 산맥이다" 라고 하루가 가르쳐줬다.

"용이 산다. 신을 섬기는 자들도 저 산에는 들어가지 않아."

"용이라니, 그게 뭔데? 짐승? 먹을 수 있어?"

"…용을 먹는 것은 힘들겠지. 반대로 잡아먹히는 꼴이 된다."

"흠. 그렇구나. 그래도, 숲에는 짐승이 있지?"

"응. 그야…."

"그렇게까지 위험한 놈이 아니라면, 잡아서 죽이면, 삶거나 굽거나 해서 먹을 수 있겠지. 그리고 버섯이나, 나물이나, 나무 열매나. 숲은 숲이고 산은 산이라는 느낌인데, 일본과는 여러 가지로 다른가?"

"배가 고프다면, 당장 먹을 것 정도는 내가 준비할 수 있다."

"진짜? 잘됐다. 그럼, 어떻게든 되겠지?"

"…너는, 낙담하지는 않은 건가?"

"낙담해?"

마나토는 웃었다.

"왜? 살아 있는데?"

무릎을 구부렸다가 펴고, 목을 돌려봤다. 가볍게 점프해도, 힘껏 도약해도, 아무렇지 않았다. 아무 데도 아프지 않고, 이상한 부분도 없다.

"동료들은 궁금하지만 살아 있을 테고. 살아 있으면 또 만날 수 있을지도. 만날 수 없을지도 모르지만. 꼭 만나고 싶으면, 만나러 가면 되고. 갈 수 없을까? 무리라거나?"

하루는 고개를 가로저었다.

"…미안하지만 모른다. 단, 내가 아는 한에서는, 일본으로 돌아간 자는 한 명도 없었을 거다."

"그렇구나."

마나토는 가슴속에 가득 찰 때까지 공기를 들이켰다.

그리고 힘껏 뱉어냈다.

"하긴, 의외로, 그림갈…이라고 했나? 여기가 더 지내기 편하다거나 할지도 모르고. 동료도 함께였다면 더 좋았겠지만. 왜 여기에 있는 건지도 모르니까, 할 수 없지."

"…포지티브하네."

하루는 가면 안쪽에서 약간 웃은 것 같았다.

"한 가지, 물어봐도 될까? 마나토."

“응.”

“일본은, 서기 몇 년이었지? 만약, 질문의 의미를 모른다면, 별로 대답하지 않아도 돼.”

“서기….”

마나토는 관자놀이에 손가락을 댔다.

서기.

몇 년.

츠노미야 거리에서 부모님과 합숙소에서 살고 있었던 때, 뭔가 그런 말을 듣거나 봤던 것 같은 느낌이 든다.

“서기… 2100년? 이천 백… 애매하지만 엄마가 그런 말을 했었던가… 신문에 적혀 있었던가. 그래도 한참 전이야.”

“이천 백….”

하루는 가면의 입에 해당하는 부분을 손으로 눌렀다.

“그런가. 분명, 그림갈에서도 일본에서도, 시간은 같이 흐른다. 요 사십 몇 년 동안 일본은 꽤 많이 변해버린 모양이군―.”

언제, 어떻게 해서 일본에서 그림갈로 오게 된 것일까?

마나토는 짐작도 할 수 없지만, 상당히 배가 고팠으니까, 마지막으로 뭔가를 먹고 나서 시간이 한참 지난 것 같다. 그것만은 우선 틀림없다.

"―우와, 근사해!"

탑 안으로 돌아와 나선계단을 올라가, 하루가 안내해 준 장소는, 벽과 천장이 회색이고, 바닥은 좀 더 진한 색의, 드넓은 방이었나.

"그래?"

하루는 벽 쪽으로 걸어가서 창고 같은 커다란 직방체 문을 열었다. 창고 안은 선반이 있고, 무슨 용기가 줄지어 놓여 있었다. 하루는 용기를 두 개 꺼내더니 창고 문을 닫았다.

"적당히 앉아."

방 중앙 부근은 아무것도 없이 휑했지만, 창고 근처에 테이블이 있고, 의자가 네 개 놓여 있었다.

마나토가 달려가서 의자에 앉자, 하루는 테이블 위에 두 개의 용기를 놓고 뚜껑을 열었다. 한쪽 용기 내용물은 식물의 열매나 뿌리일까? 붉은색과 흰색, 녹색 물체가 액체에 담겨 있다. 킁킁 냄새를 맡아보니 시큼한 향이 났다. 다른 한쪽 용기 내용물은, 아마도 동물의 고기인 것 같다. 거무스름한, 부드럽지는 않은 것 같은 고깃덩어리가 가득 담겨 있었다.

"나는 별로 먹지 않아도 되지만, 그래서는 너무 재미가 없으니, 보존식을 만들어 가끔씩 먹고 있다."

하루는 다른 창고를 열고 식기를 갖고 왔다. 접시와 포크, 그리고 나이프다.

"마음껏 먹어."

"그래도 돼?"

"참외와 뿌리채소 초절임과, 가나로라는, 소 같은 동물의 고기를 소금에 절여 말린 후에 훈제한 것이다. 이거 말고도 볶은 콩이나 말린 과일이 몇 종류 있던가? 건조시킨 콩은 한동안 물에 불리지 않으면 먹을 수 없으니까, 혹시 먹겠다면 불려놓도록 하지."

"굉장해. 충실하잖아."

"…시간만큼은 있으니까. 먹을 수 있을 만한 것들을 쓸어모아 보존이 가능하도록 손질해 둬도, 다 못 먹고 버리는 경우가 있다."

"아깝네, 그건. 제대로 전부 먹어야지."

"그렇지."

하루는 가면 안쪽에서 약간 웃은 것 같았다.

마나토는 포크를 사용해서 잘게 잘라져 있는 초절임을 몇 개 접시에 담았다. 초절임은 저쪽에서도 먹어본 적이 있다. 흰 것을 입에 넣어보니, 너무 절인 건지 신맛을 넘어 좀 매울 정도였지만, 맛이 진해서 맛있다.

"맛있다, 이거."

"입에 맞아 다행이다."

"고기도 먹어도 돼?"

"물론."

"고기 좋아하거든."

마나토는 훈제 고깃덩어리를 하나 용기에서 꺼내 나이프로 얇게 썰었다.

"오오……"

씹어보니, 상당히 짜다. 하지만 점점 고기 맛이 나타나면서 농후한 지방도 느껴진다. 덕분에 짠맛이 중화되기 시작했다.

"맛있다. 뭐야? 이거. 씹으면 씹을수록 맛있는데. 삼키는 게 아까워."

결국 훈제 고깃덩어리 세 개와, 초절임은 용기의 반 정도를 마나토 혼자서 먹어 치웠다. 하루가 희한하게 가벼운 컵과 입구가 좁은 용기에 든 물을 가지고 와줘서, 수분도 확실하게 보급했다.

"어휴. 배가 부른 탓일까? 좀 졸린지도. 자도 돼?"

"…상관없지만. 침대는 지금 내가 가끔 쓰는 거 하나밖에 없어."

"침대? 아니, 괜찮아."

"괜찮… 다니?"

"바닥에서 자도 괜찮아. 누울게."

"어, 으음…."

"조금만 잘게."

마나토는 바닥에 누워 눈을 감았다.

하루가 당황하는 것을 알 수 있었다. 나쁜 사람은 아닌 것 같다. 가면 같은 걸 쓰고 있긴 하지만. 왜 얼굴을 숨기는 것일까? 아무런 이유도 없이 그러지는 않을 것이다. 맨얼굴은 어떤 느낌일까?

뭐, 아무튼 괜찮은 사람이다. 그런 느낌이 든다.

털썩, 잠에 빠져들었다가 번쩍 눈을 떴다.

마나토가 일어나자, 벽 쪽에서 뭔가 하고 있던 하루가 움찔거리더니 돌아본다.

"…벌써 일어났나? 빠르군."

"개운하다!"

일어서서, 새삼 방 안을 둘러보았다. 하루 앞에 있는 것은 작업 대일까? 아니, 킷친이다. 아니, 키친이던가? 카리자의 집에도 키친 은 있었다. 취사를 하기 위한 탁자며 이것저것이 한군데 모여 있는 설비다. 그리고 저것은 책인가? 책 같은 것이 꽂힌 선반이 있고, 그 옆에 침대가 있다. 하루가 쓰는 침대겠지. 침대 근처에 작은 책상이 놓여 있고, 그 위에 책이 한 권, 바닥을 향해 펼쳐진 상태로 놓여 있 다.

하지만 창문이 없는데도 밝은 방이다. 천장의 군데군데 조명기구 가 설치되어 있어, 그것들이 빛을 내보내고 있다. 밝지만 눈부시지 는 않다.

"신기하다…."

마나토는 심호흡을 해봤다.

초절임과 훈제 고기 용기는 치워서 보이지 않는다. 그래서인지, 식초와 고기 냄새는 나지 않는다.

이 방에는 냄새라 할 만한 냄새가 없다.

냄새를 발하는 것은, 분명 마나토 본인뿐이다.

게다가 공기가 따뜻하지도 차갑지도 않고, 딱히 습하지도 않고, 건조하지도 않다.

"뭐가 신기하지?"

하루가 묻자, 마나토는 잠시 생각에 잠긴 후에 대답했다.

"전부 다?"

"그런가."

하루는 아까 마나토가 식사를 한 테이블로 걸어가 한쪽 손을 짚었다.

"말해두는데, 그림갈이 이런 장소라고는 생각하지 않는 게 좋아. 이 방주 안은 특수하다. 여기만 별세계라고 말해도 되겠지. 바깥은 ―어떻게 표현하면 좋을까? 낙원이 아니라는 것만큼은 분명해."

"지옥 같은?"

"지옥….."

하루는 그 말을 되풀이하고 나서, 살며시 한숨을 쉬었다.

"어떤 의미에서는, 그것에 가까울지도."

"동료가 말했었어. 사람이 죽으면, 지옥이라는 장소에 가는 거라고. 거기는 지독한 곳이고, 엄청난 꼴을 겪는 모양이야. 그 이야기 듣고 엄청 웃었는데."

"…웃었다고?"

"응. 왜냐하면, 살아 있어도 상당히 지독하니까. 죽은 뒤에도 지독하다니, 별로 다를 것 없잖아?"

"그게 뭐가 재미있어…?"

"아니, 재미있달까. 웃기잖아. 지독한 장소에서 죽어서 지독한 지옥에 가는 거라면, 뭔가 그대로 똑같잖아. 그게 뭐야? 싶어서. 그렇다면, 죽어도 똑같은 거고, 어떻게 되어 있는 거지?"

"어떻게… 되어 있는 걸까?"

"그렇지? 그래서, 그랬더니, 준츠아가―아, 지옥 이야기, 가르쳐 준 거, 동료인 준츠아인데, 그런, 뭐라더라? 썰? 같은. 그런 사고방식도 있다는 이야기래. 사고방식이라니! 그래서 또 웃어버렸고."

"…웃었나?"

"그야, 죽으면 어떻게 되는지 그런 건, 모르잖아. 어떻게 확인해? 죽은 아빠랑 엄마랑 이야기할 수 있다면 물어보겠지만. 무리잖아?"

"그야, 무리겠지. 그건."

"어떻게 해도 알 수 없는 일을 생각하는 사람이 있구나 하고. 이상하지. 별나잖아. 앗."

"…왜 그래?"

"바깥, 나가고 싶은데. 또 나갈 수 있어? 아니면, 여기에 있는 게 나아?"

"아니… 상관없는데."

"하루, 같이 가줄 거야?"

"네가 싫지 않다면."

"싫지 않아. 어째서?"

"너는 나를 수상하게 여기는 것 아닌가?"

"수상하게 여기지만."

"…여기는구나."

"응. 조금. 그야, 하루에 관해서 아무것도 모르니까."

"그건 피차 마찬가지인데."

"아. 그러네. 그래도 뭔가, 괜찮겠다, 라는 느낌은 들어. 마나토 잖아?"

"…무슨 뜻이지?"

"친구."

마나토는 자기도 모르게 웃어버렸다.

"말했었잖아. 왜. 친구? 동료가, 마나토라는 이름이었잖아."

"아아… 그래."

"예를 들면 말인데, 하루가 뭔가 꿍꿍이가 있다고 치고."

"일단, 말해두는데, 딱히 아무것도 꿍꿍이는 없다."

"예를 들면 말이야. 나쁜 짓? 하려고 했다고 해도, 마나토에게는 하기 힘들구나, 라고 생각하지 않겠어? 이 녀석은 마나토잖아, 그런 비슷한."

하루는 팔짱을 꼈다. 하지만 곧바로 다시 팔을 풀었다.

"나는 너에게 위해를 가한다거나 하지 않아. 만약 네가 마나토가 아니었어도 마찬가지다. 하지만 우연히 친구와 같은 이름의 너와 만났다. 그것은… 역시 기쁘다고 생각해. 잘 전해졌으면 좋겠는데, 타인과 이야기하는 건 오랜만이니까…."

"괜찮아."

마나토는 자기 가슴을 두드려 보였다.

"제대로 전해졌어. 하루는 좋은 사람이네. 왠지 알겠어."

하루는 가면의 얼굴을 아주 약간 숙였다.

"…그러면 좋겠지만."

✝

하루의 방을 나가자, 나선계단의 상태가 변해 있었다. 라고나 할까, 다른 것이 되어 있었다. 벽과 바닥, 천장, 조명기구는 하루의 방과 비슷하다. 이미 계단조차 아니다. 그곳은 통로였다. 똑바로 뻗어 있고, 양쪽에 군데군데 문이 있다. 복도 끝 막다른 곳에도 보아하니 문이 있는 것 같다.

그러고 보니 하루 방에 들어갔을 때는 문을 연 것이 아니라, 나선계단 난간이 없는 장소를 통과했었다. 그렇게 하면 방 안 문 앞에 있었다.

"…나갈 때는 문을 열었으니까, 다른 장소로 나왔다… 라는 뜻? 어?"

"설명하기 어렵다."

하루는 통로를 걸어간다.

"그래도, 여기는 나선계단과 같은 공간이다. 나선계단이기도, 통로이기도 해. 혹은, 둘 다 아니야—."

마나토는 하루를 쫓아갔나.

"으음…. 무슨 말인지 모르겠는데."

"그렇지. 나도 완전히 이해한 건 아니다."

"뭐, 됐나."

"…된 건가?"

"모르는 일은 많이 있으니까. 애초에, 왜 그림갈에 있는 건지 그것부터가."

"그건… 네 말이 맞다."

하루는 마주 보고 왼쪽에 있는 문을 어떻게 해서인지 열었다. 구체적으로 뭘 한 건지 마나토는 알 수 없었지만, 하루가 문 일부를 만진 것은 틀림없다.

문 건너편은 방이었다. 하루의 방도 넓었지만, 그 정도가 아니다. 그래도, 하루의 방만큼 밝지는 않다. 천장에 붙은 몇 개나 되는 둥근 조명기구가 내뿜는 빛은 녹색이 돌고, 이 넓은 공간 전체를 비추기에는 강도가 부족하다.

마나토가 하루 뒤를 따라 방으로 들어가자, 문은 삐걱거리는 일도 없이 저절로 닫혔다. 슛 하는 소리는 났지만, 희한하게 조용히 닫혔다.

“뭐야? 이거….”

마나토는 얼이 빠지지 않을 수가 없었다.

넓이는 둘째치고, 엄청나게 많은 물체가 줄지어 놓여 있다. 둥근 것이 있다. 네모난 것도 있다. 여러 가지 기계가 있다. 받침대 위에 작은 것이 빽빽하게 놓여 있기도 했다. 선반이 있고, 단지며 병이 잔뜩 놓여 있다. 책도 있다. 인간 같은 형태를 한 것이 있다. 여러 가지 모양의 용기가 있다. 군데군데, 아무것도 놓여 있지 않은 공간이 있는데, 하루는 그곳을 걸어간다. 마나토는 황급히 하루 뒤를 쫓아갔다.

“뭐야? 이거. 있잖아. 하루. 도대체 뭐야? 이거.”

“대부분은 폐품이다.”

“폐품?”

“원래는 다 렐릭이었다. 하지만 엘릭실을 추출해내서, 이미 힘을 잃었다.”

“렐리…? 엘릭…?”

“여기는 창고다. 역할을 마친 것을 여기로 운반해 와서, 일단 보관하고 있다. 단, 아직 쓸 수 있는 물건도 개중에는 있어.”

하루는 창고 한구석에서 발을 멈췄다. 바닥에 파란 깔개가 깔려 있다. 상당히 큰 깔개다. 깔개 위에, 나이프와 좀 더 긴 칼, 창, 활, 석궁 같은 것이 죽 놓여 있었다. 상당한 숫자다. 열 개나 스무 개가 아니다. 분명 백 개도 넘을 것이다.

하루는 망토를 펼쳐 보였다. 칼집에 들어 있는 나이프를 허리에 찬 것이 보였다. 마나토에게 보여준 것이겠지.

"나는 무기를 갖고 있다. 너는 맨손이니까, 안전하지 못하다. 이 중에 뭔가 다룰 수 있을 만한 것은 있나? 잘 모르겠으면, 내가 적당히 골라주지."

"마음대로 써도 된다는 거야?"

"상관없어. 나는 네가 입을 만한 옷을 가져오겠다. 고르고 있어."

"고를 거야, 고르자. 와아. 굉장해. 잔뜩 있어. 아무거나 괜찮은 건가? 고민되네…."

마나토는 쪼그리고 앉아, 우선 눈에 띈 나이프를 집어봤다. 칼집에서 빼보니, 양날이었다.

"앗. 생각해 보니, 나이프가 없네. 어? 집 안에 있을 때도 대부분 갖고 있었는데. 이상하네. 그거, 익숙해서 편리했는데. 뭐, 됐나. 으음… 이것도 좋아 보이네. 꽤 잘 들 것 같고. 양날이니까 찌르기에도 좋겠지. 아, 하지만 긴 게 멋있어. 도(刀)? 인가? 야쿠자가 갖고 있었는데. 뭔가 다르네. 좀, 이것도…."

마나토는 양날 나이프를 칼집에 넣고 일단 깔개에 내려놓고, 이번에는 칼을 집었다. 일어서서, 칼자루를 쥐어보니, 상상했던 무게와는 달랐다.

"어엇! 뭐야? 이거. 가볍잖아. 좀 뽑아보자…."

칼집에서 빼자, 이것 또한 외날이 아니다. 양날이었다. 생각해 보니, 챙의 모양도 야쿠자의 도와는 다르다. 야쿠자 도의 챙은 분명히 원이었는데, 이 챙은 십자형이다.

칼집을 바닥에 놓고, 시험 삼아 자세를 잡아봤다.

"한 손으로도 거뜬히 들 수 있는데, 두 손으로도 쓸 수 있어…."

다소 긴 칼자루를 두 손으로 쥐어보니, 한층 더 가볍게 느껴졌다.

"곰이라도 잡을 수 있을 것 같아. 큰곰은 힘들겠지만—"

5, 6번 휘둘러 중심과 감촉을 확인하고 나서, 오른손에서 왼손으로 던져 옮긴다거나, 그 반대를 하거나, 칼날 방향을 바꿔 다시 휘둘러보기도 하고, 전후좌우로 이동하면서 양날 칼을 휘둘러보기도 했다.

"뭐야? 이거. …이거 뭐냐고? 너무 좋잖아? 어어? 아니, 이거 말고도 좋아 보이는 게 잔뜩 있고. 활 같은 건 어떨까? 써보지 않으면 모르지. 화살통과 화살도 있고. 그렇구나. 역시 활은 있는 게 좋아. 이것도 저것도 다 손질이 되어 있어…? 상태, 좋잖아. 어쩌지? 망설여지네…."

칼이며 활이며 이것저것 잡아보고 이리저리 뜯어보면서 고민하고 있노라니, 하루가 옷 같은 것을 품에 안고 돌아왔다.

"나와 몸 크기는 그리 차이 나지 않을 테니, 입을 수 있을 거야. 단, 색이 좀, 어떨지…."

"색?"

마나토는 칼을 깔개 위에 살며시 내려놓고 하루에게서 옷을 받아 들었다. 묵직했다. 저 칼보다도 무겁다. 천이 아니라, 동물 가죽을 다듬은 건가? 염색이 되어 있다.

"아아, 오렌지…."

펼쳐보니, 윗도리와 바지가 하나로 이어져 있는 작업복이었다. 오렌지색 부분과 검은 부분이 있다. 하루는 작업복 말고 다른 것을 바닥에 놓았다. 장화와 장갑이었다. 그것들도 작업복 못지않게 튼튼해 보였다.

"조금 요란한가?"

하루는 검정이나, 검정에 가까운 것만 몸에 걸쳤다. 밤이나 어둠 속에서 발견되기 힘들고, 숲속에도 동화되기 쉬운 색이니까 좋다고 생각한다. 마나토도 선명한 색조의 옷이나 도구를 사용한 적은 없다. 아무래도 눈에 띄기 때문이다.

"아니, 그러네…. 입어봐도 돼?"

"그러라고 갖고 온 거다."

하루는 마나토에게 등을 돌렸다. 왜 등을 돌리는 건가? 마나토는 이해할 수 없었지만, 잽싸게 입고 있던 옷을 벗고 속옷 차림이 되어 작업복을 입어봤다.

"…오오! 입으니까 가벼워! 대단해. 움직이기 쉽네. 앗. 무릎이나 팔꿈치에 단단한 것이 들어 있어. 신발은… 딱 맞아! 어엇. 가벼운데! 바닥, 그렇게 두껍지 않은데! 장갑도, 좋아. 손가락까지 제대로 움직일 수 있어. 와, 이거 끼고 도 휘둘러봐도 돼?"

"…도―아아, 그건, 도랄까, 검이다. 원래는 퍼니셔(응보의 마검)라고 불리는 렐릭이었지만, 엘릭실을 뽑아냈으니까, 이제는 그냥 검일 뿐이다."

"검? 검이구나. 검이라. 좋은 검이야, 이거. 중심이 잘 잡혀 있잖아? 다루기 쉬워. 응. 역시 이걸로 해야지. 그리고 저 양날 나이프랑."

"단검 말인가? 그것은 파탈시스(치명의 단검)다. 퍼니셔와 마찬가지로, 효과는 사라졌지만."

"그리고 활과 화살통도 빌려도 돼?"

"마음대로 사용해. 나에게는 필요 없는 것이다."

“신난다! 아빠랑 엄마가 헌터라서 말이야, 같이 헌터 했었으니까. 이만큼 있으면 웬만한 사냥감이라면 여유 있게 잡을 수 있겠어.”

“헌터… 사냥꾼이었나? 네 부모님은.”

“있어? 헌터. 그림갈에도?”

“있었다.”

하루가 굳이, 있다, 가 아니라, 있었다, 라는 표현을 한 이유는, 마나토도 알아차렸다. 옛날에는 있었지만, 지금은 없다는 뜻이겠지.

“내 소중한 친구가, 사냥꾼—헌터였다. 그녀는 누구보다도 강하고, 상냥하고, 태양 같은 사람이었다.”

“흐음. 그 사람….”

죽어버렸어?

마나토는 하루에게 물어보려다가 그만뒀다.

사람이 죽는 건 당연한 일이고, 살아 있으면 죽지 않는 사람은 없다. 어린이도 어른도 죽을 때는 죽고, 어른이 되면 사람은 점점 약해져서 죽는다. 마나토는 그렇게 생각하고 있었다. 일본에서는 실제로 그랬다.

그래도, 하루는 꽤 오래 살아 있는 모양이다. 게다가 하루의 말투로 보아, 그림갈 사람과 비교하면 일본인은 단명하는 건지도 모른다. 사람이 죽는다는 사실이, 뭐랄까, 마나토가 생각하는 것보다도, 하루에게 있어서는 당연한 일이 아닐지도 모른다.

“옛날이야기다.”

하루는 가면 안쪽에서 약간 웃었다.

“나에게 있어서는, 모든 것이 다… 먼 과거니까. 그녀를, 오랜만에 떠올렸다. 떠올리지 않으려고 했었으니까. 그래서… 그리워졌다."

"그립다, 라."

마나토는 검을 빙글빙글 돌렸다. 손목으로 돌리는 것만이 아니라, 좌우의 손가락과 손가락 사이에서 칼자루를 굴리듯이 회전시킬 수도 있었다. 점점 손에 익어서, 벌써부터 자기 몸의 일부처럼 느껴진다. 정말로 좋은 검이다.

"하지만 죽어도 그냥 죽은 것뿐이잖아."

"…그것은—부슨 뜻인시, 가브쳐줄 수 있나?"

"어, 그게, 그러니까… 죽어도, 없어지는 게 아니라고나 할까. 아빠도 엄마도 죽었지만, 사라진 느낌은 들지 않고. 동료가 몇 명이나 죽었지만, 아직 있다고나 할까. 아아. 어렵네. 하루의, 친구? 헌터인. 오래전에 죽은 거지? 죽었다는 말, 하지 않는 게 좋아?"

"아니. 배려해 주지 않아도 돼. 나는, 단지… 이 눈으로 그녀의 죽음을 확인한 것이 아니야. 그럴 수가 없었어. 멀리 있어서… 나중에 찾으러 가봤지만, 찾을 수 없었다. 그렇기는 해도 상황을 생각해 보면, 살아남았다고는 도저히 생각할 수 없어."

"그렇구나. 죽었다고 생각하고 싶지 않아?"

"…그러네. 그랬었다. 만에 하나, 그녀가 살아남았었다고 해도, 이미 수명이 다했을 것이다."

"수명을 다하다…."

"그녀가 살아 있을 가능성은 없어. 그러니까, 그녀는 죽어버렸다. 다른 모두와 마찬가지다. 그래도—."

하루는 가면을 오른손으로 눌렀다. 한순간, 가면을 벗으려는 것 아닐까 하고 마나토는 생각했다. 아니었다. 하루는 가면을 누른 채로 깊이 고개를 끄덕였다.

"그녀는, 있어. 내 안에. 마나토. 네 말이 맞아. 나는, 그녀를……
동료들을, 친구들을, 완전히 잃은 것이 아니야. 그 사실까지 잊어버
리려고 했었다. 잊어서는 안 되는데—."

방주를 나가 근처의 폐허까지 가봤다.

하루 말에 따르면, 그곳은 원래 방벽으로 둘러싸인 오르타나라는 거리였고, 많은 사람들이 살고 있었다고 한다. 하지만 그것은 백 년도 더 전의 이야기라고.

방벽 바깥에서 본 단계에서 이미 상상했던 대로, 구 오르타나는 3분의 2가 숲이고, 나머지 3분의 1이 덤불이었다. 돌로 만든 방벽은 원형을 유지하고는 있지만, 건불 대부분은 부너져서 거의 나무들로 덮여 버렸다.

숲과 덤불 속에, 통행인의 왕래로 저절로 생겨난 작은 길이 있었고, 하루는 그곳을 걸어갔다. 마나토가 알아차릴 수 있는 발자국을 보아하니, 인간이 지나다니면서 생긴 길이겠지. 분명 동일한 인간이 몇 번이나 몇 번이나 이곳을 지나다녔다. 그렇다면 그것은 틀림없이 하루일 것이다.

"여기는 비교적 안전하다. 페비(토끼개)가 서식하고, 그리고 가끔씩 구멍쥐가 나오는 정도일까."

"먹을 수 있어?"

"구멍쥐는 맛없어. 페비 고기는 맛있지만, 발이 빨라 잘 도망간다."

"그 페비라는 건, 어느 정도 크기야?"

"이 정도일까."

하루는 고개를 뒤로 돌리고, 양손을 어깨 폭보다 약간 좁게 벌려 보였다.

"대형 짐승은 꽤 줄었다. 남쪽 천룡 산맥에는 잔뜩 있지만, 거기는 용의 구역이니까, 기본적으로는 발을 들이지 않는 편이 좋아."

"왜 커다란 짐승이 줄어든 거야?"

"남획이다."

"마구 잡았다는 뜻? 하루가?"

"설마. 그렇지 않아. 신을 따르는 자들의 짓이다."

"신? 아아. 왠지, 들어본 적 있는지도. 야쿠자가 믿었다고 했던가. 높은 사람? 사람이 아닌가? 카리자에 미츠메라는 큰곰이 있는데. 있었… 다고 해야 할까? 본 적은 없지만. 커다랗고, 흰색과 검정색 얼룩에, 거리 안으로 들어와서 30명이나 잡아먹었대."

"위험한 짐승이로군."

"카리자에 동상이 있었어. 미츠메 동상. 다들 무서워했고, 야쿠자는 제단이라는 걸 만들어서 숭배한다고 했어. 신이란 건, 그런 거야?"

"약간 비슷한지도 몰라."

"하지만 카리자 주변의 산에서 사냥 같은 것도 꽤 했었는데, 결국 미츠메는 없었어. 그거, 진짜일까?"

"미츠메는 어떤지 모르지만, 신은 있다. 광명신 루미아리스와, 암흑신 스컬헬."

"루미아리스…와, 스컬헬? 두 개나 있구나?"

"신은 개라고 세지 않는다. 명이나 위라고 센다. 두 명의 신이다."

이윽고 하루와 마나토는 트인 장소로 나왔다. 분명히 개척된 곳이다. 덤불은 고사하고 초원도 아니었다. 평평하게 고른 땅으로, 어떤 식물이 규칙적으로 심어져 있다.

“어, 오두막이 있네?”

마나토는 트인 토지 가장자리 쪽을 가리켰다. 그 방향에, 텐트를 크게 만든 것 같은 형태의 오두막이 있었다.

“내가 지었다. 뿌리나 열매, 이파리를 먹을 수 있는 식물을 여기서 기른다. 농장이다.”

“짐승이 먹지 않아?”

“다 먹어치우지만 않으면 곤란해질 것은 없어. 나 혼자였으니까.”

“이제 혼자가 아니잖아.”

“…그렇군.”

하루는 농장 바깥쪽을 통해 오두막 쪽으로 걸어갔다. 마나토도 농장의 식물을 밟지 않도록 조심하면서 하루를 쫓아갔다.

오두막 옆에는 목제 의자와 탁자가 놓여 있었다. 주변에 나무통과 단지가 몇 개나 놓여 있고, 흙을 파기 위한 삽이나 곡괭이, 그 이외에도 여러 개의 도구가 오두막 벽에 세워져 있다.

하루는 마나토에게 의자를 권하더니 자기는 탁자에 걸터앉았다. 마나토는 의자에 앉았다.

새나 벌레 소리가 끊임없이 들렸지만, 그래도 조용하다. 방벽으로 둘러싸인 탓일까? 일본의 숲과는 매우 다르다.

“하루는, 줄곧 혼자야?”

“사람을 만난 건 꽤 오랜만이니까. 지난번에 일본에서 그림갈로 사람이 넘어온 것은… 48년 전이던가.”

“그게 끝이었어?”

“그들과는 몇 년간 교류가 있었다.”

“아아, 그들이라는 건, 한 명이 아니었구나.”

"두 명이었다."

"어디에 있어?"

마나토가 묻자, 하루는 고개를 가로저었다.

"…그림갈에서는, 루미아리스에게 귀의한 신병(神兵)들과, 스컬헬을 따르는 예속(隸屬)들이 세력다툼을 하고 있어. 다른 세력도, 없는 건 아니─었지만… 나는 오랫동안 접촉하지 못했어."

"그, 신병? …과 예속이라는 건, 인간?"

"인간이었던 자도 있다."

"이젠 인간이 아닌 거야?"

"그림갈에는, 인간 이외의 종족도 있어."

"종족?"

"인간과 비슷한 정도로 머리가 좋고─인간과 꽤 흡사한 자들도 있고, 많이 다른 자들도 있다. 엘프라거나, 드워프. 유각인. 피라츠인, 센토. 고블린. 코볼트. 여러 가지 모습을 한 인간이 있다고 생각하면 돼. 여러 가지 종족이. 마나토 같은 인간은, 그중의 한 종류일 뿐이야."

"전부 다 포함해서, 사람이라는 건가?"

"뭐, 그렇다."

"사람이… 루미아리스나 스컬헬인지 뭔지에 귀의? 따른다? … 아무튼, 그렇게 되면, 사람이 아니게 되어버린다는 거야?"

"그래. 내가 아는 한에서는, 신병도, 예속도, 이미 사람이라고는 부를 수 없어. 다른 것이다."

"뭐랄까, 그러니까, 변해버리는 거야? 외모라던가."

"…그래."

하루는 고개를 떨구고 한숨을 내쉬었다.

"외모뿐만이라면, 그나마…. 속까지 변한다. 모든 것이 다. 변해 버렸다. 그림갈은. 변해버렸다…."

왠지 상당히 침울해진 것 같다.

변해버렸다.

변하게 만들어 버렸다.

"—응?"

마나토는 살짝 고개를 갸웃거렸다. 기분 탓일까? 마치, 하루가 변하게 만늘었다는 것 같은 말이다. 그때었다.

날개 소리와 이파리가 스치는 소리가 울리기 시작했다.

새다.

엄청난 수의 새들이 일제히 날아올랐다.

연속으로. 처음에는 천룡 산맥의 반대 방향에서, 그리고 그 움직임에 호응하는 것처럼 다른 방향에서도 잇달아 새가 날아올랐다. 호응하는 것처럼, 이랄까, 호응한 것이겠지. 무슨 이변을 느낀 새가 머물러 있던 나무에서 날아오르면, 다른 새들도 계속해서 뒤따른다. 숲에서는 종종 있는 일이다.

"하루."

마나토는 의자에서 일어섰다.

"응."

하루도 탁자에서 떨어졌다.

"…방심했다. 놈들은 여기에 접근하지 않는다고 생각했는데."

"놈들이라는 건?"

"오르타나에서부터 4킬로 정도 북서로 가면, 스컬헬의 예속이 살고 있어. 아마도, 놈들 일파겠지. 도망친다.”

“농장은? 괜찮은 거야?”

“신경 쓰지 마. 필요하면, 또—”

하루는 말하다가 말고 망토 안으로 손을 집어넣어 단검을 꺼내 거꾸로 쥐었다. 마나토는 활을 손에 들고 화살통에서 화살을 꺼내려고 했으나, 하루가 말렸다.

“놈들에게 화살은 소용없어. …지금의 나는, 멍청이다. 둔해졌다는 정도의 문제가 아니야. 전혀 눈치를 못 챘다.”

하루는 무엇을 눈치채지 못한 건가? 마나토는 이미 이해하고 있었다.

그들 정면은, 처음에 새들이 날아간 방향이다. 그쪽이 아니라, 맞은편 왼쪽 숲에서였다. 누군가가 농장으로 뛰어들어 온 것이다.

“아니야.”

하루가 중얼거렸다.

“예속이 아니… 라니? 신병—”

사람이었다. 이미 사람이라고는 부를 수 없다. 외모도 속도 다른 것이라고, 하루는 말했다. 분명히 저것은 너무나 기묘하다.

머리가 있고, 동체에서 팔과 다리가 두 개씩 나 있다. 형태는 인간이다. 하지만 미끈한 광택이 나는 물질로 온몸이 덮여 있는 건가? 잘 닦인 금속판을 몸에 붙여놓은 것처럼 보이기도 하는데, 그렇다 해도 지나치게 미끈미끈해 보인다. 그리고 눈이다. 눈이 두 개 있다. 그 두 개의 눈이, 놀랍게도 빛났다.

그놈은 뭔가 긴 것을 두 손에 들고 있다. 창이겠지. 창에 깃발을 장착했다. 깃발에 그려진 도형은, 사각형도 삼각형도 아니다. 원도 아니다. 뭐라고 부르는 건지 마나토는 모르지만, 돌기가 여섯 개 있는 형태다.

"신관인가? 그렇다는 건—이리 와, 마나토."

하루가 뛰기 시작했다. 시키는 대로 하는 것이 좋을 것 같다. 머리로 그렇게 생각하기도 전에, 마나토의 몸은 멋대로 움직여 하루를 따라가고 있었다.

하루는 천룡 산맥 방향의 숲을 헤치고 들어갔다. 그쪽에도 뭔가가 있다. 눈. 빛나는 눈이, 이쪽을 향해 온다. 그런데, 저놈은 머리뿐이다. 금속 같은 광택 있는 것으로, 머리만 뒤덮었나. 싯발 밀린 창을 든 놈과는 다르다. 옷을 입었다. 희멀건 천을 몸에 감고 있는 것 같은, 헐렁한 옷이다. 손에 막대기 같은 것을 들었다. 그냥 막대기가 아닌가? 막대기 끝에는 구체의 물체가 달려 있다. 저것으로 맞으면 꽤 아플 것 같다.

"하루?!"

"신병장이다."

그렇게 말한 직후, 앞에서 가던 하루의 등이, 갑자기 마나토의 시야에서 사라졌다. 마나토는 놀랐지만, 하루가 자세를 쑥 낮추고, 오른쪽 사선 방향에 있는 나무 뒤로 돌아갔다는 것은 간신히 알았다. 마치 살쾡이 같은 몸놀림이다. 신출귀몰하는 큰 살쾡이는 맞닥뜨린 적 없다. 맞닥뜨렸다면, 아마 잡아먹혔을 것이다. 마나토는 중형 살쾡이밖에 본 적이 없지만, 믿을 수 없을 만큼 재빨랐다. 나무들 사이를 빠져나가면서 달려갔나 싶더니, 다음 순간에는 나무 위에 있고, 거기에서 마나토를 내려다보고 있었다. 아무리 재빠른 인간이라도 저 움직임을 흉내내는 것은 무리겠지. 그때는 그렇게 생각했지만, 그렇지도 않은 모양이다. 하루는 흡사 살쾡이였다.

정신을 차리고 보니, 머리만 광택이 있는 것으로 덮여 있고, 두 개의 눈이 빛나는—신병장, 이라고 했던가? 그 신병장의, 앞이 아니다. 옆도 아니었다.

뒤다.

하루는 신병장 뒤로 이동해 있었다.

"끝내준다!"

마나토는 눈을 크게 뜨고 외쳤다. 자기도 모르게 멈춰 서버렸다.

하루는 뒤에서부터 왼손을 뻗어, 신병장의 눈을 막는 것처럼 해서 머리 오른쪽을 움켜잡았다. 그와 동시에, 오른손으로 거꾸로 쥐고 있던 단검으로 신병장의 목을 그었다. 생물의 머리와 동체를, 저렇게나 쉽사리 잘라낼 수 있는 것인가? 아마도 비결이 있는 거겠지. 힘을 가하는 방법이라거나, 각도라거나, 타이밍이라거나. 역시, 왼손으로 신병장의 머리를 누르고 자기 쪽으로 끌어당기는 것처럼 하는, 그건가? 비트는 것처럼 하는 게 포인트 아닐까? 단검 사용법도, 그냥 잡아당겨 베는 느낌과는 다르다. 하루는 손목을 빙글 돌렸다. 게다가 8자를 그리는 것처럼 위아래로도 움직였다.

하루는 사이를 두지 않고 바로 이어서 신병장의 몸을 발로 차서 쓰러뜨렸다. 머리는 대충 내던져버리나 했는데, 그게 아니었다. 하루는 신병장의 머리를 번쩍 던져올리더니, 왼손으로 다시금 캐치했다. 정수리가 딱 하루의 손바닥 위에 올라가 있다.

신병장의 두 개의 눈은 아직 빛나고 있었다. 그때, 신병장에게도 입 같은 것이 있다는 것을 마나토는 깨달았다. 인간이었다면 입이 거기에 있어야 할 곳이 옆으로 찢어져 있다. 그 찢어진 균열이 벌어졌다.

"빛! 루미아리스오오! 빛이 있으라…!"

말했다.

꽤 알아듣기 어려웠지만, 목소리다. 신병장이 목소리를 발했다. 머리만 있는데도.

"신을 따르는 놈들은, 이 정도로는 죽지 않아."

하루는 신병장의 머리 각도를 바꿨다. 절단면을 자기 쪽으로 향하고, 거기에 단검을 쑤셔 넣었다.

"아앗. 아아앗. 빛이이. 루미아리스, 빛이 보인다, 비이잇…—"

하루는 무엇을 한 건가? 단검으로 신병장의 머릿속을 헤집었다. 분명 그뿐이 아니다. 분명 머리 속에 뭔가가 있는 것이다. 그것을 단검으로 찔러 파괴함으로써, 머리와 동체를 분리해도 죽지 않는 신병장이 죽어버리는, 뭔가가. 보통 동물로 치면, 뇌나 심장 같은, 생명 활동을 유지하는데 필수불가결한 것이.

신병장이 입을 다물었다. 눈의 빛도 꺼졌다.

하루는 신병장의 머리를 버리자마자, 또 살쾡이처럼 몸을 낮추고 왼쪽으로 쓱 이동했다. 그쪽에는, 다른—신관이나 신병장과는 다른, 보기에, 인간인가? 싶지만, 피부가 갈색이랄까, 회색에 가깝다. 홀쭉한 몸에 귀가 뾰족하다. 입은 옷은, 신병장과 비슷했다. 오른손에 검을, 왼손에는 널빤지 같은 물체를 들었다. 널빤지 같은 물체는 방패다. 눈은 역시 빛나고 있지만, 신관이나 신병장처럼 광택 있는 것으로 머리 부분이 덮여 있는 것은 아니다. 어둠 속에서 짐승의 눈동자가 번쩍 빛나 보이는 일이 있다. 그것과 같다고는 말할 수 없지만, 대충 그런 느낌이다. 원래 눈 자체가 빛나는 것이다.

하루는 그 뾰족 귀를 신병장과는 약간 다른 방법으로 처치했다. 등 뒤로 숨어드는 것까지는 같았으나, 목 부분에서부터 비스듬히 찔러 올리는 것처럼 단검을 박았다. 하루는 뾰족 귀의 머리를 누르고 단검을 쑤욱 움직였다. 그러자 뾰족 귀의 눈은 빛을 잃고 몸이 축 늘어지면서 무너져내렸다.

"마나토, 뭐 해? 따라와."

하루가 왼손을 흔들어 손짓했다. 마나토는 다시금 뛰기 시작했으나, 괜찮은 건가? 라고도 생각했다 하루의 뒤를 쫓아가면서, 마나토는 좌우뿐만이 아니라, 뒤도 살피고 있었다. 두 사람은 추격당하고 있다. 한 방향이 아니다. 적은 이쪽저쪽에 있다. 이 부근은 울창하게 나무가 우거져 있고, 건물의 잔해 같은 것도 있어, 시야가 확보되지 않는다. 그래도 이따금 사람 같은 것의 모습이 눈에 들어온다. 발소리, 목소리도 들린다.

"빛!"

"빛이여!"

"빛!"

"빛이 있으라!"

"루미아리스!"

"빛이여! 루미아리스여!"

"저에게 가호를!"

마나토가 이해할 수 있는 말도 있고, 잘 알 수 없는 말도 있다.

"디에덴다!"

"아핑케!"

"로루바롤!"

그래도, 분명 똑같은 말을 외치고 있는 것이리라. 말투가 비슷하다.

엄청난 숫자다.

다섯 명이나 여섯 명 정도가 아니다. 추적자는 열 명 이상. 어쩌면 수십 명인지도 모른다.

마나토는 들개 무리나 여러 명의 야쿠자에게 쫓긴 적이 있다. 쫓기는 것은 비교적 아무렇지 않았지만, 끝까지 도망칠 수 있을까? 붙잡히는 것 아닐까? 라는 걱정은 있었다. 라고나 할까, 보통으로 생각하면 우선 잡힌다.

그런데도, 신기하다. 처음에 신병장과 뾰족 귀를 처치한 이후로, 두 사람은 따라잡힐 것 같으면서도 따라잡히지 않는다. 어지간히 운이 좋은 건가? 운만은 아닌가? 마나토는 오로지 하루만 쫓아갈 뿐이다. 도주 경로를 선택하는 것은 하루니까, 하루가 잘 도망가고 있다는 뜻이겠지.

"여유 있게 따라오는군."

하루가 힐끔 돌아보며 말했다.

"대단한데, 마나토."

"어. 하루야말로. 숨차 하지도 않잖아."

"…그쪽도 그렇잖아."

"아니, 꽤 힘들어졌거든. 힘든 건 아닌가. 아직 괜찮긴 하지만."

"그건 고마운 일이군."

"고마운 건, 완전히 내 쪽인데?"

앞쪽에 방벽이 보였다. 골짜기처럼 푹 꺼진 부분이 있다. 하루는 그곳을 통해 밖으로 나가려는 것이겠지.

“하루! 오른쪽!”

마나토가 말하자, 하루는 “응” 이라고 짧게 대답했다. 하루도 알고 있던 모양이다. 아직 거리는 있지만, 맞은편 오른쪽, 방벽 위에 사람의 실루엣이 있다. 사람 실루엣. 사람이 아니다. 깃발 달린 창을 들었다. 신관이다. 앞질러 와 있던 모양이다.

하루가 아랑곳하지 않고 방벽 골짜기를 달려서 빠져나가 오르타나 밖으로 나갔다. 마나토도 뒤따랐다.

오른쪽을 보니, 신관이 방벽에서 뛰어내린 참이었다. 신관뿐만이 아니다. 머리만 광택 있는 것으로 덮인 신병장이 한 명, 눈이 빛나기만 하는 놈도 몇 명인가 방벽 위에 있고, 신관을 따르려고 했다.

하루가 어째서인지 속도를 늦췄다. 그 덕분에 마나토는 하루를 따라잡았다.

“잘 들어, 마나토. 내 말대로 해.”

“응. 할게.”

“방주로 가. 너 혼자서는 안에는 들어갈 수 없어. 어떻게든 몸을 숨기고 방주 근처에서 나를 기다려라.”

“어, 하루는?”

“놈들을 어떻게 해본다.”

“혼자서?”

“나는 문제없어.”

“으음….”

“여기에서 백 년도 넘게 살고 있다. 단, 너를 지키면서 할 자신은 없어.”

“백 년도 넘게—백 년?”

“가.”

하루가 턱짓하는 것처럼 방주 방향을 가리켰다. 그리고 몸을 돌렸다.

마나토도 뒤로 돌아, 검을 칼집에서 뺐다.

“…마나토?!”

하루는 흠칫 놀란 것 같았다.

“거들기만 할게!”

하루는 자기도 모르게 웃어버렸다.

“위험해지면 도망칠 거니까, 괜찮아!”

“괜찮다니….”

“잔뜩 오잖아. 왜, 있잖아, 방금 지나온 벽 구멍? 거기에서도.”

방벽에서 뛰어내린 신관, 신병장 한 명, 눈이 빛나는 놈들이 넷, 다섯인가? 거기에 더해, 하루와 마나토가 탈출해온 장소에서도 신병장이 튀어나왔다. 눈이 빛나는 놈들도 계속해서 나온다.

“하루, 저 눈이 빛나는 사람들은—”

“신병이다.”

하루는 단검을 왼손으로 바꿔 들고, 망토 안에서 또 한 자루, 다른 무기를 꺼냈다. 모양은 조금 다르지만, 그것도 단검이다. 하루는 양손에 단검을 한 자루씩 들었다. 태세를 갖추고 기다리는 것이 아니라, 곧바로 신관을 향해 달려간다. 신관, 신병장, 다섯 명의 신병들은 하루에게 몰려들려고 했다. 7 대 1이다. 다수로 밀어붙이는 것도 정도가 있지. 가세하고 싶지만, 방벽 골짜기에서 나오는 놈들을 어떻게든 처리하지 않으면, 하루는 더 힘들어지겠지.

마나토는 방벽 골짜기에서 나온 신병장에게 돌진했다. 그 신병장의 광택 있는 것으로 뒤덮인 머리에는 두 개의 뿔이 나 있다. 그림 갈에는 여러 가지 종족이 있다고 하루가 말했었다. 뿔이 난 사람도 있나 보다. 뿔이 두 개인 신병장은, 오른손에 끝이 둥근 봉을 들고 있다. 봉의 길이는 고작해야 팔 하나 길이 정도다. 왼손에 든 원형 물체는 방어용이겠지. 둥근 방패인가? 저것으로 두들겨 패는 것도 가능할 것 같다.

"로루바롤…!"

두 뿔 신병장은 둥근 방패를 앞으로 내밀고 거리를 바짝 좁혀왔다.

만약 마나토가 검으로 벤다면, 두 뿔 신병장은 둥근 방패로 막을까? 받아서 쳐낼 것이다. 그리고 곧바로, 마나토를 봉으로 가격하려고 들 것이다.

굳이 맞춰줄 필요는 없다. 마나토는 두 뿔 신병장이 왼손에 든 둥근 방패를 아슬아슬하게 피해서, 비스듬히 오른쪽 앞으로 몸을 내던졌다. 구르다가 일어나니, 두 뿔 신병장은 발을 멈추고 마나토 쪽으로 얼굴을 향하고 있었다. 하루가 아니라, 마나토에게 덤벼든다. 마나토가 그렇게 유도한 것이니, 노린 대로다.

마나토는 방벽 골짜기를 향하여 달렸다. 신병이 둘, 아니, 셋인가? 빛인지 뭔지, 빛이 어쩌고저쩌고 외치면서, 한 덩어리가 되어 밀려온다.

뭔가, 이런 건, 무섭기는 무섭지만, 무서워지면, 오히려 무섭지 않게 되는 건가?

높은 장소에서 뛰어내리는 것과도 비슷하다. 우와, 높다. 위험해, 라고 생각한다. 꽈악, 가슴이 조여지고, 소름이 끼치기도 한다. 술

렁, 하고, 뛰어내리지 않는 게 좋다고 느끼는데도, 뛰어내리고 싶어서 견딜 수가 없다.

부모님은 마나토의 그런 면을 걱정했었다. 헌터는 신중해야 한다. 두려움을 모르는 헌터는, 자기가 감당할 수 없는 사냥감을 잡으려고 하다가 반격을 당한다. 헌터는 겁쟁이 정도가 딱 좋다. 부모님은 마나토는 헌터에 맞지 않는다고 생각했었다.

하지만 무섭지만 무섭지 않으니까, 어쩔 수 없다. 이 이야기를 하면, 준츠아와 아무, 네이카도 고개를 갸웃거렸었으니, 마나토는 좀 이상한 건지도 모른다. 마나토는 무서운 것을 그리 싫어하지 않는 것이다. 오히려 꽤 좋아하는지도 모른다. 무서우면 웃음이 나온다. 틀림없이 무서운데도, 무섭지 않아진다. 아니, 무섭기는 무섭지만, 즐겁다.

그래.

즐겁다.

무서우면 무서울수록, 즐거워진다.

즐겁다고 해서 마나토가 아무 생각도 없는 것은 아니다. 신병이 세 명. 각각의 움직임을 보고, 어떻게 나올지 예상하고, 이렇게 해볼까, 저놈이 이렇게 나오면 이렇게 할까, 다른 놈은 이런 느낌일 테니까, 어떻게 할까나? 라거나. 생각하고는 있지만, 판단은 한순간이다. 방침만은 명확했다.

피한다.

도망치는 것이 아니다. 등을 보이며 도망치면, 쫓기게 되고, 당한다. 아무튼, 피하고, 피하고, 또 피한다.

세 명의 신병은 각각, 머리가 긴 여성이 끝이 둥근 봉, 체격 좋은 녹색 피부 놈이 검과 널빤지 같은 방패, 뾰족 귀가 긴 봉을 들었다. 모두 사정거리는 제각각이다. 체격에도 차이가 있다. 두 뿔 신병장도 왔다. 4 대 1인가. 4 대 1. 웃긴다. 4 대 1이다.

"아핑케…!"

뾰족 귀 신병이 긴 봉을 휘둘렀다. 온다. 맞은편 오른쪽에서부터 긴 봉이. 이것은, 맞는다. 이대로 돌진하면. 위험해. 마나토는 물러서지 않았고, 속도를 늦추지도 않았다. 오른쪽으로도 왼쪽으로도 가지 않는다. 맞는다. 맞는다니까.

맞기 직전에, 마나토는 앞을 향한 채로 몸을 숙였다.

무릎이 자기 가슴에 부딪힐 정도로 낮은 자세를 취하니 긴 봉은 맞지 않았다.

머리에는.

머리카락에는 닿았다.

마나토가 아랑곳하지 않고 뾰족 귀 신병에게 태클을 감행했다. 몸으로 부딪친 것이 아니다. 검이다. 마나토는 검을 들고 있다. 신병의 배때기에 검을 쑤셔 박았더니, 좀 놀랄 만한 방식으로 박혔다. 어? 박히네? 이렇게? 거의 순식간에, 챙 근처까지 박혀버렸다. 뺄 수 있을까? 이거.

"―쿳…!"

마나토는 오른손에 쥔 검 칼자루를 힘껏 빼면서, 뾰족 귀 신병의 가슴을 왼손으로 밀었다. 신병이 엉덩방아를 찧었고, 검은 의외로 쑥 빠져줬다. 신병은 긴 봉을 손에서 놓지 않았다. 마나토는 신병의 오른쪽 손목을 검으로 베었다. 베자, 라고 생각하고 검을 움직였더니, 베어졌다. 굉장해. 재미있을 정도로 잘 드는 검이다.

"아핑케, 루미아리셸…!"

뾰족 귀 신병은, 배를 찔리고 오른손이 날아가 버렸는데도, 일어나려고 했다. 목을 쳐버리지 않으면 안 되는 건가? 하지만 검과 방패를 든 체격 좋은 녹색 피부의 신병이 덤벼든다. 마나토는 반사적으로 검을 휘둘렀다. 녹색 피부 신병의 검을, 간신히 튕겨낼 수는 있었으나, 약간 자세가 흐트러질 것 같았다.

"힘, 세닷…."

"이그란샤…!"

녹색 피부 신병은 연속으로 검을 휘두른다. 맞받아치고 싶지는 않지만, 아마 다 피할 수는 없을 것이다. 마나토는 필사적으로 검으로 녹색 피부 신병의 검을 쳐냈다. 녹색 피부 신병은 검을 한 손으로 들었고, 마나토는 두 손으로 들고 있는데도, 힘으로 밀릴 것 같다. 무엇보다, 크고. 저 검도, 길이는 둘째치고, 두껍고 무겁다. 용케 한 손으로 저런 것을 가볍게 휘두를 수 있네.

"빛이여…!"

게다가 거기에 여성 신병이 돌진해왔으니, 미칠 노릇이다.

"—우왓…!"

마나토는 반사적으로 옆으로 점프하여 땅바닥으로 몸을 던졌다. 그러지 않았다면, 여성 신병의 끝이 둥근 봉을 정통으로 맞았을 것이다.

구르다가 일어나려고 했더니, 뾰족 귀 신병이 달려든다.

"아핑케…!"

"잠깐—."

마나토는 뾰족 귀 신병을 발로 차버렸다. 운 좋게도 뾰족 귀 신병이 여성 신병과 부딪쳤다.

"디에덴다…!"

그러자 녹색 피부 신병이 덤벼든다. 마나토를 짓밟을 생각인가?

"아니, 잠깐만—."

짓밟힐 수는 없다. 마나토가 부리나케 기어가다 일어난 곳에는, 그러나, 두 뿔 신관장이 기다리고 있었다.

"로루바롤! 루미아리스…!"

"이크…."

위험해.

이거, 상당히 위험한지도.

자기가 무엇을 피하려고 하는 것인지, 실제로 무엇을 피하고 있는 건지, 마나토는 금방 알 수 없게 되었다. 뭐가 뭔지는 몰라도, 닥쳐오는 것으로부터 오로지 몸을 피하는 수밖에 없다. 이것도 저것도 모든 것이 다 마나토를 깨부수려고 한다. 혹은 난도질하려고 한다. 올라타고, 엉망진창으로 만들려고 한다.

"—큭…?!"

검이 마나토의 손에서 떨어질 것 같아서, 놓지 않으려고 했더니, 두 팔과 함께 몸이 왼쪽으로 끌려갔다. 녹색 피부 신병의 검을 막으려고 하다가, 채 받아내지 못한 것이다.

다음 순간, 쿵, 하고 강렬한 충격을 받았다. 발에 차인 건지 뭔지. 숨이 턱 막히더니, 날아갔다. 일어나기 전에 마나토는 생각했다. 당한다. 일 났다. 일어나야 해.

숨을 제대로 쉴 수가 없다.

몸은, 움직인다.

간신히 움직여준다.

마나토는 두 뿔 신병장에게서 멀어지려고 했다. 녹색 피부 신병에게서도, 여성 신병에게서도, 뾰족 귀 신병에게서도, 벗어나고 싶다. 조금이라도 좋아. 떨어지는 편이 좋아.

벽.

방벽이 있다.

가깝다.

바로 코 앞이다.

"헤헷…."

마나토는 웃었다.

적어도, 웃으려고 했다.

돌로 쌓아 만든 방벽은 손가락이나 발을 걸 수 있을 만한 곳이 얼마든지 있어서, 간단히 타고 오를 수 있었다. 신병장과 신병들에게 등을 보이게 되니까, 별로 좋지 않은 것 아닐까? 라고, 기어오르기 시작하고 나서야 생각했다. 어떨까? 그렇기는 해도, 돌아보고 확인하는 것보다는 빨리 올라가 버리는 게 좋을까? 라고나 할까, 이미 다 올라왔다.

마나토는 방벽 위에 쪼그리고 앉았다. 뒤를 돌아 내려다보니, 신병장과 신병들이 있었다. 빛나는 눈으로 마나토를 올려다보고 있다.

"어라…."

올라오지 못하는 거다.

자기가 빈손이라는 것을 깨달은 것은 그때였다. 그런가. 그래서 쑥쑥 올라올 수 있었던 것이다. 나무타기는 자신 있지만, 검을 든 채로는 과연 이렇게는 할 수 없었다. 검은 어디로 간 건가? 검뿐만이 아니라, 활도, 화살통도 없다.

가슴이 아프다. 꽤 아프다. 괴롭지만, 호흡은 간신히 할 수 있다.

있다.

검.

두 뿔 신병장 뒤에 떨어져 있다. 주워야 해. 좋은 검이니까. 가슴이 아프다. 뭐지? 뼈가 부러졌나? 갈비뼈라거나. 그런가. 아마도, 방패다. 녹색 피부 신병의 방패에 맞아 날려갔었다. 그때일 것이다.

뾰족 귀 신병이 뭔가 하고 있다. 오른손인가? 마나토가 잘라낸 오른손을, 절단면에 대고 붙이려고 하는 모양이다. 붙는 건가? 붙을까? 모르겠다. 마나토는 붙여본 적이 없다.

"아아…."

마나토는 고개를 흔들었다. 좀 멍해졌다. 아프고. 가슴이. 그래도, 괜찮다. 참을 수 있어. 아픈 것은, 머지않아 나을 테고. 뼈 정도라면, 부러져도, 뭐. 부러진 적, 있었고. 몇 번인가. 몇 번이나, 있었고.

아빠도 엄마도 화들짝 놀랐었다.

엇, 마나토, 부러진 뼈, 벌써 붙었잖아. 대단한데, 마나토. 응? 대단한 거야? 이거? 그래, 대단하다니까. 대단해, 대단해.

셋이서 웃었던가.

회상하고 있을 때가 아니다.

두 뿔 신병장이 방벽을 발로 찼다. 그러자 여성 신병과 녹색 피부 신병이 무기와 방패를 버렸다. 올라올 생각인 모양이다.

"마나토…!"

하루 목소리가 들렸다. 그쪽을 보니, 하루는 깃발 달린 창을 든 신관과 두 명의 신병에게 둘러싸여 있다. 몇 명인가 쓰러져 있는 걸 보니, 저 신관과 신병 둘 말고는 하루가 다 처치한 건가?

"시간을 끌어, 금방 도와줄게…!"

"괜찮아!"

마나토는 자기가 말해놓고 웃어버렸다. 괜찮아? 어디가?

오르타나 쪽으로 시선을 돌리자, 신병장인지 신병인지, 어느 쪽인지 확실히는 알 수 없지만, 숲속에서 움직이는 실루엣이 언뜻언뜻 보였다. 방벽 골짜기에서부터, 머리가 광택 있는 것으로 덮인 신병장이 튀어나온다. 신병장의 뒤를 따라 신병들도 나왔다. 모처럼 하루가 몇 명 줄여놓았는데, 도로 늘어나버렸다.

"실화냐…!"

정말로, 웃긴다. 준츠아에게 몇 번이나 주의를 들었다. 이상한 데서 너무 웃는다고. 하지만 말이야, 어쩔 수 없잖아? 왠지 웃기고, 웃음이 나오는 거니까.

"―좋았어!"

마나토는 방벽에서 뛰어내렸다. 기어 올라오는 녹색 피부 신병과 여성 신병에게 잡히지 않도록, 될 수 있는 한 멀리 뛰었다. 두 뿔 신병장을 뛰어넘을 수 있을까? 뛰어넘을 수 없다면, 좀 위험한데.

"브로브랄! 루미아리스…!"

두 뿔 신병장이 둥근 방패를 치켜들었다. 끝이 둥근 봉으로 마나토를 쳐서 떨어뜨리려고 한다. 마나토는 웃었다. 위험해, 이거. 허공이고, 피할 수가 없어. 아니? 그렇지도 않은가?

"―웃…."

마나토는 두 팔로 무릎을 끌어안는 것 같은 자세를 취했다. 조금이라도 몸을 웅크리면, 신병장의 끝이 둥근 봉에 맞기 힘들 것이다.

그럴지도 모른다.

어떨까?

"큭―…!"

아닌가.

몸 왼쪽을 강타당해 마나토는 바닥으로 떨어졌다. 한순간, 정신이 아득해졌지만, 검, 검이다, 검을 집어야 해. 있다. 검. 검이다.

"하앗…!"

마나토는 검을 두 손으로 쥐고, 벌떡 일어나면서 힘껏 휘둘렀다. 그러자 맞았다. 신병장의 끝이 둥근 봉을, 마나토의 검이 쳐냈다. 우연이다. 웃기잖아, 이런 것.

"웃! 큭! 이얍…!"

몸 여기저기가 아픈 것 같은 느낌도 들지만, 신경 쓰고 있을 때가 아니다. 마나토는 검을 휘두르고, 휘두르고, 또 휘둘렀다. 물러나면, 뭐랄까, 질 것 같은. 검을, 아무튼 검을 휘두르면서, 앞으로, 앞으로, 앞으로 나가는 거다.

마나토는 밀려나지 않았다. 아마도, 두 뿔 신병장은 뒤로 밀려났다.

내가 밀고 있다, 라고 생각하자마자, 옆에서 뭔가가 부딪쳐왔다. 피하는 건 도저히 불가능했다.

"우웃―."

마나토는 옆으로 쓰러졌고, 곧바로 발에 차였다. 엄청난 괴력이다. 장난 아닌 다리 힘. 분명 녹색 피부 신병이다.

차여 나뒹굴고, 그 주변은 풀밭이랄까, 덤불이라고 할 정도가 아닌 풀숲이니까, 이렇게 누워 있으면, 풀잎에 시야가 가려져, 이제 뭐가 뭔지. 그저 드러누워 있는 건 아니지만.

"음….”

왼쪽 어깨에서부터 등에 걸쳐서, 제대로 맞았다.

아프다고 할까, 뜨겁다고 할까.

도대체 뭐지? 이거.

혹시나, 칼에 베였다거나?

"마나토오…!”

어딘가에서 하루가 외쳤다.

도망칠 걸 그랬나? 그런 일을, 얼핏 생각했다. 하라는 대로 하는 편이 좋았을까?

"이야앗…!”

마나토는 벌렁 드러누운 채로 오른손만으로 쥐고 있는 검을 휙 휘둘렀다. 왼팔은, 아픈 건지 뭔지, 마음먹은 대로 움직일 수 없다. 왼팔뿐만이 아니라, 모든 것이 다 뜻대로 움직이지 않는다.

신병장과 신병들이 주위에 잔뜩 있다는 것은 안다. 몇 명이 있는지는 잘 모르겠다. 과연 거기까지는 알 수 없다.

무섭지는 않다. 왠지 이제, 조금도 무섭지 않다.

즐겁지도 않으니까, 웃을 수는 없다.

뭐야? 이거. 도대체 뭘 하는 거야? 안 되잖아, 이래서는.

역시, 도망치는 게 좋았을까? 방주를 향하여. 하루가 그러라고 했고. 그렇게 해야 했던 걸까? 판단 미스였나?

"—으앗….”

갑자기 검이 마나토의 오른손에서 떨어져, 어딘가로 날아가 버렸다.

두 뿔 신병장이 마나토의 팔 위에 다리를 걸치고 있다. 신병장은 끝이 둥근 봉을 치켜들고 빛나는 눈으로 마나토를 내려다보고 있었다.

하늘에 뭔가가 날아간다. 새일까? 그런 것치고는 큰 것 같은. 가깝다고나 할까, 낮은지도 모르겠다. 하나. 한 마리? 아니야. 두 마리. 두 마리의 새인지 뭔지는, 신병장의 정수리 위를 가로질러, 금방 보이지 않게 되었다. 새. 새가 뭐 어쨌다는 거야?

"알베라로 루미아리스 렐…!"

신병장이 뭔가 말하고 있다.

무슨 말을 하는 거지? 마나토는 전혀 알 수 없다. 여성 신병이 엎드리는 것처럼 몸을 낮춰 마나토에게 얼굴을 가까이 댔다.

"루미아리스께 귀의하라. 그러면, 당신은 영원히 구원받는다."

자기도 모르게 마나토는 여성 신병과 눈을 마주치고 말았다. 신관이나 신병장처럼 광택 있는 것으로 머리가 덮여 있고, 눈 부분이 빛난다기보다, 사람의 눈 자체가 빛을 발하고 있는 쪽이, 오히려 기분 나빴다. 그 빛 안쪽에 여섯 개의 돌기가 있는 도형이 보였다. 신관의 깃발에 그려진 것과 같은 형태다.

"약한 자여, 빛에 귀의하거라."

여성 신병이 말했다. 신기하게도 다정한 말투였다.

귀의. 뭐지? 귀의라는 게. 잘 모르겠지만, 따르라거나, 동료가 되라거나, 그런 의미일까?

마나토는 웃었다. 웃으니 온몸이 아파져서, 더 웃겼다.

"절대로, 싫어."

"그렇다면 죽어라."

여성 신병이 속삭이는 것처럼 말하더니, 두 뿔 신병장을 올려다보고 고개를 가로저어 보였다.

신병장이 고개를 끄덕였다. 치켜들고 있던 봉 끝, 저 둥근 부분으로 때릴 셈일까? 저것으로 어디를 때릴까? 안면, 이라거나? 그런 짓을 하면 박살 난다니까. 얼굴이 으깨지면, 아마 그리 간단히는 낫지 않을 것이다. 어쩌면 죽어버릴지도 몰라. 아아.

혹시나, 죽나? 이대로 있다가는, 죽어버린다는 분위기?

마나토는 도망치려고 했으나, 아무래도 타이밍이 맞을 것 같지 않다.

"—웃…!"

하루가 뒤에서 신병장의 머리를 두 개의 단검 사이에 끼는 것처럼 해서 날려버리지 않았다면, 마나토의 안면은 엉망진창이 되었겠지. 라고나 할까, 어느 틈에? 와 있었어? 하루. 한순간 전까지도 거기에는 없었을 텐데.

"마나토…!"

하루는 머리를 잃은 신병장을 발로 차서 쓰러뜨리자마자, 여성 신병의 목을 날려버렸다. 방금 그거, 어떻게 한 거야? 마나토의 눈에는, 하루의 오른손에 들고 있는 단검이, 쑥 늘어난 것처럼 보였다. 단검의 검신이 한순간 길어져서, 여성 신병의 목을 완전히 날려버렸다. 그런 일이 있을 수 있어? 단, 여성 신병은 네 발로 엎어진 것 같은 자세였으니까, 하루가 단검으로 그녀의 목을 베려면, 몸을 웅크리는 정도는 해야 한다. 그런데 하루는 그렇게 하지 않았다.

일어선 상태에서 베었다. 그렇다는 것은, 역시 하루의 검이 늘어난 건가?

"일어날 수 있어? 마나토…?!"

하루는 마나토에게 그렇게 물어보면서, 녹색 피부 신병을 향해 단검을 뻗었다.

틀림없다. 하루가 오른손의 단검을 휘두르면, 검신이 쑥 길어졌다. 녹색 피부 신병은 그것을 간신히 방패로 막아냈으나, 앞으로 나오지 못한다. 하루가 쭉 쭉 쭉 쭉 단검을 늘이기 때문에, 녹색 피부 신병은 방어에 전념할 수밖에 없었다. 단검이라기보다, 밧줄이나 그런 것 같네. 밧줄은 늘어나거나 줄어들지 않지만. 도대체 뭘까? 저것.

"마나토?!"

"―우왓! 응…!"

일어날 수 있냐고 물었는데, 아직 대답하지 않았다. 마나토는 반동을 이용해서 단숨에 벌떡 일어났다. 온몸이 다 아프기는 아프지만, 움직이지 못할 것 같지는 않다.

하루는 녹색 피부 신병에게 단검을 뻗어 후퇴시키더니, 뾰족 귀 신병이 내지른 긴 봉을 쓱 피했다. 그때는 이미, 하루가 뻗은 단검이 뾰족 귀 신병의 목을 깨끗하게 절단했다.

마나토는 자기 검을 찾으려고 했다. 어디로 날아간 걸까? 없다. 보이지 않는다. 우선, 검은 됐나. 된 건 아니지만. 방벽 골짜기에서 나온 놈들이 다가온다. 몇 명 있는 걸까? 끊임없이 잇달아 나온다. 그뿐만이 아니다. 방벽 위에도 신병이 있다. 아니, 저것은 신병장인가? 신병도 몇 명인가 있다.

"오크 놈! 만만치 않군…!"

하루는 슉슉 단검을 늘여 녹색 피부 신병에게 방패를 사용하게 만들더니, 그 틈에 거리를 좁혔다. 첫 발자국에서부터, 하루는 빨랐다. 두 발자국째는 더 빠르고, 직선적인 움직임이 아니니까, 보다가 놓칠 것 같았다. 만만치 않다고 말하지 않았던가? 하루는 눈 깜짝할 사이에 녹색 피부 신병의 뒤로 돌아가 버렸다. 그리고 오른손의 늘어나는 단검과 왼손의 단검으로, 빙글 감아올리는 것처럼 녹색 피부 신병의 목을 따버린다. 깔끔하다고밖에 말할 수 없는 솜씨다. 저런 일이 가능하다면, 분명 기분이 좋겠지.

하루는 마나토를 쳐다봤다.

"뛰어—."

그 뒤에도 뭔가 말하려고 했던 것이 틀림없다. 말하지 않은 것은, 두 뿔 신병장이 막아섰기 때문이다.

"루미아리스…! 브로브랄…!"

"에헷…."

마나토는 너무 넋이 나간 나머지 약간 웃음이 나와버렸다. 덕분에, 헉, 이라기보다, 에헷, 에 가까운 목소리가 나온 것이다.

신병장은 뿔이 두 개 달린 머리를 두 손으로 들고 자기 목에 눌러댔다.

아니, 붙지는 않겠지. 아무리 그래도, 그건.

하지만 그러고 보니 뾰족 귀 신병은, 마나토가 오른손을 날려버렸는데도, 아까 긴 봉을 두 손으로 잡고 있었다. 그 짧은 시간에 붙은 건가? 붙인 것이다. 그렇다는 건, 머리도 붙나? 그건 좀, 아니지 않나? 손과 머리는 다르다. 전혀 다르다.

상관없는 건가?

신병장은, 뿔이 두 개 달린 자기 머리에서 손을 뗐다.

틀림없이 뗐고, 이제 손으로 누르지 않는데도, 머리가 안 떨어진다.

붙었다.

"광핵을 다 부수지 않았어…!"

하루가 마나토는 잘 모르는, 뭔가 그런 비슷한 말을 하더니, 오른손의 단검을 늘였다. 신병장은, 단검이라고 불러도 될지 망설여지는 하루의 단검을, 왼팔로 막았다. 받아내려고 한 것이겠지만, 신병장의 왼팔은 늘어난 단검에 잘려 날아갔다. 그런 것은 개의치 않고, 신병장은 하루에게 돌진했다.

"이러니까…!"

하루는 오른발로 신병장의 팔을 차서 몸을 뒤로 젖혀지게 하더니, 사이를 두지 않고 곧바로 왼발로 다시 한번 차서 넘어뜨렸다. 그렇지.

도망가야지.

마나토는 뛰어가려고 했다. 이번에는 하루가 시키는 대로 하자.

"빛이여!"

"이그란샤! 디에덴다!"

"루미아리스! 로루바롤!"

"아핑케! 루미아리셀!"

"루미아리스의 가호 아래에…!"

밀려오잖아.

신병장이.

신병들이.

그리고 온몸이 광택 있는 것으로 뒤덮인 신관도.

신관이 창에 매단 깃발을 휘둘러 신병장과 신병들을 부추기고 있는 건가? 하루는 신관을 채 처치하지 못한 것이겠지. 라고나 할까, 신병장조차도, 목을 따도 바로 부활해버렸다. 죽잖아? 목이 따이면, 과연 보통은. 보통이 아니라도, 죽을 만한 일이다. 하지만 신병장은 되살아났다. 어쩌면 죽지 않았던 건가? 목을 벤 정도로는 죽지 않는다. 요컨대 그런 뜻인가? 신관도 분명 마찬가지일 거라는, 왠지 그런 생각이 드는 것뿐이지만, 신관은 신병장보다도 튼튼할 것 같다. 하루도 죽일 수 없다니. 위험해. 엄청나게 무서운데, 마나토는 웃을 수 없었다. 별로 즐겁지 않아. 도망쳐야 해. 머리로는 그렇게 생각하는데, 몸이 빠릿하게 움직여주지를 않는다.

—이럴 때는, 웃으면 돼.

아빠의, 이빨이 빠지고 쭈글쭈글해진 얼굴이 떠올랐다.

—웃으면, 힘이 빠지니까.

엄마도 못지않게 주름투성이였는데, 그것은 아빠와 엄마가 두 사람 다 얼굴 전체에 주름을 잡고 웃고 있는 탓이기도 했다.

—어떤 때이든 웃고 있으면 견딜 수 있고, 극복할 수 있으니까.

마나토는 줄곧 그렇게 부모님께 배워왔다. 어릴 때는 우는 일도 있었지만, 그럴 때도 부모님은 어떻게든 자식을 웃게 만들었다. 무엇보다, 두 사람이 항상 웃고 있었다. 덩달아 마나토도 웃었다.

알고 있었다.

도저히 웃을 만한 기분이 아닐 때도 있었다. 실제로, 부모님 둘 다 아무 데도 아프지 않고, 조금도 힘들지 않은 날 같은 건 거의 없었을 것이다. 괴로워서 견딜 수 없을 때는, 억지로 웃었다. 자포자기처럼 웃을 때도 있었다.

그래도 웃지 않는 것보다는, 웃는 게 좋다.

웃을 수 없는 것보다, 웃을 수 있는 쪽이, 훨씬 좋다.

모두, 언젠가는 죽는다. 마나토도 죽는다.

죽기 직전까지, 아빠와 엄마가 그랬던 것처럼, 웃을 수 있는 한은, 웃고 있고 싶다.

"이힛…."

그래서 마나토는 억지로 웃는 얼굴을 만들었다. 그렇게 하면, 아주 조금 즐거워졌다. 즐거워지면 몸은 움직인다.

하루는 마나토를 먼저 가게 할 생각이다. 하루 본인은 마나토 뒤를 따라갈 셈이겠지. 그렇다면, 마나토는 가능한 한 빨리 뛰어야 한다. 앞만 보고 뒤돌아보지 않는 게 좋다. 그렇게 생각하고 있지만, 마음에 걸려 자기도 모르게 뒤를 봐버린다. 가깝고. 신병장. 신병들. 상당히 가까이까지 다가와 있다.

"─엇…."

오르타나가 아니라 그 반대 방향에서, 뭔가가 날아왔다.

수평이 아니다.

비스듬히였다.

하강하면서, 즉, 그것은 하늘에서부터 비스듬히 낙하해온 것이다.

생물이다.

날개가 있다.

크다.

새.

아니, 아니다. 새 같은 것이 아니야. 왜냐하면, 인간보다도 훨씬 크다.

아까 뭔가가 날아갔었다.

두 뿔 신병장.

그 머리 위를, 새 같은 것이 가로질러 갔다.

새치고는 큰 것이.

혹시나, 저것이었나?

"용이라니…?!"

하루가 외쳤다.

용.

저것이 용인가?

날개가 있고, 다리가 두 개 있다.

용은 그 다리로 신병장과 신병들을 차서 날려버렸다. 착지하지는 않았다. 아슬아슬했다. 용은 힘차게 날개를 움직여, 직진하면서 부상한다.

마나토는 봤다. 용의 등에서, 뭔가가, 라고나 할까, 누군가가, 뛰어내렸다. 사람? 인간일까? 망토는 걸치지 않았지만, 하루처럼 두꺼운 옷을 입었다. 얼굴은, 잘 모르겠다. 하루가 쓴 가면과는 다르지만, 투박한 안경 같은 것을 썼고, 얼굴 아래쪽 절반도 뭔가로 가렸다.

용은 방벽에 부딪칠 뻔했으나, 간신히 격돌하지 않고 고도를 높여간다.

"카란비트! 산에서 기다리고 있어…!"

이것은, 용에서 뛰어내린 인간의 목소리인가? 그렇다. 인간에는 남자가 있고, 여자가 있다. 그것 말고도 있지만, 아빠와 엄마가 말했었는데, 아빠는 남자고 엄마는 여자다. 하루는 아마 남자, 마나토도 남자이고, 준츠아도 남자. 아무와 네이카는 여자다. 저 인간은 분명 여자겠지. 남자와 여자는, 체격이나 목소리의 분위기가 좀 다르다. 대부분 남자 쪽이 체격이 크다. 저 여자는 마나토나 하루보다 다소 키가 작아 보인다.

여자는 등에 비스듬히 찬 검을 뽑더니, 용의 발에 차이지 않았던 신병에게 다가갔다. 그저 어슬렁 걸어가서는 오른손으로만 들고 있는 검을 휙 휘둘렀다. 단지 그것만으로 신병의 오른팔과 왼팔이 단숨에 날아가 버렸다.

"린카와 루덴 아라바키아의 딸 요리! 중과부적(주3)으로 보았다. 조력하겠다!"

주3) 중과부적 : 衆寡不敵. 적은 수효로 많은 수효를 대적하지 못함.

"…조, 력…."

너무 놀라워서, 마나토는 자기도 모르게 멈춰 서버렸다. 잘은 모르지만, 도와준다는 뜻인가? 하루도 발을 멈추고 있다.

"아라바키아라고…?!"

"부친의 이름이다!"

요리라고 한 여자는, 하루에게서 아라바키아라는 말이 나오자 어째서인지 화를 냈다.

"루미아리스…!"

두 팔을 잃은 신병이 요리에게 덤벼들려고 했다.

"어어?!"

요리는 한순간 놀란 것 같았으나, 불과 한순간이었다. 곧바로 다시 검을 휙 휘둘러 이번에는 신병의 목을 쉽사리 날려버렸다.

"꽤나 팔팔한데. 산을 좀 넘어오느라 몸이 식었어. 좀 데워줘!"

목이 날아간 신병은 접어두고, 아까 용에게 걷어차인 신병장과 신병들은 벌써 일어서 있다. 용에게 차이지 않은 신병도 열 명인가 그 정도는 있겠지. 아니, 좀 더 있나?

"빛이여! 빛 아래에! 루미아리스여, 우리에게 빛의 가호를…!"

신관이 깃발 창끝을 요리 쪽으로 향했다. 그러자마자 신병장과 신병들이 우르르 요리에게 덤벼들었다. 생김새부터 신관은 다른 놈들과 한 단계는 다르다. 신병장이나 신병보다도 높고, 지시하는 입장인가?

"잠깐—"

하루는 요리에게 뭔가 말을 걸려고 한 것이겠지.

"오치(五熾)!"

요리는 듣지 않았다. 자기를 향해 몰려오는 신병장, 신병들에게 맞선다. 하지만 그것이 맞는 건지. 용감하달까, 터무니없달까, 무모하달까. 마나토는 소름이 돋았다. 요리. 그녀의 정체는 뭘까? 짐작도 할 수 없지만, 뭔가 엄청난 일을 해줄 것 같은 느낌이 든다. 왜냐하면, 용을 타고 나타났다. 용은 하늘을 날았다. 요리는 어딘가에서부터 날아온 것이다. 그 시점에서 이미 충분히 대단하다.

"아르부안(焰熱劍)…!"

요리는 검을 높이 치켜들었다.

저 검. 빨갛다. 검신이. 확실히, 원래 붉었다. 그것이 더 붉어졌다.

마치 불타는 것 같다.

검이, 붉게 붉게 타오르고 있다.

"뭐….."

하루가 말문을 잇지 못했다. 마나토는 목소리를 낼 수도 없었다.

"─디토네라(爆轟)…!"

요리는 불타는 검을 바닥에 내리친 걸까? 모르겠다. 요리의 검이 지면에 닿았었는지 아닌지. 그 전에 그 일이 일어난 것 같기도 하다.

무시무시한 소리가 울려 퍼져서, 마나토는 놀라 자빠질 뻔했다.

"─우왓?!"

딱 한 번, 츠노미야에서 야쿠자가 오래된 건물을 폭파해서 부수는 장면을 구경했었다. 구경꾼들이 가르쳐주었다. 폭탄이라는 것이 있다. 거기에 불을 붙이면 폭발해서 저렇게 되는 거라고. 츠노미야의 야쿠자는 건물을 파괴할 만한 폭탄을 갖고 있었다. 혹시 요리도 그런가? 지금, 폭탄을 사용한 걸까? 하지만 요리는 뭔가 외치며 검을 내리친 것뿐이다. 단지 그것만으로 폭발하다니.

신병장, 신병들이 날아갔다. 몸 일부가 뜯겨나가 날려가기도 한 모양이다. 아무튼, 요리에게 덤벼들려던 열 명도 넘는 사람이, 일제히 폭발로 물러나고, 넘어지기도 하고, 쓰러지기도 하고, 주저앉기도 했다.

"…마법…인가?"

하루도 몸을 낮추고 엉거주춤한 자세다.

"마법이 아니야."

요리는 돌아보며, 안경 같은 것을 이마 위까지 올렸다.

"육치(六熾) 중 오치(五熾). 아르부안(焰熱劍)의 디토네라(爆轟)."

"요리…!"

위에서 목소리가 내려왔다.

용이다. 또, 용. 아까 그 용과는 다른 용인가? 마나토의 상공, 이라고 해도 그리 높지는 않은 곳을, 용이 날고 있다.

이동하지는 않는다. 용은 날개를 위아래로 퍼덕이며 그 위치에 머물러 있다. 사람이 탄 모양이다. 모양이랄까, 탔다. 머리가 길다. 저것도 여자인가?

"아직 끝나지 않았어! 긴장 풀면 안 돼!"

"알아! 누가 누구를 가르쳐? 리요 주제에—."

요리가 호통으로 대답했다. 대답하는 도중에, 머리가 긴 여자가 용의 등에서 뛰어내렸다. 뛰어내려 버리는 건가? 그렇게 높지 않다고는 해도, 오르타나 방벽보다도 높은데. 저 높이라면 마나토라도 주저할 텐데. 마나토라면 아마 뛰어내리지는 않을 것이다.

리요, 라는 것이 이름인가? 용을 탔던 여자는, 몸 앞면을 아래로 향하고, 두 팔과 두 다리를 벌리고 떨어진다.

마나토는 오싹 소름이 끼쳐, 웃어버렸다.

"아닛…."

무서워, 무서워, 무서워. 어떻게 할 거야? 저대로 바닥에 격돌하면, 어떻게 되어버리는 거지? 다치거나 하지 않나? 다치지 않을 리가 없지 않아? 다치겠지? 그것도, 작은 상처 정도로는 절대 끝나지 않을 것이다.

그런데, 리요는 쉽사리 착지해버렸다. 어떻게 한 거야? 방금 그거? 마나토의 눈에는, 리요가 착지하기 직전에 몸을 둥글게 만 것처럼 보였다. 그리고 데굴데굴 굴렀다. 아니, 아니, 무리 무리 무리. 안 돼 안 돼 안 돼. 타이밍 좋게 몸을 웅크려 구른 것뿐인데, 벌떡 일어나 전혀 아무렇지 않다니, 있을 수 없는 일 아니야?

리요가 일어섰나 싶더니, 이미 달려가고 있었다.

달린다.

저것은, 달리는 건가?

걷는다는 느낌은 아니고, 무지하게 빠르니까, 달리는 거겠지. 본 적 없는 달리는 방식이다. 리요는 체격이 크다. 하루나 마나토보다도 키가 크다. 게다가 조금이 아니다. 꽤 많이. 하지만 낮았다. 달리기 시작하자, 리요의 머리 위치가 쑥 낮아졌다. 땅바닥을 기는 것 같은 달리기다. 몸이 엄청나게 유연한 것이겠지. 라고나 할까, 지나치게 유연한 것 아니야? 인간의 관절은 저런 식으로 구부러지는 것인가? 인간의 근육은 저런 자세를 지탱할 수 있는 건가? 마나토였다면, 앞이나 옆으로 넘어져 버렸을 것이다.

리요는 넘어지지 않는다.

상당히 기울어져 있기는 했다.

앞으로 기울인 것뿐만이 아니라 옆으로도.

리요는 똑바로 달리는 게 아니었다. 빙글 곡선을 그리며, 요리에게 덤벼들려던 신병에게 육박했다.

리요는 오른손과 왼손으로, 신병의 머리를 좌우에서 움켜잡은 건가? 마나토에게는 그렇게 보였다. 리요는 맨손이 아니었다. 팔꿈치까지 보호하는 튼튼해 보이는 장갑을 꼈다. 저 장갑, 딱딱한 건가? 그렇다고 해도, 저렇게 되는 걸까?

퍽—신병의 머리가 파열했다.

두개골이란 건 꽤 단단할 텐데.

리요는 더욱이, 보통이 아닌 큰 보폭으로 한걸음이나 두 걸음 만에 다른 신병에게 다가가더니, 발로 찼다. 아니, 찼다고는 할 수 없나? 오른발과 왼발로, 역시 신병의 머리를 사이에 꼈다.

리요가 신은 장화도 분명 튼튼하겠지만, 그렇다고는 해도, 또다시 퍽—하고, 신병의 머리가 터져버려서, 이쯤 되면 보통 일이 아니라 심상치 않은 일이 일어나고 있다고밖에는 생각할 수 없었다.

애초에 그림갈에서 눈을 뜨고 나서부터 일어난 대부분의 일들은 보통이 아니지만, 그렇다고 해서 놀라지 않을 수 있냐 하면, 그런 것도 아니다.

"리요! 쓸데없는 짓을…!"

요리가 호통쳤다. 그래도, 리요는 돌아보지 않는다. 멈추지 않는다.

"—강하네. 이렇게 되면, 해볼 만한지도…?"

하루가 중얼거리고는 가면 쓴 얼굴을 마나토에게 향했다.

"마나토는 물러서 있어! 나는 신관을 해치운다!"

"앗. 응!"

대답을 하고 나서, 비켜 있고 싶지 않다고 생각했다. 한편으로는, 하라는 대로 하는 게 좋을 것 같은 생각도 든다. 검도 없고. 베이기도 했고. 그것 말고도 상처가 났다. 아픈 것은 뭐, 참으면 되지만, 설령 마나토가 팔팔한 상태였다고 해도, 도움이 되었을지. 애매하긴 하다.

요리는 최단거리로 적에게 다가가, 붉은 검을 날카롭게 휘둘렀다. 육치인지 오치인지는 필살기인가? 더는 보여주지 않는다. 상대가 누구든, 1 대 1이라면 필요 없다, 검을 한번 휙 휘두르기만 하면 된다—라는 뜻인지도 모른다. 분명, 리요 덕분이기도 할 것이다. 리요가 항상 앞질러 가서, 요리에게 덤벼들려는 적을, 손이나 발로 붙잡아서 해치워버리니까. 말 그대로 리요는 앞질러간다. 리요는 요리와 달리 직진하지 않는다. 우회한다. 궤도가 곡선인 것이다. 진행하는 루트뿐만이 아니다. 두 손, 두 발 사이에 적을 끼울 때, 두 팔, 두 다리를 구사하는, 그 움직이는 방식까지, 똑바로가 아니다. 리요는 끊임없이 몸 어딘가로, 혹은 온몸으로, 커다란 원, 작은 원을 그리고 있다. 그리고 적확하게 요리를 엄호한다. 요리는 리요 따위는 마치 안중에 없는 것 같지만, 리요는 요리를 보고, 요리에게 맞추고, 요리의 움직임을 예측하고 움직인다.

하루가 노리는 것은 깃발 달린 창을 든 신관이다. 다른 적은 리요와 요리에게 맡기고, 온몸이 광택 있는 것으로 뒤덮인 신관에게 덤벼든다.

마나토는 검을 발견해서 집은 뒤 덤불 속에 몸을 숨겼다. 여기에서라면 하루와 신관이 보인다.

신관은 자기 키의 1. 5배는 되는 깃발 창을 두 손으로 다뤘고, 하루는 오른손에 늘어나는 단검, 왼손에는 늘어나지 않는 단검을 들었다. 하루가 늘어나는 단검으로 공격해도, 신관은 깃발 창으로 교묘하게 받아내고, 때때로 반격했다. 신관의 깃발 창에 하루가 당하는 일은 없을 것 같지만, 사정거리, 라는 걸까? 두 사람의 거리가 멀다. 아무리 하루의 단검이 늘어난다고는 해도, 마나토의 검보다 조금 길어지는 정도다. 좀 더 다가가지 않으면, 하루의 공격은 신관에게는 닿지 않는다.

아니, 하루가 앞으로 나서지 못하도록, 하루가 다가오지 못하도록, 신관이 잘 움직이고 있는 것인가?

하루가 오른쪽이나 왼쪽으로 돌아서 파고들려는 기색을 보이면, 신관은 즉시 그쪽으로 깃발 창을 내질러 견제한다. 보기에는 기묘함을 넘어 기발하지만 견실한 상대다.

"Lumi, Betectos, Edem'os, desiz, ―"

신관. 원래는 인간이었다. 분명 인간의 언어를 말하고 있었으니, 마나토 같은 모습이었을까? 루미아리스인지 하는 신에 귀의할 때까지는. 하루가 말했었다. 저것은 이미 인간이 아니야. 사람과는 다른 것이라고.

"Tem'os redez, Lumi eua shen qu'aix, ―"

하루의 공격을 처리하면서, 신관이 뭔가 중얼거린다.

갑자기 깃발 창 밑둥을 바닥에 꽂았다.

"Fraw'ou qu'betecra'jis lumi."

"엇…."

마나토는 눈을 크게 떴다. 신관의 머리와 몸은 울퉁불퉁까지는 아니지만, 요철이 없는 것은 아니었고, 문양 같은 것을 확인할 수 있었다. 그 문양이, 갑자기 파랗고 뚜렷하게 떠오른 것이다.

하루는 분명 마나토처럼 놀라지는 않았다. 하지만 갑자기 펄쩍 뛰어 물러섰다. 경계하는 것이다.

"Lumi addecza qu'devain."

신관이 또 뭔가를 읊조렸다.

"—아앗!"

마나토는 자기도 모르게 외치고 말았다.

빛난 것이다. 신관이. 아무튼, 눈이 부셔서, 마나토뿐만이 아니라, 하루도 움찔했다. 그야 그럴 테지. 하루는 마나토보다도 훨씬 신관 가까이에 있었다. 저 강렬한 빛을 정면으로 받았을 것이다.

"Lumi trough'es deuc eskalys."

신관이 또다시 뭔가 말하고는, 깃발 창 끝을 하늘 높이 쳐들었다. 이번에는 번쩍 하고 빛나지는 않았지만, 신관이 약간 커진 것처럼 보인다. 저것은 무엇인가? 신관의 윤곽이, 전체적으로 푸르스름하고 흐릿했다.

"웃…."

마나토는 숨을 멈췄다.

신관이 움직이기 시작했다. 깃발 창으로 하루를 찌르려고 한다.

아니야. 이미 찔렀다. 한번이 아니다. 엄청난 횟수다. 신관은 연속으로 찔렀다. 마나토는 신관의 깃발 창이 공기를 진동시키는 소리를 들었다. 하루는 어떻게 되었을까?

없다. 사라졌다.

하루는 신관의 연속 찌르기를 피했다.

뒤다.

신관 바로 뒤에 있다.

어떻게 해서 이동한 건가? 모르겠다. 마나토에게는 전혀 보이지 않았었다.

하지만 신관이 무엇을 할지, 분명 하루는 예측했던 것이다. 그게 아니라면, 엉망진창으로 찔렸을 것이다. 반사적인 반응으로는 따라 잡지 못한다. 그렇게 생각할 수밖에 없을 정도로, 신관은 빨랐다. 윤곽이 파르스름하게 흐릿해진 탓인가? 급격하게 빨라졌다.

그런데 하루가 신관의 뒤를 확보했다, 그렇게 마나토가 생각한 것도 잠시, 깨닫고 보니 그게 아니게 되어 있었다. 신관은 언제 몸을 돌린 건가? 어쨌든, 신관은 하루와 마주 보고 있었고, 깃발 창을 내지르려고 했다.

이것도 분명 한번이 아니다. 연속 찌르기다.

"하루… 웃—"

"큿—"

하루는 왼쪽으로 쓰러지려는 것처럼 몸을 숙여 신관의 연속 찌르기를 피했다. 저 자세에서부터 순식간에 자세를 다시 바로잡고, 다음 순간에는 신관 뒤로 이동했다. 역시 하루는 대단해.

하지만 윤곽이 파르스름하고 흐릿한 상태의 신관은, 하루의 움직임을 따라가 버린다. 신관이 눈 깜짝할 사이에 몸을 뒤집는 것처럼 해서, 다시 하루를 향했다. 신관은 또다시 깃발 창으로 하루를 찌르겠지. 하루는 피하는 수밖에 없다.

안 된다. 한이 없어.

마나토는 덤불에서 뛰어나가려고 했다. 나도 뭔가 할 수 있지 않을까? 그렇게 생각한 것이다. 뭐든지 좋아. 뭔가 하고 싶다.

사실, 실제로 뭔가 한 것은 마나토가 아니라 리요였다.

리요는 땅을 기어가는 것처럼 곡선을 그리며 질주하여, 하루에게 연속 찌르기를 날리려는 신관에게 달라붙은 건가? 리요는 옆에서부터 신관의 두 팔을 얽어, 몸을 뒤틀었다. 달라붙은 것이 아니었다. 리요는 신관을 내던진 것이다.

내던져진 신관은, 그러나, 데굴 굴러 곧바로 일어났다.

리요는, 그리고 하루도, 신관에게 추가공격을 가하지 않았다.

"오치—"

요리다.

마침 리요가 신관을 내던져 날려버린 곳으로, 요리가 뛰어간다.

"다슈라(黑影劍), 일루지오(幻身)…!"

요리의 붉은 검이, 붉지 않다.

붉었었는데.

검다. 검게 빛나는 것이 아니다. 검은 안개 같은 것에 뒤덮여 있다. 그 검은 안개 상태의 물질들이 팟—흩어지자, 마나토는 눈을 부릅떴다. 요리다.

요리가 있다.

또 한 명의 요리가.

요리가 두 사람이 되었다.

마나토는 너무 놀라 웃어버렸지만, 웃고 있을 때가 아니다. 신관은 주저 없이 또 한 명의 요리를 깃발 창으로 찔렀다. 요리. 아아. 요리가.

사라졌다.

흔적도 없이 사라진 건가 했는데, 그렇지는 않았다.

신관의 깃발 창에 관통당한 요리는, 검은 연기로 변했다.

한 명의 요리가 검은 연기가 되었을 때는, 또 한 명의 요리는 신관에게 접근해 있었다.

접근한 정도가 아니다. 요리의 붉은 검이, 신관의 왼쪽 어깨에서부터 오른쪽 허리까지, 비스듬히 베어냈다.

둘로 갈라진 신관이 바닥으로 무너져내리자, 요리는 어깻짓을 해보였다.

"이런 건가? 증조할머니가 돌아오고 싶어도 돌아올 수 없었던 그림갈….."

서 있는 것은 마나토와 하루, 요리, 리요 네 명뿐이다. 둘로 갈라진 신관은 물론, 신병장, 신병들도 전원, 그림갈의 땅에 엎어져 있었다.

"아직이다…!"

하루가 소리쳤다. 소리치기만 한 것이 아니다. 덤벼들었다. 요리의 발밑에서 뭔가가 꿈틀대고 있다. 뭔가는 무슨, 당연히 신관이다. 신관은 요리의 다리를 향하여 오른손을 뻗으려고 했다. 오른팔밖에 움직일 수 없기 때문이다. 요리에게 동강난 탓에. 그런 상태인데도 신관은 요리를 움켜잡으려고 했다. 그렇게는 두지 않겠다고 하루는 신관에게 덤벼들어, 엎어지게 만들더니, 신관의 목덜미에 단검을 찔러넣었다. 저것은 늘어나지 않는 단검이다.

"신관은, 육망광핵이 세 개는 있다…!"

하루는 무엇을 하고 있는 건가? 그냥 무작정 마구잡이로 난도질을 하는 것이 아니다. 양쪽 무릎으로 신관을 찍어누르고, 마치 사냥감을 나이프로 해체할 때처럼, 잘라내고 있다. 뼈에서 살을 발라내려는 것인가?

"육망… 광핵?"

요리가 멍하니 중얼거렸다.

리요는 요리 옆에서, 이쪽저쪽으로 시선을 향해 주위를 살핀다.

"두 개, 부쉈다. 마지막 하나—"

하루는 신관의 머릿속에 왼손을 쑤셔 넣어, 뭔가를 끄집어냈다. 꽤 작은 물체다. 마나토도 달려가서, 빤히 그것을 바라보았다.

하루가 왼손 검지와 엄지로 집은 그것은, 아마 새끼손가락 손톱보다도 작을 것이다. 무색투명하고, 둥글고, 그 내부에 빛이 깃들어 있다. 단순한 빛이 아니다. 잘 보니, 그 빛에는 돌기가 여섯 개 있다. 그 형태다. 신관의 깃발에 그려져 있던.

"육망광핵. 이것이 루미아리스에 귀의한 자들의 힘의 원천이다."

하루는 일어서서, 그 육망광핵인지 뭔지를 꼭 쥐었다. 상당히 힘이 들어갔다. 그런데도, 손을 펼쳐 보이자, 흠집 하나 없었다. 장갑을 낀 하루의 왼쪽 손바닥 위에서, 그것은 아직도 빛을 내뿜고 있다.

"육망광핵이 있는 한, 귀의자들의 육체는 복구된다. 옛날에 시험해본 적이 있는데, 육망광핵이 내장된 등골 일부에서부터, 대략 만 이틀만에 사지가 다 갖춰진 상태까지 재생했다."

"요리."

리요가 요리의 등을 살며시 만졌다. 요리는 거추장스럽다는 듯이 리요의 손을 쳐냈다.

"뭐?"

"안 죽었어."

"엉? 안 죽었다니—."

요리는 자기 눈으로 확인하는 것보다도 먼저 얼굴을 찡그리고 혀를 찼다.

조금 전까지 엎어져 있던 신병장과 신병들이 몸을 일으키려고 했다. 몸이 손상되어 일어나지 못하는 자는, 기어서 움직였다.

"전부 처치하는 건 애를 좀 먹긴 하겠지만….."

하루는 가면 안쪽에서 한번 한숨을 쉬었다.

"더 이상 증원은 없는 것 같고. 단, 부상자가 있으니까, 미안하지만 좀 봐주지 않겠나?"

"부상자?"

마나토는 자기를 가리켰다.

"아. 괜찮은데."

"괜찮을 리가 없지. 등을 베였다. 꽤 출혈이 심한 것 같고, 긁힌 정도의 상처가 아니야."

"피는 좀 났나? 아프기는 아프지만, 이 정도는 내버려 두면 나아."

"허세부리지 마. 제대로 치료하지 않으면, 생명에 지장을 초래할지도 모른다."

"아니, 괜찮다니까. 정말로. 뭐라더라, 준츠아가 말했었는데, 체질? 괜찮아. 상처라거나 그런 거 금방 나아버리고. 타고난? 그런 건가?"

"아—"

뒤에 누군가 있고, 그 누군가가 작은 목소리를 냈다.

"어?"

마나토가 고개만 뒤로 돌렸다. 리요였다. 몸을 굽히고 마나토의 등에 얼굴을 가까이 대고 있다. 언제 이동한건지 마나토는 전혀 알 수 없었다. 하루나 요리는 몸이 가볍고 재빠르지만, 리요는 민첩한 것뿐만이 아니라, 몸놀림이 독특하다. 뭐랄까, 미끌, 하는 느낌이다.

리요도 요리처럼 안경을 썼다. 그것을 턱밑으로 내렸다.

머리카락이 꽤 길지만, 앞머리만은 짧게 잘랐다. 눈에 들어가지 않도록 한 것인가? 그런 것치고도 지나치게 짧다.

"덮혔어…."

리요는 그렇게 말하더니, 눈을 치켜뜨고 마나토를 올려다보았다. 리요가 몸을 굽히지 않았다면, 오히려 마나토를 내려다봐야 했겠지. 정말로 키가 큰 사람이다. 하지만 머리는 작다.

"어떻게?"

"…어떻게? 상처 말이야?"

"그래."

목소리도 꽤 작다. 싸울 때는 그렇지도 않았지만, 평소의 리요는 이런 식으로 말하는 거겠지. 무리해서 소리를 내려고 하지 않고, 가만히 숨을 뱉어내는 김에 목소리를 발한다. 그런 발성 방식이다.

"왜인지는 나도 몰라. 아빠랑 엄마는 이렇지 않았고. 준츠아랑

애들도. 아, 준츠아라는 건 동료야. 여기에는 없지만. 그림갈에는
나 혼자 온 것 같고. 잘은 모르지만."

리요는 미간을 찌푸렸다.

"…정보를 정리할 필요가."

"그 전에, 저놈들!"

요리가 빨간 검 끝으로 신병장이며 신병들을 가리켰다.

"정리해야지, 안 그래? 그 애 상처가 아무렇지 않다면, 해치우자,
리요!"

"네."

리요는 구부리고 있던 몸을 쓱 일으켰다. 예상대로, 마나토보다
머리 하나만큼은 안 된다고 해도, 그 정도에 가까울 만큼은 키가 크
다.

"하는 방식 가르쳐줘!"

요리에게 재촉당해, 하루가 조금 당황한 것처럼 근처의 신병을
향해 달려갔다.

"아, 어, 육망광핵의 위치는 대개 정해져 있는데―"

"그보다 당신, 왜 가면 같은 걸 쓰고 있어? 수상한데."

"…그런가. 미안하군. 그러니까….”

"지금은 됐어. 그 건은 먼저 할 일을 하고 나서."

"그렇군, 응, 그래서, 육망광핵은, 뇌의 가장 깊숙이랄까, 중앙이
랄까, 시상이라 불리는 부위에―."

"뇌? 머릿속? 그래서 목을 치는 것만으로는 안 되는구나. 신관은
세 개라고, 아까 말하지 않았어?"

"등뼈를 따라서 증식하는 모양이야. 두 번째는, 숨골 근처에."

"늘어나면, 외모가 바뀌어?"

"아, 그래. 두 개째의 육망광핵은, 귀의자에게 수체(受體)를 부여하는 모양으로—"

"이 머리를 덮고 있는 게, 그 수체?"

"이해력이 빨라서 다행이군….."

"육망광핵 두 개면 머리가 수체로 덮이고, 세 개면 온몸이 뒤덮인다는 건가? 그렇군. 리요, 듣고 있어? 외웠어?"

"네."

"팍팍 해치우자. 거기!"

요리가 붉은 검으로 신병의 머리를 박살내자마자, 마나토 쪽으로 눈길을 향했다.

"움직일 수 있으면, 너도 힘을 보태. 위험해 보이는 놈을 찾아내서 가르쳐주는 것만으로 좋으니까."

"무리는 하지 마라, 마나토."

하루는 그렇게 말해줬지만, 요리가 지시한 것 정도라면 마나토도 할 수 있다. 상처는 조만간 낫는다고는 해도, 아직 시간이 걸릴 테고, 그때까지 아픔은 사라지지 않는다. 그저 가만히 참고 있는 것도 지루하다. 덮여가는 상처가 벌어질 정도로 격렬하게만 움직이지 않으면, 분명 문제없다.

"알았어!"

마나토는 즉시 눈을 크게 뜨고, 당장이라도 일어날 것 같은 신병을 찾기 시작했다.

"…마나토?"

요리가 중얼거렸다.

마나토는 요리 쪽을 보지 않고 고개를 끄덕였다.

"응. 왜?"

"마나토…."

요리는 낮은 목소리로 반복했다. 별로 마나토를 부르고 있는 것은 아닌 모양이다.

"분명히, 증조할머니 이야기에 나왔던 것 같은데… 마나토…."

"—천룡 산맥을 넘어왔다? 그 용을 타고? 본토에서는 용을 길들이는 건가? 그런 일이 가능할 줄은…."

가면 때문에 하루의 표정은 살필 수 없다. 그래도 매우 깜짝 놀랐고, 동요하기까지 한 것 같다.

키가 큰 리요는 날개를 접은 용의 목을 쓰다듬어주기도 하고, 가슴 부분을 문질러주기도 하고, 꺼리는 기색도 없이 자기 얼굴을 핥게 두기도 하며 정성껏 돌보고 있다. 요리도 자기 용과 놀아주고 있지만, 리요와 달리 하루와 이야기를 나누면서였다.

"길들인다고 해도, 견습생 다섯 명 중 세 명은 용에게 죽임당하고, 그리 간단하지 않아. 그리고 용은 길러준 부모 말밖에 듣지 않으니까, 타고 싶으면, 요리네처럼 알 때부터 돌봐야 해. 아앗. 잠깐, 카란비트, 귀는 간지럽다니까, 야, 참 내, 후훗…."

그렇다 해도, 살짝 깨무는 것일 테지만, 때때로 물리기도 하면서 용케도 아무렇지 않을 수 있구나. 용의 입은 인간의 머리를 통째로 삼켜버릴 수 있을 것 같을 정도로 크고, 빽빽하게 난 치아는 날카롭고 뾰족한데, 저 치아 느낌. 분명히 육식이다. 친해져서 무섭지 않은 건가? 용이 조금만 힘 조절을 잘못하는 것만으로도 큰일이 날 것 같고, 보통으로 무서운데. 어떻게 생각해도 무섭다. 마나토는 등줄기가 오싹했다. 너무 무서워서, 웃음이 나온다.

사실은, 요리와 리요의 용에게 가까이 가고 싶어서 견딜 수 없었다. 단, 헌터의 감으로, 마나토가 다가가면 용은 화낼 거라고 확신하고 있다. 그렇게 되면, 마나토 본인은 둘째치고, 요리와 리요에게 불똥이 튈 것 같다. 그것은 좋지 않으므로, 마나토는 꾹 참고 있다. 굉장히 쓰다듬어보고 싶었지만.

바로 코앞에 오래된 탑처럼 보이는 방주가 서 있다. 루미아리스의 귀의자를 확실히 처리한 뒤에 마나토 일행은 오르타나를 벗어나 이 언덕 위에 와 있다. 요리가 용과 일단 얼굴을 마주하고 싶다고 해서, 부르라고 했다. 어떻게 해서 부르는지 궁금했는데, 요리와 리요가 용 피리라는 동그란 돌로 만든 피리를 불자, 두 필, 아니, 날개가 있고 날아다니니까 두 마리인가? 그래도, 크니까 역시 2두인가? 용들이 천룡 산맥 쪽에서부터 날아왔다.

용 피리의 높고 맑은 음은 그리 크지 않았으나, 탁 트인 장소라면 상당히 멀리까지 닿는다고 한다. 그리고 어떤 종류의 용에게만 잘 들리는 것이라고. 마나토는 들어도 구분할 수 없었지만, 용치기마다 각각 고유한 부는 방식이 있어서, 누가 불고 있는 건지 용은 안다고 한다.

"서로 마음이 통하기만 하면, 익룡은 귀엽고 든든한 파트너야. 마땅한 애정을 쏟기만 하면, 그리 손이 많이 가지도 않아. 밥도 자기가 알아서 해결하고. 참고로 피 냄새가 나는 걸 보니 산에서 뭔가를 먹고 온 모양이야. 천룡 산맥을 넘느라 무리하게 했으니 배가 고팠었겠지. 오히려 부르지 않는 게 좋았을까? 그렇지는 않은가? 요리를 보고 싶었지? 요리도 그래, 카란비트. 보고 싶었어. 옳―지, 옳지, 옳지."

"아앗…!"

마나토는 자기도 모르게 머리를 감싸 쥐며 소리치고 말았다. 두 마리의 익룡이 마나토 쪽을 쳐다봤고, 찌릿한 공기가 흘렀다.

"뭐야? 갑자기."

곧바로 요리가 자기 익룡의 목을 껴안았다. 익룡은 눈을 가늘게 뜨고 요리의 뺨을 핥았다.

"…아니, 미안. 만져보고 싶어서. 안 되겠지? 알아."

"맞아. 허락할 수 없어."

"그렇겠지. 잡아먹힐 것 같고."

"카란비트를 화나게 하면 잡아먹혀도 이상할 것 없지. 요리도 말릴 수 없어. 그보다, 말리지 않을 거고. 그런데, 상처는 어때? 마나토."

"상처?"

마나토는 두 팔을 들어 몸을 틀어보기도 하고, 가볍게 점프했다가 착지해보기도 했다.

"응. 이제 아무렇지도 않아. 아프지 않고. 다 덮인 모양이야."

"…어이없는 자연치유력이네. 너, 진짜 인간 맞아?"

"인간이라고 생각하는데. 으음… 하지만 아빠나 엄마, 준츠아랑 애들과는 좀 다른가? 다들 다치면 좀처럼 낫지 않았으니까. 낫지 않아서 그대로 죽어버린 동료도 있고."

"죽은… 동료가?"

"꽤 죽어버렸어. 결국 살아남은 건, 나 포함 네 명인가? 좀 더 있었는데. 아, 이거, 일본에서의 이야기야. 그림갈이 아니라."

"…일본? 그림갈이 아니라? 혹시―너도 증조할머니랑 같은가?"

"증조할머니? 리요의? 아, 리요랑 요리라고 불러도 돼?"

"상관없는데. 요리는 요리고, 리요도 리요니까. 증조할머니가 지어준 이름이야."

"흠. 증조할머니라. 할머니라는 건, 엄마의 엄마지? 본 적은 없지만, 들은 적은 있어."

"증조할머니는, 할머니의 엄마."

"한참 엄마네!"

"…한참 엄마? 하긴… 아니, 뭐야? 그게."

"엄마의 엄마의 엄마니까, 한참 엄마?"

"…아무튼, 요리와 리요의 어머니가 린카이고, 린카의 아버지가 루온. 루온은 요리와 리요에게는 할아버지야."

마나토는 팔짱을 꼈다.

"할아버지…."

"루온…."

그렇게 중얼거린 것은 하루였다.

"루온의 어머니가, 요리네 증조할머니고—"

계속 말하려던 요리를, 하루가 가로막았다.

"잠깐. ……잠깐만—기다려줘. 루온… 루온이라고? 그, 엄마의 …?"

"루온은 할아버지인데, 만난 적은 없어. 한참 전에 돌아가셨으니까."

"38년도 더 전."

리요가 중얼거리듯 말하고, 익룡의 등을 밀었다.

"우샤스카. 이따 또 봐."

리요가 말하자, 익룡 우샤스카는, 꾸이이, 하고 한번 울더니, 날개를 퍼덕이며 언덕 경사면을 달려 내려갔다. 익룡은 저렇게 해서 날아오르는 건가? 우샤스카의 도움닫기는 그리 길지는 않았다. 날개 힘이 강하다. 다리 힘도 엄청나다. 우샤스카는 잠시 후 지면을 벗어나 휙 떠오르고, 순식간에 고도를 높여갔다.

"조부이신 루온이 돌아가신 건, 요리가 태어나기 20년 가까이 전인, 아라바키아 왕국력 724년 2월 23일. 요리는 744년 4월 3일생이고, 나는 그 이듬해인 745년 10월 3일에 태어났다."

"오오… 숫자가…."

머릿속이 뒤죽박죽이다. 마나토는 금방 생각하는 것을 포기했다.

"가리, 카란비트."

요리도 익룡을 밀어냈다. 카란비트는 한순간 저항했으나, 요리가 어쩔 수 없다는 듯이 한번 볼을 부벼주자 납득한 모양이다. 카란비트도 언덕을 내려 날아올랐다.

하루는 왼손으로 가면을 덮는 것처럼 누르고 약간 몸을 앞으로 굽혔다.

"오르타나, 지?"

요리는 폐허로 시선을 향했다.

"증조할머니는, 오르타나에 아직 아라바키아 왕국 변경백이 있던 무렵에 동료들과 함께 이 그림갈에서 깨어났고, 의용병이 되었어. 그때 이야기를 자주 들려줬어."

"붉은 대륙으로 건너간 후의 이야기도."

리요는 방주를 올려다보고 있다.

"일족과 컴퍼니가 천룡 산맥 남쪽으로 진출해서 연합왕국을 건국할 때까지. 그 후의 이야기도, 많이 들었다."

"리요. 또 그렇게 이야기를 끊어버리네."

"미안해."

리요는 고개를 숙였다. 무표정하고, 목소리는 억양이 없었지만,
풀이 죽은 건지도 모른다.

"…가르쳐주지 않겠나?"

하루는 가면에서 손을 떼지 않고, 신음하듯이 말했다.

"너희의, 증조할머니 이름을. 혹시나, 내가―아는 사람인지도 몰
라."

"증조할머니는."

요리는 하루에게로 시선을 돌렸다.

"일족의 살아 있는 사전이고, 다른 사람들한테는 대할머님이라거
나 태할머님, 그레이트 마더, 갓맘 등등으로 불렸어. 요리가 증조할
머니라고 부를 수 있는 것은, 누구보다도 소중하고, 위대하고, 제일
좋아하고, 진심으로 사랑할 수밖에 없는 그분의 피를, 틀림없이 이
어받았기 때문이야. 증조할머니는, 일족에게 아이가 태어나면 항상
직접 이름을 지어줬어. 증조할머니가 이름을 지어준 자는 특별한
거야."

"…요리. 그 이름에… 기억이 있어. 지금, 생각났다…."

하루는 가면으로 얼굴을 감추고 있기 때문에, 시선의 행방은 알
수 없다. 그래도, 하루는 고개를 아래로 향하고 있다. 요리의 얼굴
을 제대로 볼 수 없는 것 같았다.

"내, 동료가… 친구가, 말했었다. 태어나는 아이가 여자아이라면,
요리라고 지을 생각이었다고. 하지만 사내아이였다."

"요리는 말이야, 일족에서 두 번째 요리야. 첫 번째 요리는 루온
의 딸. 최초의 딸. 어릴 때 죽어버렸어. 그 아이와 같은 이름을, 증
조할머니는 요리한테 붙여줬어. 증조할아버지와 함께 생각한 소중

한 이름을, 요리에게 준거야."

"…말도 안 돼. …그런. …믿을 수 없어. …아니. …네가—요리, 네가 거짓말을 하고 있다고는 생각하지 않아… 그게 아니라, 단지 … 그때부터 벌써 곧 백 년이 된다. 백 년이나 지났어. … 있을 수 없는 일이야. 그 이름을, 다시금 듣게 되다니. …뭐라고 했지? 너에게, 이름을? 너는 744년생… 올해 18세인가?"

"증조할머니는 자기 나이를 몰랐어. 그림갈에서 깨어났을 때 이름밖에 생각나지 않았으니까. 그래도, 엄청 나이를 먹었어. 엄청 장수했고, 활기찼어. 요리를 무릎 위에 앉혀놓고 이야기를 해줬어. 사끔씩은 리요도 함께, 둘한테. 그때는 아직, 리요는 작았었고."

"…언제지? 그녀는… 언제?"

"5년 반 정도 전인가."

"아라바키아 왕국력 756년 12월 24일."

리요가 낮은 목소리로, 그러나, 막힘없이 분명하게 말했다.

"증조할머니가 숨을 거둔 날. 평생, 잊지 못해. 잊을 수 없는 날."

"5년…?"

하루가 털썩 땅바닥에 무릎을 꿇었다.

"…겨우 5년 반 전…."

고개를 숙이더니 힘없이 고개를 젓는다.

"최근이잖아… 그런… 살아 있었어… 얼마 전까지… 나는… 도저히, 그런 일… 있을 리가… 아아… 나는, 뭘 하고… 이런 곳에서 … 줄곧… 나는, 왜…."

마나토는 하루에게 다가가 옆에 쪼그리고 앉았다. 뭔가 해주고 싶지만, 어떻게 하면 좋을지 모르겠다. 일단, 웃는 것은 아니라고 생각한다. 적어도 하루는 웃을 수 있는 기분이 아닐 테니까.

난감하다.

마나토도 웃을 수 없다.

"유메….”

하루가 중얼거렸다. 뒤틀린 목구멍에서 쥐어짜 내는 것 같은, 지독하게 일그러진 목소리였다.

"유메는… 살아 있었다. 살아 있어 주었던 거야. 그 아이를—루온을 지키고… 그림갈을 탈출했다. 아아… 루온에게, 아이가… 루온의 손녀들이, 그림갈에… 그런데도, 나는… 뭘 했었지? 뭔가, 할 수 있었을 텐데… 그렇다. 할 수 있었어. 아무것도 할 수 없었을 리 없어….”

마나토는 약간 망설였으나, 하루의 등을 가만히 어루만졌다.

"하루, 괜찮아?”

"…응.”

하루는 대답은 했지만, 미동조차 하지 않았다.

"나는, 괜찮아. 괜찮지 않다고는, 말할 수 없어.”

"있잖아.”

요리가 하루의 정면으로 돌아와 섰다. 요리는 쪼그리고 앉지 않았다. 몸을 굽히지도 않고, 하루를 내려다봤다.

"요리네는 이름을 말하고 신분을 밝혔어. 다음은 당신 차례야. 당신은 누구? 하루라는 게 당신 이름인 모양인데, 증조할머니가 하루 군이라고 불렀던 사람이 있다는 건 알아. 동료이고, 친구고, 오빠 같은 사람이라고 했었어. 증조할아버지는 특별하지만 그와는 달라도 증조할머니는 하루 군을 진심으로 신뢰했어. 몇 번이나, 셀 수도

없을 만큼, 하루 군이 도와줬었다고 했어. 하지만—.”

요리는 한번 숨을 내쉬었다.

“하루 군은, 증조할머니와 같은 날에 그림갈에서 깨어났고, 대충 동년배였어. 엘프도 드워프도 아닌, 인간이니까, 이런 말은 하고 싶지 않지만, 살아 있을 리가 없어. 죽을 때까지 하루 군을 보고 싶어 했던 증조할머니도, 아마 사실은 포기했었을 거라고 생각해.”

“하루 군은, 증조할머니가 부르셨던 호칭.”

리요가 담담하게 말했다.

“본명은, 하루히로.”

“그래….”

하루는 그제야 얼굴을 들었다.

“내가 그 하루히로다. 분명히, 네가 말하는 대로, 원래는 진작에 죽었다. 나는 미처 죽지도 못한 것이다. 살아서 치욕을 쌓고 있다고 말해도 되겠지.”

“얼굴을 숨기는 것은?”

“그냥 가면이 아니다.”

하루는 얼굴 전체와 귀까지 덮은 가면 가장자리에 손을 댔다.

“기능이 있다.”

“렐릭?”

“그렇다.”

“편리하니까? 그뿐?”

“남에게 보일 수 있을 만한 것이 아니야… 아니, 그게 아니로군. 몇십 년이나 나는 혼자였다. 보이고 싶지 않았던 것이 아니야. 아무튼, 숨기고 싶었던 것이겠지.”

"증조할머니는, 아무리 주름투성이가 되어도 숨기거나 하지 않았어. 언제나, 누구보다도 당당했어."

"유메를 보고 싶었다. …만날 수 있을 가능성은 있었던 거야. 만날 수 있는 거였다면, 꼭 만나야 했었다. …그 일만큼은, 내 입으로 직접, 유메에게 말했어야 했다—."

하루는 가면을 벗었다. 아니, 벗었다기보다, 가면이 저절로 벗겨졌고, 그것을 하루의 손이 받았다는 느낌으로 벗겨졌다.

요리는 미간을 찡그리고 어금니를 꽉 깨물었다. 리요도 좀 떨어진 곳에서 하루의 맨얼굴을 보고 있었다. 표정이 변하는 일은 없었으나, 리요는 두 번, 세 번 눈을 깜빡였다.

마나토는 빤히 하루의 옆얼굴을 응시했다.

인간이 백 살을 넘으면 어떻게 되는 건가? 마나토는 상상도 할 수 없었다. 마나토의 부모는 30세도 채 되기 전에 죽은 것 같다. 두 사람 다 주름과 기미투성이에 치아가 거의 남아 있지 않았으니까, 서로 꽤 작아졌다고 말하며 자주 웃었다. 나이를 먹으면, 사람은 우선 커졌다가, 그다음에는 작게 줄어든다. 줄어들 만큼 줄어들고 나면, 살아갈 수 없게 되어 죽어버리는 것이다. 마나토도 꽤 커졌으니까, 이제는 점점 작아져 가겠지. 어쩔 수 없다고나 할까, 그런 것이라고 마나토는 생각했었다.

하루의 얼굴은 작아지지 않았다. 주름다운 주름은 보이지 않는다. 그리 의외인 건 아니었다. 하루는 허리가 구부러지지도 않았고, 발을 질질 끌지도 않는다. 다른 사람들보다 두 배는 기민하다. 얼굴만 쪼글쪼글하고 작아졌다면 오히려 이상할 것이다.

하얗다.

오로지 하얀 피부다.

색이 검은 사람도 있고, 흰 사람도 있다. 준츠아와 아무는 비교적 검은 편이고, 네이카와 마나토는 흰 편이었다. 요리와 리요도 희다. 그래도, 하루의 흰 것과는 다르다.

투명한 것은 아니지만, 하루의 피부에는 색다운 색이 없다. 그리고 그물망 상태로 파르스름한 힘줄이 튀어나와 있다. 혈관일까? 입술은 다소 검어졌고, 눈자위는 희달까, 파르스름하다. 눈동자는 연한 노란색이다.

"나는 다른 생물들처럼 노화하는 일이 없다. 겁을 주고 싶지는 않지만, 정확하게 말하자면, 내 속에 있는 것이, 그런 존재이기 때문이다. 나는 하루히로이면서 하루히로가 아니다. 나는 살아 있는 것이 아니야. 억지로 살려진 것이다."

"노 라이프 킹과, 무슨 연관이라도?"

요리가 물었다.

하루는 잠시 대답하지 않았다. 입을 열 때까지 시간이 걸렸다.

"없다, 고는 말할 수 없다. 그러나, 노 라이프 킹과는 다른 것이다. …그렇군. 너희는 유메한테서 전부 들었다고 했지. 그렇다면, 노 라이프 킹이—그 그릇이, 우리 동료였던 사람이라는 것도 알고 있나?"

"응. 증조할머니가 파악한 것은, 요리도 대충 안다고 생각해도 돼. 확실치 않은 부분도 있다고 증조할머니는 말했지만, 요리네한테 이야기하는 도중에 생각해내기도 했고, 착각하던 부분을 깨닫기도 했었어."

"유메는… 루온을 데리고 그림갈을 탈출해서도, 잊지는 않았구

나.”

“줄곧 돌아가고 싶어 했어.”

“『그림갈에는 말이지.』”

갑작스럽게 리요가 끼어들었다. 그것이 리요 본인의 말투가 아니라는 것은 명백했다. 단, 억양은 리요의 것이고, 어울리지 않는다고 느껴질 정도로 기복이 없었다.

“『잊고 두고 온 것이 있단다. 그것을 말이야, 가지러 가야만 하거든. 언젠가 증조할머니 대신에 가지러 가주겠니?』”

하루는 하늘을 우러러보았다.

“유메….”

“엇—.”

요리가 표정이 확 바뀌어 리요를 쳐다봤다.

“잠깐, 엇, 어떻게?! 그거, 증조할머니가 요리와 둘만 있을 때 말해준 건데?! 게다가 꽤 같은 이야기를 반복해서 말하는 사람이었는데, 그 말만은 단 한 번뿐!”

“나도 증조할머니와 둘만 있을 때, 딱 한 번.”

리요는 비스듬히 아래로 시선을 떨어뜨렸다.

“지금까지 비밀로 했었어. 미안해.”

“…리요가 사과하는 건 아니지. 증조할머니! 그런 면이 있어! 근본이 해맑고 엉뚱하니까! 그게 또 귀엽긴 하지만!”

“즉, 너희들은—”

하루는 노란 눈으로 요리와 리요의 얼굴을 차례로 보았다.

“유메의 뜻을 받들어 그림갈에? 유메가 말했던, 잊고 두고 온 물건이란 건… 도대체 뭐지?”

요리와 리요가 한순간, 서로 얼굴을 마주 보았다. 이 자매는 키도 그렇고, 성격도 그렇고, 상당히 다르지만, 역시 어딘가 비슷하다.

"그게 문제라고 하면, 문제인 건데."

요리는 가볍게 어깻짓을 해 보였다.

"증조할머니는, 그림갈로 돌아가면 이걸 하고 싶다거나, 저걸 하고 싶다거나, 그런 구체적인 건 말하지 않았어. 분명, 요리에게ー요리네한테, 짐을 지우게 할 만한 일은 하고 싶지 않았던 것 아닐까 생각해. 원래는, 자기 대신에 잊은 물건을 가지러 가줬으면 좋겠다는 말을 할 생각이 아니었던 것 아닐까? 그런데도, 말해버렸어. 말하지 않을 수가 없었던 거야."

"…그런가. 유메라면… 분명 그렇겠지. 나는 너희들만큼 유메를 잘 아는 것은 아니지만. 우리와 함께 있던 그 무렵보다도 훨씬 긴 시간을, 유메는, 루온과, 너희ー가족과 동료들과 함께 보낸 거지…."

"그래도 증조할머니에게 있어서 그림갈은 특별한 장소였던 거야."

요리는 주변을 둘러보고, 깊이 숨을 들이켰다가 내쉬었다.

"증조할머니의 인생은 여기서부터 시작되었어. 그야 제일 최초의 기억이 그림갈에서 눈을 뜬 날이니까. 여기에서 아주 좋아하는 사람들과 만나고, 헤어지게 되고 말았다. 잃어버린 사람도 있어. 하지만 세상에 둘도 없이 소중한 것도 많이 얻었어. 무엇보다, 증조할아버지랑 만났어. 그 덕분에 지금 요리네가 있어. 여기에. 그림갈에. 돌아왔어, 증조할머니. 잃어버린 물건이 뭔지 아직 모르지만, 요리가 찾아낼게. 요리가 찾아내서, 이게 틀림없다고 확신한 것이라면,

그게 증조할머니가 잃어버린 것. 증조할머니라면, 반드시 그렇게 생각해줄 거야."

하루는 고개를 숙였다. 그리고 마나토의 어깨에 손을 올리고 작은 목소리로 말했다.

"고맙다, 마나토. 덕분에 살았어. 이제 괜찮아. 정말로."

마나토는 고개를 끄덕이고, 하루의 등에 대고 있던 손을 거두었다.

보아하니, 하루는 아주 오랫동안, 엄청나게 무거운 짐을 짊어지고 있던 모양이다.

그리고 아직 어깨의 짐을 내려놓은 것이 아니다. 하루는 그 무게에 짓눌리지 않으려고 어떻게든 발버둥치고 있다.

"요리. 리요. 한 가지 더, 말해둬야 할 일이 있다—."

하루는 가면을 바닥에 놓았다.

"유메가 낳은, 루온의 아버지… 너희의 증조할아버지에 해당하는, 란타의 목숨을 빼앗은 것은, 나다. 내가 이 손으로, 란타를 죽였다."

"—응…?"

마나토는 고개를 갸웃거렸다.

요리와 리요의 엄마가 린카이고, 그 아버지가 루온.

루온의 아버지가, 란타.

그 란타를, 하루가 죽였다.

란타는 요리와 리요의 증조할아버지고, 유메는 증조할머니다. 마나토의 부모님 같은 관계, 라는 뜻이겠지. 분명히, 부부인지 뭐 그런 것. 부부가 서로 사랑하면, 아이가 태어난다고 했던가.

요컨대, 번식기의 동물이 교미해서 암컷이 임신하는 것과 같다. 부모가 교미하면, 그 결과로 아이가 태어난다. 서로 사랑한다, 라는 것은, 말로 알고 있을 뿐, 마나토는 좀 이해하기 어렵지만, 교미의 다른 말인지도 모른다. 혹은, 교미할 만한 사이로, 사이가 좋다, 라는 뜻인가? 마나토의 부모님은 무척 사이가 좋았었다.

하루와 유메는 동료였다고 한다.

유메와 란타는 부부였다.

하루가 그 란타를 죽여버렸다.

요리와 리요는 침묵했다. 놀랐다기보다, 이해하기 힘늘어서, 어떻게도 받아들이기 힘든 모양이다. 마나토도 마찬가지였다.

"어어, 그러니까… 하루와 란타는—서로 적? 이었어? 어라…?"

"아니."

하루는 마나토 쪽을 보지 않고, 약간 고개를 가로저었다.

"란타도, 유메와 나와 같은 날에 그림갈에서 깨어났다. 그 녀석과는 여러 가지 일이 있었지만, 동료였다."

"그런데도, 어쩌다 죽게 하고 만 거야?"

"죽게 한 게 아니야. 나는 란타를 죽일 의도를 갖고, 죽였다."

"왜?"

"……이유는, 있다. 그래도, 그 건에 관해서 변명은 하고 싶지 않아. 내가 란타를 죽였다. 이것은, 움직일 수 없는 사실이다."

요리가 짧지도, 그리 길지도 않은 머리카락을 쓸어올리며 뭔가 말하려고 했으나, 목소리가 되지 않는 작은 음이 흘러나올 뿐이었다.

"하루 군 씨."

리요가 요리 앞으로 걸어 나왔다. 하루와 함께, 자연히 마나토까지 리요가 내려다보는 모양새가 되었다.

"저와 결투해주십시오. 부탁합니다."

"…결—투?"

하루는 한번, 눈을 감았다가, 금방 다시 떴다.

"너는, 무슨 말을 하는 거지? 아니, 하루 군, 씨라니… 씨, 는 필요 없다."

"당신을 하루 군이라고는 부를 수 없습니다."

"…그런가. 아니, 뭐라고 불러도 상관없지만… 내 쪽에서 너에게 뭔가 요구할 입장이… 뭐? 결투? 너와… 결투하자는 건가?"

"네. 저는 그렇게 말했습니다. 하루 씨."

"어째서, 내가 너와… 아, 원수를 갚겠다는 건가? 물론, 너에게는 그럴 권리가 있다. 단, 그것은—"

"복수가 아닙니다. 저와 결투해주십시오."

"나는… 하지만….."

하루는 리요의 얼굴에서 시선을 피하고 뭔가를 찾았다. 어쩌면 하루는 요리의 표정을 살피려고 한 것인지도 모른다.

하지만 요리는 리요 뒤에 있다. 리요가 요리의 모습을 거의 완전히 가려버렸다.

"하루 씨. 저와 결투해주십시오."

리요는 몇 번, 똑같은 말을, 똑같은 말투로 말할 생각인 것일까?

마나토가 생각하기에, 하루가 승낙할 때까지 리요는 반복하는 것 아닐까?

"알겠다."

하루는 고개를 끄덕였다. 한번이 아니었다. 턱을 떠는 것처럼, 세 번, 고개를 끄덕였다.

"네가 바란다면, 거부할 수는 없다. 결투하자."

뭔가 묘하달까, 신기한 흐름이다.

하루와 리요는 방주 앞에서 결투 준비를 하고 있다.

그렇기는 해도, 하루는 가면을 다시 쓴 것뿐이다.

리요는 두꺼운 코트를 입고, 머플러를 했었다. 약간 움직이기 힘들었는지, 그저 더웠던 건지, 둘 다 벗었다. 안경도 벗고, 리요는 엄청나게 딱 달라붙는, 가죽인지 뭔지로 만든, 위아래가 이어진 옷을 입었다. 두 손에는 팔꿈치까지 덮은, 튼튼해 보이는 장갑을 꼈다. 신고 있는 장화도 부분적으로 딱딱해 보였다.

리요는 길고 직모인 머리카락을 끈으로 묶더니 천천히 목을 돌렸다.

하루가 증조할아버지를 죽였으니까, 리요가 그 복수를 하고 싶다는 것이라면, 마나토도 이해 못 하지는 않는다. 그러나, 그런 게 아니라고 한다.

"마나토."

요리가 불렀다.

"응. 왜?"

마나토는 옆을 봤다. 요리는 마나토와 옆으로 나란히, 땅바닥에 양반다리를 하고 앉아 있다. 장갑과 머플러는 벗었지만, 코트는 벗지 않았다. 앞을 풀어헤쳤다.

"정말로 이제 괜찮아?"

"뭐가?"

"상처."

"누구?"

"너 말이야."

"아아."

마나토는 두 팔을 올려 머리 위에서 두 손을 깍지끼고, 기지개를 켰다. 그대로 몸을 좌우로 흔들어봤지만, 아무렇지도 않다.

"전혀 아프지 않으니까, 나은 것 아닌가?"

"봐도 돼?"

"응."

마나토는 몸을 틀어, 다쳤던 등을 요리 쪽으로 향했다.

"…옷은 찢어졌고, 피로 더러워졌지만, 흉터라고 할 만한 흉터는 보이지 않아. 어떻게 된 거야? 마나토의 몸."

"어어. 어떻게 된 거냐고 물어도, 계속 이랬고. 그러고 보니, 요리도 이빨이 빠지면 다시 안 나?"

"유치가 빠진 뒤에 자라난 영구치는 그렇지."

"영구치? 어른 이빨?"

"응."

"전에, 어른 이빨이 빠져버렸는데 새로 난 적이 있어. 뭐라더라, 있는 모양이야. 가끔씩, 그런 사람이."

"옛날에 루미아리스를 믿는 신관은 상처를 치유하는 마법을 쓸 수 있었다고 하던데."

"마법? 그런 게 아니지 않나? 잘은 모르지만. 난 딱히 아무것도 하지 않았었고."

"내버려 두면 그냥 낫는구나. 부럽다."

"그래도, 머리가 깨지거나 하면 죽을 거라고 생각해. 죽을… 까?

머리는 깨져본 적 없으니까. 한번, 깨보는 게 좋을까?”

“머리를 깨봤다가 죽어버리면 어떻게 하려고? 그만둬.”

“그것도 그러네.”

마나토가 웃자, 덩달아서인지, 요리도 살짝 웃었다.

자기가 웃어놓고 좀 그렇지만, 리요가 하루와 결투를 하려고 하는데, 요리는 딱히 걱정하는 것 같지 않다. 편안하게 쉬고 있는 것처럼 보이기까지 한다.

“하루와 리요, 누가 이길 것 같아?”

“몰라.”

요리는 태연하게 대답했다.

“하루히로에게는 백 년 이상의 경험이 있는 거니까. 보통으로 나이를 먹고 늙은 것도 아닌 것 같고. 꽤 강할 거야. 리요도 약하지는 않지만, 글쎄.”

“요리라면, 하루에게 이길 수 있어?”

“해보지 않으면 몰라.”

“리요는 왜 하루와 싸우는 거야?”

“그건, 보다 보면 분명 알 거야.”

요리는 오른쪽 무릎을 세워 두 팔로 끌어안더니 리요 쪽으로 시선을 향했다.

“리요는, 요리와 달라서 요령이 좋지 않아. 어릴 때는 요리가 시키는 대로 다 했지만. 이제는 어린애가 아니고, 저 아이는 저 아이의 방식으로 납득하는 수밖에 없어. 고집쟁이인 거야. 요리도 완고하지만. 그 점은 증조할머니의 핏줄 때문인가? 증조할머니도 상당히 자아가 강한 사람이었다고 하던데—”

“말해두는데.”

하루가 두 자루의 단검을 뽑았다. 오른손에는 늘어나는 단검, 왼손에 든 것은 늘어나지 않는 단검이다.

“나는 무술 종류를 배운 적이 없다. 습득한 것은, 생물을 상처입히고, 죽이기 위한 기술뿐이다.”

“저는 에미 부부르 선생님에게서 오드래드를 배웠습니다.”

리요는 가슴 앞에서 좌우의 손을 마주 댔다. 정확히는, 검지 끝과 검지 끝, 중지 끝과 중지 끝이라는 모양으로, 손가락끼리 마주 대고, 손바닥끼리는 맞닿지 않았다. 리요는 아주 약간 다리를 벌리고 서 있다. 무릎은 뻗은 것처럼 보이기도 하지만 살짝 구부린 것 같다.

“오드래드는, 저항하는 자, 라는 의미. 붉은 대륙의 노예해방자인 오드래드가 고안했다고 한다. 하지만 오드래드가 실재했다는 증거는 남아 있지 않다. 일설에 의하면, 몇 명이나 되는 노예해방자에 관한 전승을 토대로 해서, 음유시인이나 이야기꾼들이 오드래드라는 인물을 창조해냈다. 오드래드에서는 브라카, 쟈비라는 투척하는 도검 외에, 쿠두스라 불리는 방검 장갑과, 하두마라는 방검 장화를 무기로 사용합니다. 이 결투에서 저는 브라카나 쟈비를 사용하지 않겠습니다. 쿠두스와 하두마는 장착했습니다.”

“…친절하게 가르쳐줘서, 고맙군.”

“별말씀을. 슬슬 시작합시다, 하루 씨.”

“정말로 할 생각이로군.”

“물론 저는 정말로 할 생각입니다.”

“알겠다. 언제든지 시작해도 돼.”

하루가 그렇게 말하자마자, 리요의 장신이 흔들 기울어졌다. 리요는 이미 달려나가고 있다. 역시, 똑바로가 아니다. 리요는 곡선을 그리며 하루에게 다가갔다.

하루는 늘어나는 단검을 내밀었다. 리요는 그것을 쿠두스인지 뭔지 하는 장갑으로 튕겨낸 건가? 아니면, 피한 것인가? 두 사람이 부딪칠 것 같을 정도로 접근했다. 다음 순간에는 떨어져 있다.

리요의 움직임은 끊임없이 흐르고 있다. 그 흐름은 한순간도 멈추지 않는다. 빨라지거나 느려지거나, 시시각각 변화한다. 마나토는 중얼거렸다.

"뉴놋뉴니뉴뉴―뉴―니니뉴놋니―같은…."

"리요 말이야?"

"응."

"하루히로는, 슛, 슈슈슛, 파팡, 파팟, 슛, 슈슛, 그런 느낌이네."

"오오. 그런 느낌 들어!"

"리요는, 상대하려면 까다로워."

"요리는 리요와 싸운 적 있어?"

"리요와는 없지만, 오드래드를 쓰는 사람과는 몇 번인가 싸웠어. 강하다고 할까, 기분 나쁘거든. 오드래드는 독특한 타격뿐만이 아니라, 던지기도 있고. 모든 기술이 교묘하게 연결되어서, 몸을 내던질 각오로 10명을 죽이고 자기도 죽는다는 전투방식. 도수공권으로 말이야. 저렇게 해서 쿠두스와 하두마로 손발을 보호하고 있으면, 자기 몸을 내던지지는 않고 그저 10명 죽이기야."

확실히, 리요는 공격하고, 공격하고, 또 공격하고 있다. 하루는 물러서기도 하고, 옆으로 이동하기도 하고, 거의 앞으로 나서는 일이 없다.

"그래도—"

요리는 입술 끝이 처지면서 얼굴을 찡그렸다.

"하루히로는 진심이 아니네. 생물을 상처입히고 죽이기 위한 기술이라고? 저게 그렇다면, 환멸인데."

왠지 요리가 화난 것 같은 느낌이 들어, 마나토는 살짝 웃어버렸다.

"…뭐야?"

요리가 노려본다.

"아니, 하지만 하루가 리요를 죽이면, 요리는 싫잖아?"

"싫다고나 할까…."

"싫지 않아?"

"그야 뭐. 동생이니까."

"하루가 리요를 죽일 거라고 생각해?"

"…생각하지 않아."

"그럼, 하루가 진심으로 싸우지 않는 건 당연한 거 아니야?"

"하루히로는 결투를 받아들였어."

"왜 받아들였을까? 요리와 리요는 하루의 소중한 동료였던 사람의, 손녀… 가 아니라, 증손녀잖아. 하루는 그런 사람을 죽이거나 하지는 않을 거라고 생각해. 어라? 하지만 하루는 동료였던 란타를 죽였다고 했나? 이상하네."

"사정이 있었겠지. 어쩔 수 없이 그렇게 해야만 했다."

"그렇겠지. 어? 요리는 뭔가 알아?"

"모르지만. 백 년 전 일인걸."

"분명 하루는 죽이고 싶지 않았겠지. 죽이고 싶지 않은 상대를 죽여야만 하다니, 어떤 기분일까?"

"…그런 것, 상상하고 싶지도 않아."

"힘들었겠다, 하루."

마나토가 봐도, 요리가 말한 것처럼, 하루는 진심으로 싸우는 것이 아니다. 리요에게 공격당하면서도, 때때로 늘어나는 단검으로 반격은 하지만 날카로움이랄까, 이걸로 끝장을 내주지, 라는 식의 의사가 전혀 느껴지지 않는 것이다.

하루는 죽이고 싶지 않은 상대를 죽였고, 지금도 싸우고 싶지 않은 리요와 싸우고 있다.

"하아…."

마나토는 자기도 모르게 한숨을 쉬었다. 요리가 흘낏 마나토를 쳐다봤다.

"왜 그래?"

"으음. 모르겠어."

마나토는 어째서인지 양반다리를 하고 있을 수가 없어, 엉덩이를 바닥에서 떼고 쪼그리고 앉은 자세가 되었다.

"힘내, 하루."

"…힘내?"

요리는 불만인 건지, 의아해하는 건지. 마나토도, 어째서 자기가 그런 말을 했는지 이해할 수 없었다. 이상해서, 자기도 모르게 웃고 말았다.

"왠지 그냥."

"안 돼."

갑자기 하루가 늘어난 단검을 버렸다. 그뿐만이 아니다. 늘어나지 않는 쪽 단검도 손에서 놔버렸다.

리요가 처음으로 멈췄다. 단, 그 멈추는 방식도, 급정지하는 것이 아니라, 천천히 낮은 자세가 되었다.

"그건 결투를 그만둔다는 뜻입니까?"

"유메와 란타의 피를 이은 너를 죽이는 건, 나에게는 무리다."

"하지만 하루 씨는 증조할아버지를 죽였다."

"그렇군. 지금 이런 말을 하고 있어도, 그렇게 할 수밖에 없는 상황이라면, 나는 할지도 모르지."

"그렇게 할 수밖에 없는 상황이라는 건 뭡니까?"

"란타가 부탁했다. 스컬헬에게 지배당해버리기 전에 죽여달라고. 그 녀석은 알고 있었다. 봉인되었던 스컬헬이 풀려나면, 자기가 자기가 아니게 될 것을. 그렇게 되면, 인간으로서 죽는 일조차 불가능하게 된다. 거기까지 그 녀석은 내다봤었는지도 몰라."

"증조할아버지가, 인간으로서 죽으려면, 하루 씨에게 죽임당하는 수밖에 없었다."

"그거 말고도 방법은 있었는지도 모르지만, 그때는 아무것도 생각할 수 없었다. 나는 숨통을 끊기 직전, 그 녀석에게 사과했다. 그 녀석은 끝까지 그 녀석다웠다. 『내가 할 말이다, 바보.』라고 대답하고, 아주 약간 웃었다. 백 년이 지나도, 그때의 기억은 희미해지는 일이 없어."

"하루 씨는 죽지 않는다."

"불로불사라는 건 아니라고 생각하지만 간단히는 죽을 수 없겠지."

"줄곧 기억하고 있다."

"잊을 수는 없을 것이다."

"후회합니까?"

"아니."

하루는 고개를 옆으로, 분명하게 저었다.

"내가 후회하거나 하면, 그 녀석의 판단이 잘못이었다는 말이 된다. 그 녀석은 그 녀석 자신을 위해 옳은 판단을 했다. 그러니까, 나는 후회하지 않아. 만약 그때로 돌아간다고 해도, 똑같은 일을 한다. 나는 반드시, 그 녀석을 죽인다."

"하루 씨."

리요는 장갑의 잠금쇠인지 뭔가를 풀었다. 먼저 왼손의 장갑이, 다음으로 오른손의 장갑이 바닥에 떨어졌다. 장갑 안에도 맨손은 아니었다. 리요의 두 손에는 가느다란 천이 감겨 있다. 저 천은 무겁지도 딱딱하지도 않겠지. 리요의 손을 보호하는 것뿐이고, 쿠두스인지 뭔지 하는 장갑과는 달리, 무기가 되지도 않는다.

"저와 싸워주십시오."

하루가 대답하지 않고 있는 사이에, 리요는 신발도 벗었다. 손과 마찬가지로, 리요의 발에도 가느다란 천이 감겨 있었다.

하루는 가면을 벗어 땅바닥에 살며시 내려놓았다. 하루의 얼굴이, 아까와는 다르다. 너무 희다고 할 정도로 흰 건 그대로였고, 그물망 상태로 파란 힘줄이 튀어나와 있다. 그러면서도, 뭔가가 변한 것 같은 인상을 마나토는 받았다. 처음 접했던 하루의 맨얼굴은, 죽은 얼굴이나 만들어낸 인공물 같았지만, 지금의 하루는 여전히 생기는 거의 없지만, 죽은 자로는 보이지 않는다. 하루는 가면에 이어

망토도 벗어버렸다.

"나라도 괜찮다면, 합을 맞춰보자."

"이제부터는 전력을 다해 갑니다."

리요의 몸이 기울어졌다. 이미 리요는 달려나가고 있다. 이제부터는 전력. 그렇다는 건, 지금까지는 전력이 아니었던 건가?

뭔가 엄청난 소리가 났고, 하루가 날려갔다.

"웃—"

하루는 허공에서 빙글빙글 돌았다. 그 도중에, 맞아 떨어졌다. 리요가 휙 날아가, 자기가 날려버렸던 하루에게, 허공에서 뒤로 돌려차기를 먹인 것이다.

하루는 등부터 수직으로 떨어졌다. 거기에, 랄까, 거기에도 리요는 덤벼들었다. 리요는 비스듬히 회전했다. 그 회전에 맞춰 휘두른 두 팔을, 하루는 쳐냈다. 하루도 무방비하게 당한 것이 아니다. 온몸을 수그려 방어 자세를 취한 모양이다.

하루의 몸이 튀어 올랐다.

떠오른 순간, 또 리요의 두 팔이 하루를 강타했다.

마나토가 저런 일을 당했다면, 죽을지 아닐지는 둘째치고, 정신을 잃어버릴 것 같다. 하루는 어떻게 해서 빠져나온 건가? 마나토는 눈도 깜빡이지 않고 보고 있었는데도, 전혀 알 수 없었다.

하루가 리요를 결박했다. 아니, 결박하려고 한 하루를, 곧바로 리요가 내던져버렸다. 내던지면 얼마간은 거리가 벌어질 법도 한데, 상대가 리요인 경우에는 그렇게 되지 않는다. 리요는 자기가 내던진 하루에게 순식간에 접근해서, 이번에는 무엇을 하려고 한 건가? 정확하지 않다. 아무튼, 하루가 리요의 오른팔과 왼쪽 다리를 연속으로, 랄까, 거의 동시에 손으로 쳐냈다. 한쪽 팔과 한쪽 다리를 쳐내자, 리요는 분명 그 반동을 이용해서, 중심축이 비스듬한 후방 공중제비를 돌았다.

리요는 흔들흔들 머리를 위아래로 움직이면서 하루를 중심으로 해서 원을 그리는 것처럼 이동하고 있다. 이동하고 있기 때문에 다리는 물론이지만, 팔도, 그리고 손가락이나 손목에 이르기까지, 잠시도 정지하지 않는다.

하루는 몸을 구부정하게 굽히고, 무릎을 약간 구부리고, 움직이지 않는다. 입술 왼쪽 끝에서 피가 흘러나왔다.

"오드래드는 본래 도수공권의 저항술이니까—"

요리가 말했다. 온몸에 아주 약간 힘이 들어간 것 같다.

"쿠두스도, 하두마도 없는 편이 힘을 전부 낼 수 있어. 단, 구사하는 자의 몸이 견디지를 못하게 되어, 망가져 버리기 쉽지만."

"요리는 리요가 걱정돼?"

마나토가 묻자, 요리는, 훗, 하고 코웃음을 쳤다.

"저 아이가 스스로 선택한 일이니까. 육치(六熾)를 계속했었더라면, 요리만큼은 아니어도 괜찮은 단계까지는 갔었을 텐데."

"육치라는 건, 그, 요리가 쓰는 기술인가?"

"리요는 마나(外氣)를 다루는 소질을 타고나지 못했어. 프라나(內氣)와 마나를 둘 다 구사할 수 있게 되지 못하면, 육치를 마스터할 수는 없어. 그래서, 정체 모를 에미인지 부부르인지 하는 자한테 오드래드 같은 걸 배운 거야."

"그런가. 리요는 육치로는 요리처럼 강해질 수 없다고 생각했구나."

"요리처럼 되려는 것이 잘못이야. 리요 주제에."

"그래도, 요리처럼 강해지지 않으면, 리요는 요리가 지켜줘야만 하잖아."

"지켜주고 싶지 않아도, 지켜주는 정도는 해."

요리는 두 팔로 안고 있던 오른쪽 무릎을 가슴으로 쓱 끌어당겼다. 화가 난 모양이다.

"리요는 요리 동생이니까."

마나토는 키득 웃었다. 곧바로 요리에게 등을 맞았다. 가볍게 때린 게 아니었다. 마나토는 기침을 했다. 그것이 왠지 우스워서, 또 웃어버리고 말았다. 이번에는 맞지 않았다.

리요가 하루에게 덤벼들었다.

조금 전까지와는 뭔가가 다른 느낌이 들었다.

하루가 리요의 긴 오른팔을 왼손으로 튕겨냈다. 동시에 하루는 왼쪽 다리를 뻗어, 리요의 오른쪽 무릎을 찼다고나 할까, 오른쪽 무릎을 왼발로 눌렀다. 리요가 멈췄다. 자기 의지로 멈춘 것이 아니라, 하루에게 움직임을 봉인당한 것이라고 생각한다.

하루는 리요의 오른쪽 무릎을 발판삼아 몸을 들어 올렸다.

무릎 차기다.

하루는 오른쪽 무릎으로 리요의 안면을 노렸다. 하지만 리요는 몸이 엄청나게 유연하다. 등뼈가 저런 식으로 휘어진다니, 놀랍다. 리요는 상체를 뒤로 젖혀, 하루의 무릎차기를 피했다.

마나토는 그 뒤의 전개를 충분히 볼 수가 없었다. 뭐가 어떻게 되어서 그렇게 된 건지, 하루가 리요를 뒤에서 결박하려고 했다. 리요가 하루의 팔에서 쓱 빠져나가, 오히려 리요 쪽이 하루를 결박했다.

그런가 싶더니, 두 사람은 서로 뒤엉킨 채로 바닥에 쓰러졌다.

"하루히로는 이미 리요를 간파했다."

요리가 중얼거렸다. 쓸쓸하다는 듯했다.

"오드래드는 얼핏 보기에는 변칙적이고, 단조로움과는 거리가 멀지만, 규칙성이 있어. 스승인 에미 부부르와 비교하면, 리요는 아직 간파당하기 쉬워. 경험을 쌓으면 금방 뛰어넘겠지만, 현시점에서는 에미 부부르가 더 강하니까."

"하루는 어때?"

"저건, 강하다거나 그런 게 아니야."

"그럼, 뭔데?"

"괴물."

무슨 의미일까?

리요와 하루는 좀처럼 일어나지 않는다. 바닥에서 구르면서, 서로 상대방을 찍어누르려고 하거나, 팔이나 다리, 목을 붙잡으려고 했다.

갑자기 리요가 벌떡 일어났다.

하루는 아주 약간 늦게 일어났다.

리요가 두 손으로 하루의 안면을 양쪽으로 잡았다. 그런가. 좌우에서 잡은 것만이 아니다. 잡고, 비틀고 있다. 마나토는 몸을 떨었다. 무서워서, 웃는 수밖에 없다. 저런 짓을 당하면, 엉망진창이 된다. 목뼈가 부러진다. 머리가 터져버린다.

하루의 목도 이상한 방향으로 굽었다. 머리는 파열하지 않았다. 과연 그렇게까지는 되지 않았다. 그래도, 얼굴이 엉망으로 찌그러졌다. 피부가 뒤집히고, 피가 흩날렸다.

“왜 그래?”

그런 상태에서 하루가 목소리를 발했다. 리요는 한순간 주저했던 건지도 모른다. 하루에게 추가공격을 가하려고 했던 것은, 그 직후였다. 리요는 왼쪽 다리로 돌려차기를 하루에게 날리려고 했다. 어쩌면, 돌려차기와 오른손 때리기로 양쪽에서 공격하려고 한 건가?

리요의 왼쪽 다리에, 하루의 두 팔과 두 다리가 얽혔다. 하루는 리요의 왼쪽 무릎이나 왼쪽 발목의 관절을 망가뜨리려고 하는 모양이다. 그렇게는 두지 않겠다고, 리요는 하루가 달라붙은 왼쪽 다리를 바닥으로 내리쳤다. 하루는 리요의 왼쪽 다리에서 떨어지지 않았다.

“이것이 네 전력인가?”

“큭—.”

리요가 발끈했다. 냉정함을 잃었다는 것을 마나토는 알았다. 리요는 점프해서 비스듬히 회전하더니, 왼쪽 다리라고나 할까, 하루로 바닥을 찼다. 그래도 하루는 리요의 왼쪽 다리와 일체가 된 채로 붙어 있다. 리요는 왼쪽 다리를 높이 치켜올려, 발꿈치 내려찍기가 아닌, 하루 내려찍기를 했다. 하루는 두 번 연속으로 땅바닥에 격돌했다.

사이를 두지 않고 곧바로 리요가 세 번째를 실행하기 전에, 하루가 뭔가를 했다. 아마도 리요의 복부, 명치 부근에 타격을 가한 것이겠지. 그것도, 주먹으로 힘껏 때린다기보다, 손바닥으로, 퉁, 하고 친 것 같은 느낌이었다.

그 때문에, 불과 한순간이지만, 리요의 움직임이 흐트러졌다.

하루는 그 틈에 리요의 몸을 재빨리 기어오르는 것처럼 해서 이동했다. 리요는 하루에게 눌려 쓰러져, 밑에 깔리고 말았다.

"오옷…."

마나토는 자기도 모르게 일어섰다.

리요는 하늘을 보고 드러누워 있다. 하루는 리요의 배 위에 걸터 앉아 있다. 교차한 두 손으로 리요의 목을 누르고, 조르고 있는 것 같다.

요리가 한숨을 내쉬었다.

"…저런 싸움 방식, 보통은 할 수 없어."

리요는 하루를 뿌리치고 싶겠지만, 저항다운 저항은 할 수 없었다. 하루는 지독하게 숙련되었다. 눈 깜짝할 사이에 리요를 실신시켜버렸다.

"미안하다… 유메… 란타…."

하루는 즉시 리요에게서 떨어져, 끊일 듯 끊일 듯 말했다. 목이 오른쪽 뒤쪽으로 기울어져 있고, 얼굴은 보기에도 무참한 꼴이다. 그런데도 하루는 태연하게 서 있다. 아니, 태연하게, 라고는 말할 수 없나? 아니면, 역시, 태연하다, 라고 말해야 할까?

"너희의… 증손녀는… 강하군… 과연 생각대로다…."

목소리가 끊일 듯 끊일 듯 나오는 것은, 목이 부러진 탓에 발성하기가 힘든 것이겠지. 그것이 신경 쓰였는지, 하루는 두 손으로 머리를 받치고, 얼굴을 정면을 향하게 했다. 그대로 약간 누르고 있는 것만으로 괜찮아진 모양이다.

하루는 손을 떼고 마나토와 요리 쪽을 향했다. 그때는 이미 하루의 목이 기울어지는 일은 없었고, 얼굴에도 변화가 있었다.

피투성이지만, 근육이나 혈관, 피부가, 부글부글 거품을 내면서 재생되고 있었다.

마나토도 상처 치유력이 좋은 편이지만, 저 정도로 빠르지는 않다. 아니, 애초에 저런 식으로는 치유되지 않는다.

"요리. 너도 나와 싸우고 싶은가?"

"리요랑 같이 취급하지 마."

요리는 고개를 숙였다. 어깨가 축 처져 있다.

"…증조할머니라면, 당신을 탓하거나 하지 않아. 요리도 당신을 원망하지 않아. 증조할아버지에 대해서, 더 가르쳐줘. 하루히로. 당신 입을 통해 듣고 싶어."

"물론이다."

하루는 그렇게 대답하고 나서 고개를 끄덕였다.

"나도 이야기하고 싶다. 오랜만에, 그 녀석에 관해서."

“여기가 방주의 컨트롤이다.”

하루가 통로 문을 어떻게 해서 연 것인지 이제야 알았다. 별 것 아니었다. 문 옆에 있는 눈에 띄지 않는 버튼을 누른다. 그러면 문이 열린다. 그뿐이었다.

문은 매끄럽게 오른쪽으로 빨려 들어가며 열렸다. 요리와 리요는 그 문이 움직이는 방식을 흥미진진하다는 듯이 빤히 관찰했다. 마나토는 전기로 움직이는 기계를 일본에서 본 적이 있었고, 이런 것이 있어도 이상할 것 없다는 식으로 받아들였지만, 두 사람에게는 매우 보기 드문 일인 모양이다.

하루가 그들을 안내한 컨트롤인지 하는 방은, 그림갈보다도 일본에 가까운 인상을 받았다. 츠노미야에서도, 메바시에서도, 카리자에서도, 그 일대를 장악한 야쿠자들밖에는 들어가지 못하는 지역이 있었고, 거기에는 근사한 건물들이 빽빽했고, 경트럭과는 다른 자동차가 달렸다. 야쿠자에게 들키면 죽을지도 모른다. 위험하다는 걸 알면서도, 몇 번인가 몰래 발을 들이고 구경했었다. 과연 건물 안까지는 들어가지 못했지만, 유리 벽을 통해 내부가 보이기도 했고, 창문으로 엿보기도 했기 때문에, 조금은 상태를 알 수 있었다.

“아니, 하지만 다른가…”

창고는 그리 넓지는 않다. 흐릿하게 밝은 정도의 조명기구가 설치된 천장도, 그리 높지는 않다. 책상인지, 받침대인지, 그런 것들이 질서정연하게 놓여 있고, 의자도 있다. 컨트롤 바닥에는 단차가 있었다. 들어가서 바로 앞이 제일 높았고, 안쪽으로 갈수록 낮아진다. 계단도 있고, 경사진 통로도 있다.

하루는 계단을 내려간다.

요리와 리요는 당황하고 있는 것 같다.

마나토는 하루를 쫓아가기로 했다.

"있잖아, 하루. 도대체 뭐야? 컨트롤이라는 게?"

"방주 전체의 기능을 주관한다. …그렇긴 해도, 내가 파악한 것은 그중 극히 일부다."

"흠. 기능이라. 전혀 의미불명!"

"이 방주가 그림갈의 것이 아니라는 것만큼은 틀림없어. 방주는 어딘가 다른 세계에서 넘어와서, 여기에 떨어졌거나, 착지했거나, 분명, 방주에는 우리와는 다른 존재가 타고 있었다."

"아, 배였구나. 그래서, 방주? 배 같은 모양은 아니지만."

"외관은 위장할 수 있어. 바깥뿐만이 아니야. 내부도 조작할 수 있다."

"통로도 처음엔 나선계단이었으니까."

"방주뿐만이 아니야. 이 가면도 그렇지만—"

하루는 또 그 가면을 장착하고 있다. 이제 진짜 얼굴을 감출 필요 같은 건 없을 것 같지만, 계속 쓰고 있던 모양이니 벗으면 안정되지 않는 건지도 모른다.

"그림갈에는 이계에서 유래한 것들이 잔뜩 있다. 어쩌면 그런 것들을 끌어당기는 장소인지도 몰라."

"이계… 일본을 말하는 거야? 일본도 이계 중 하나?"

"그렇다고 봐."

하루는 계단을 다 내려가더니, 긴 책상 앞에서 발을 멈췄다. 그냥 책상이 아닌 것 같다. 돌기가 있기도 하고, 도형 같은 것이 그려져 있기도 했다.

요리와 리요도 계단을 내려왔다.

"그 탑 안이 이렇게 되어 있을 줄은…."

요리는 날카로운 눈매로 심하게 두리번거리고 있다. 상당히 경계하는 모양이다. 요리가 데리고 있는 리요는 무표정하니까, 무엇을 생각하고 있고, 어떤 식으로 생각하는지, 마나토는 잘 알 수가 없다.

하루가 기절시켜 패했었지만, 리요는 금방 깨어났다. 보기에 대미지는 크지 않은 모양이다. 하루는 목이 부러지고, 안면이 파괴되면서도, 리요에게는 거의 부상을 입히지 않았다. 결국 하루는 일부러 그런 승리방식을 취한 것이겠지.

"당황하는 것도 무리는 아니지."

하루는 오른손의 장갑을 벗었다. 지나치다고 할 정도로 하얗던 얼굴과 마찬가지로, 손도 하얗다. 하루는 책상에 그려진 도형에 그 손을 올렸다.

"컨트롤. 인증을 요청한다."

하루가 그렇게 말하자, 이쪽저쪽에 빛이 들어와서 마나토는 깜짝 놀랐다.

"우왓…."

목소리는 내지 않았지만, 요리도 움찔했다. 리요의 눈이 묘하게 또렷했다. 크게 뜨고 있는 것이다.

하루가 오른손을 올려놓은 도형이 파르스름하게 빛나고 있다.

『인증. 컨트롤, 기동.』

"…누구?"

마나토는 고개를 돌렸다. 하루도, 요리도, 리요도 아닌 목소리였
다.

하루의 눈앞이라고 할 정도로 가깝지는 않은 장소에, 하얀 글자
들이 떠올라 있다. 마나토는 어느 정도 읽고 쓰기를 할 수 있지만,
전혀 본 적이 없는 문자다. 잠자코 수상쩍다는 듯이 글자들을 응시
하고 있는 요리와 리요의 태도를 보아하니, 두 사람도 읽지 못하는
모양이다.

"코드·예비실 A 및 코드·예비실 B, 위장을 변경."

하루가 말하자, 예의 그 목소리가 대답했다.

『위장변경을 승인.』

"그럼… 사이즈·3번, 스타일·모던, 타이프·생활목적 원룸, 예
비실 A는 싱글베드, 예비실 B는 트윈베드로."

『승인. 위장을 실행하겠습니까?』

"실행해줘."

『승인. 위장 완료까지 180초.』

"카운트는 필요 없다."

『승인. 카운트를 파기.』

"…하루?"

마나토는 하루의 망토를 잡고 가볍게 당겼다.

"아까부터 누구랑 이야기하는 거야?"

"컨트롤이다."

하루가 손을 놓자, 도형의 빛이 사라졌다.

"정확히는, 누구도 아니야. 방주를 제어하는 장치의—이렇게 대

화함으로써 방주를 움직이는 기능 중 한 가지다.”

“…이거.”

요리는 미간을 찡그리고 씁쓸한 얼굴을 하고 있다.

“만약 컴퍼니가 알면 귀찮아질 것 같아. 총력을 기울여 빼앗으러 올 거야. 이런 뭔지 모를 것들을, 그 사람들은 아주 좋아하니까.”

“컴퍼니라는 것이 무엇인지 나는 모르지만, 방주를 탈취하는 것은 간단하지 않겠지. 컨트롤을 움직이려면 인증이 필요하다.”

“하루히로밖에, 그 인증이라는 걸 할 수 없다는 뜻?”

“그래. 기본적으로는.”

“쓸데없는 참견일지도 모르지만, 하루히로, 너무 나불나불 다 말해. 요리가 컴퍼니의 관계자였다면 어떻게 해?”

“논리적이 아니라고 너는 생각하겠지만, 나는 유메와 란타의 증손녀를 의심하지는 않아.”

하루는 장갑을 꼈다.

“특히, 너와 리요는 유메를 직접 알고 있다. 어떻게 말하면 좋을까? 나는 너희에게서 유메를 느끼는 거다. 유메한테서, 뭔가를—아마, 아주 중요한 것을, 제대로 이어받은 거겠지.”

“…증조할머니 이야기를 꺼내는 건, 비겁해.”

“미안하다. 나는 비열하다. 그 덕분에 이렇게 살아남았다.”

하루는 책상 앞에서 떨어졌다.

“따라와 줘. 너희의 방을 준비했다.”

†

통로로 돌아와, 하루가 컨트롤과는 다른 문을 열었다. 그 문 너머는, 뭐랄까, 보통 방이었다. 마나토와 동료들이 카리자 한 구석에서 발견했던 집의 방과도 좀 비슷하다. 그런대로 넓고, 천장의 높이는 점프하면 닿을 수 있을 정도. 침대가 두 개 있고, 선반, 책상, 의자도 두 개 놓여 있다. 그 방에는 출입구 말고도 문이 있었다. 하루의 말로는, 옷을 입거나 벗는 작은 방인 탈의실과, 목욕을 할 수 있는 욕실, 그리고 화장실까지 딸려 있다고 한다.

"여기에 머무를 거면, 요리와 리요, 둘이서 쓰면 돼. 뭔가 부족한 게 있으면 말해줘. 특수한 것이 아니라면, 어떻게든 융통할 수 있을 거다."

하루는 요리와 리요를 쳐다봤다.

"혹시, 둘이서 같은 방이 아니라, 따로따로가 좋았을까?"

"으음…."

요리는 팔짱을 끼고 신음했다.

리요는 즉답했다.

"함께가 좋습니다."

하루는 방을 또 하나 준비해줬다. 요리와 리요의 방과 크기는 그리 다르지 않지만, 그쪽에는 침대가 한 대밖에 없었다. 마나토의 방이라고 한다.

"독방? 오오. 처음인지도."

"식량은 내 방에 비축해둔 게 있다. 나는 그렇다 치고, 너희는 젊으니 꽤 많이 먹겠지. 체재 기간에 따라 달라지겠지만, 조달법을 생각해야 한다. 오르타나의 농원도 아직 쓸 수 있을지 어떨지…."

마나토는 하루에게 욕실 사용법을 배워, 등목이 아니라 제대로 목욕을 했다. 수도꼭지를 틀기만 하면 약간 뜨거울 정도의 물이 끊이지 않고 나온다. 일본에도 그런 설비가 있기는 있다고 들었지만, 직접 사용하는 일은 없을 거라고 생각했었다.

"샤워, 기분 좋다…."

지나치지 않을 정도로 뜨거운 물로 씻고, 탈의실에 놓아뒀던 푹신푹신한 천으로 몸을 닦았다. 탈의실에는 상반신이 비치는 커다란 거울이 있었다. 몸을 틀어 등을 확인해봤는데, 부어올랐던 상흔밖에 남아 있지 않았다. 이 상흔도 내일이 되면 완전히 사라지겠지.

"하지만 머리, 많이 자랐네…."

천을 목에 걸치기만 한 전라로 방 안을 어슬렁거리는 것도 좀 이상한 것 같아서, 침대에 앉았다. 벗은 옷은 대충 말아서 방구석에 모아뒀다. 모처럼 하루가 찾아다준 건데, 등 쪽이 찢어지고 말았다.

"고칠 수 있을까? 아. 피가 묻은 채로 있었네. 빨 수 있나? 몸처럼 저절로 나으면 좋을 텐데. …보통은 낫지 않는다고 했지. 으음… 그보다, 요리도 리요도 강했지. 하루도 그렇지만. 좋겠다. 강해서. 강해지고 싶… 은건가? 어떻지? 준츠아라도 있었다면, 내가 강한 게 편리하겠다 생각하겠지만. 요리도 리요도 하루도 강하니까, 뭐. 아아… 그래도, 강하지 않은 것보다는, 강한 편이 좋을까? 강하면 … 뭐지? 그렇지. 응. 발목을, 잡을 일 없을 테고…?"

마나토는 침대 위에 누워봤다. 이불은 부드럽고, 그래도, 그 밑에 있는 것이 마나토의 몸을 제대로 받쳐준다. 상상을 초월하는 편안함이다.

"끝내준다. 이거."

마나토는 한숨을 쉬고, 웃어버렸다.

"뭐더라? 이런 것. 극락? 천국, 이던가? 준츠아가 말했었어. 사람이 죽으면, 대개는 지옥에 가지만, 극락인지 천국인지에 가는 사람도 있다고. 지옥은 엄청나게 지독한 장소지만, 극락은 그렇지 않고… 왜 그런 이야기가 나왔더라…? 아아… 준츠아가 다쳤을 때, 아파서 잠을 잘 수 없다고 해서… 그래서, 아무가 준츠아한테 달라붙어서, 문질러주기도 하고 그래서. 그때, 준츠아가… 그토록 아파했었는데도…『좋아. 극락이다.』라고 해서. 그게 뭐야? 무슨 의미냐고, 물었던가. 그래서, 지옥과 천국… 극락 이야기가 나왔고… 그래, 맞아… 준츠아… 무슨 말을 했었지.『나, 아무랑 아이 만들까?』였던가. 어어, 뭐야? 그게… 하고… 웃어버렸었지. 그랬더니 준츠아가, 미묘하게 화를 내서, 더 웃었고…『진지하게 말하는데, 마나토는 아무와 네이카 둘 중 고르라면 누가 좋아?』…아니, 진심, 잘 모르겠어… 생각한 적도 없고… 아이라… 아이가 생기면, 부모가 먼저 죽으니까… 아이 앞에서, 죽는 건… 으음… 뭔가, 있잖아… 싫은데, 그건… 아빠랑, 엄마는… 죽을 때 함께여서, 다행이었지만… 응… 아빠도, 엄마도… 깜짝 놀라겠지… 그림갈, 이라…—."

어느샌가 깜빡 잠이 든 모양이다.

"…어?"

깨어나 보니, 방의 조명이 꽤 어두워져 있었다. 게다가 몸 위에 담요가 덮여 있다. 잠결에 내가 덮었다고는 생각할 수 없다. 애초에, 이 담요가 어디에 있었던 건지, 마나토는 짐작도 할 수 없는 것이다. 목에 두르고 있던 천은, 좀 떨어진 곳에 구겨진 채로 놓여 있다.

몸을 일으키고 나서, 책상 위에 접시와 포크, 나이프가 놓여 있다는 사실을 깨달았다. 접시에는 뭔가 담겨 있다. 희미하게 냄새가 났다. 음식이겠지.

마나토는 담요를 걷고 침대에서 내려갔다. 의자 등받이에, 오렌지와 검정 작업복이 걸려 있다. 샤워하기 전에 벗어서 돌돌 말아뒀던 것이다.

마나토는 작업복을 집어 펼쳐보았다.

"아아! 터졌던 곳, 꿰맸네. 피도, 닦아낸 느낌…? 저절로 나을 리 없으니, 고쳐준 거구나. 하지만 누가…?"

신기했지만, 그보다도 먼저 음식이다. 접시는 꽤 크다. 담겨 있는 것은, 초절임과 훈제고기, 콩을 조리한 것, 보라색과 붉은 물체는 말린 과일이겠지. 종류가 다양하고 양도 제법 있었다.

"우와… 잠깐 잤더니 배가 고팠는데. 나는 아무것도 하지 않았는데 먹을 것이 있다니, 최고인데!"

마나토는 작업복을 내던지고 의자에 앉았다.

"음….."

금방 다시 의자에서 일어나서, 작업복을 집어 들었다. 누군가가 고쳐준 것이다. 함부로 취급하는 것은 좋지 않은 것 같은 느낌이 들었다. 입을까도 생각했지만, 그보다 빨리 먹고 싶다. 마나토는 작업복을 서둘러 개서, 잠시 망설였지만, 바닥에 살포시 내려놓았다. 그리고 의자에 앉아 포크를 집었다.

"진짜야? 고기가 얇게 썰려 있어. 먹기 편하다…."

마나토는 얇게 썬 훈제고기를 시작으로, 접시 위의 음식을 모조리 입안에 넣고, 씹고, 위장으로 흘려보냈다.

"마, 맛… 맛있다…. 음 음."

목이 막힐 것 같았다. 주위를 보니, 물로 보이는 액체를 담은 병 같은 것이 접시 가까이에 놓여 있다. 요리에만 정신이 팔려, 눈에 들어오지 않았었다. 마나토는 병뚜껑을 열고, 입을 대고, 물 같은 액체를 벌컥벌컥 마셨다.

"물. 아앗. 물이다. 그러고 보니, 목도 말랐었지. 고맙네….."

눈 깜짝할 사이였다. 음식도 물도 전부 마나토의 뱃속으로 들어가고, 접시에 묻은 초절임의 식초까지 핥아먹어 버렸으니까, 깨끗하게 아무것도 남지 않았다.

"…우와. 아직 완전 더 먹을 수 있지만. 그래도, 만족….."

마나토는 천장을 향해 고개를 들고 눈을 감았다.

"좋은 삶이다….."

웃음이 나온다. 큰소리로 웃는 건 아니지만, 킥킥 웃어버렸다.

『삐요삐요… 삐요삐요….』

"응?"

마나토는 눈을 뜨고 주위를 둘러 보았다.

『삐요삐요… 삐요삐요….』

"뭐야? 이게."

『삐요삐요… 삐요삐요….』

"…목소리? 아닌가?"

『삐요삐요… 삐요삐요….』

"응?"

마나토는 의자에서 일어나 귀를 기울이며 소리가 나는 곳을 찾았다.

『삐요삐요… 삐요삐요… 삐요삐요… 삐요삐요… 삐요삐요… 삐요삐요….』

"으음…."

아무래도 천장 어딘가에서 소리가 울리는 것 같은데, 확실치 않다.

『삐요삐요… 삐요삐요…. 삐요삐요… 삐요삐요….』

이윽고 기묘한 소리에 다른 소리가 섞이기 시작했다. 이것은 분명, 벽이나 바닥이나, 그런 것을 두드리는 소리다.

"문 쪽인가…?"

마나토는 출입구로 걸어갔다. 귀에 문을 대보자, 확실히 소리가 난다. 희미하지만 똑똑, 하는 소리에 맞춰서 진동하기도 했다.

이 방의 문은 통로와는 달리, 일본의 집과 그리 다르지 않다. 핸들과 손잡이가 달려 있고, 핸들로 여닫고, 손잡이로 잠글 수 있다. 마나토는 잠금을 풀고 나서 핸들을 돌려 문을 열었다.

"오."

문밖 통로에 요리가 서 있다. 뒤에 리요도 있다.

"문, 두드렸어?"

마나토는 고개를 갸웃거렸다.

"…맞지? 이상한 소리도 났었지만—."

요리는 입을 약간 벌리고, 미간을 찡그리고 있다. 리요도 두 눈을 크게 뜨고 있고, 두 사람 다 아무 말도 하려 하지 않는다.

무엇보다, 두 사람은 어디를 보고 있는 거지? 마나토의 얼굴이 아니다. 좀 더 아래쪽이다.

"앗…."

마나토는 두 손으로 그 부분을 가리려고 해봤다. 다 가릴 수 없어서, 몸을 뒤로 돌렸다.

"…알몸인 채였다. 그런 걸 여자한테 보인다고, 아무와 네이카한테 몇 번이나 야단맞았더라. 미안. 깜빡했어."

"엉덩이는 괜찮은 건가?"

요리가 물어서, 대답하려고 했다가, 자기도 모르게 반쯤 몸을 앞으로 돌려버리고 말았다.

"앗—"

마나토는 당황해서 다시금 요리와 리요에게 등을 돌렸다.

"…엉덩이도 안 되나? 그래도 왠지, 앞보다는 낫지 않아? 이런 것은 앞에만 달려 있으니까."

"일단 뭔가 입어."

"응."

마나토는 옷을 가지러 가려고 했다. 요리가 말렸다.

"문! 일단 닫아."

"그렇구나."

문을 닫을 때, 또 요리와 리요에게 몸 정면을 향하고 말았다. 요리는 한 손으로 눈을 가리고 한숨을 쉬어 보였다.

"…정말이지!"

"미안."

사과해놓고 좀 그렇지만, 웃고 말았다. 마나토는 문을 닫고 옷을 입고 나서 다시 문을 열었다.

"잘 잤어?"

요리는 태연했다. 리요는 기본적으로 무표정한 사람이라서, 잘 모르겠다.

"어느샌가 나도 모르게 푹 잠든 모양이야. 어라? 어떻게 알아? 자는 동안에 방에 들어왔었어?"

"하루히로가. 요리도 리요도 들어가지 않았어. 일단, 남자애 방이니까. …일단이랄까, 뭐, 완전히 남자애고."

"요리와 리요는 여자니까. 뭔가, 그런 것, 있나? 너무 알몸이 되지 않는 게 좋다거나?"

"…일반적으로는 그렇지. 너무가 아니라, 특별한 사이가 아니라면, 알몸은 보이지 않아."

"뭔데? 특별한 사이라는 게. 앗! 요리와 리요에게 알몸, 보여버렸다. 그럼 이제 두 사람과는 특별한 사이? 인 거야?"

"그런 게 아니야…."

"아니구나. 으음. 복잡하네. 예를 들면, 요리와 특별한 사이라면, 알몸을 보일 수 있다는 뜻?"

"…그런, 가?"

"알몸 같은 거 보여서, 어떻게 하는데?"

"어떻게… 라니."

"서로 보여주는 거야?"

"그건… 서로 보여주는 게, 아닌… 것 같은…."

"남자는 다리 사이에 달려 있는데, 여자는 안 달렸지. 그리고 여자는 가슴이 튀어나와 있지. 그건, 아이를 낳으면 젖을 먹이는 거지? 짐승도 그렇고. 아아. 남자와 여자는 다르니까, 서로 보여주는 건가? 여기가 다르네, 하고. 그런 거야?"

"…요리한테 물어봤자."

"요리는 자세히 몰라? 그럼, 리요는?"

“나는—.”

리요는 거기까지 말하고, 굳었다. 입이 벌어진 채였고, 명백하게 얼굴이, 랄까, 온몸이 경직되었다. 마나토는 고개를 갸웃거렸다.

“응? 왜 그래?”

“리요에게 이상한 거 물어보지 마!”

갑자기 요리가 화를 냈다.

“숙면해서 개운해졌지? 간다!”

“가다니? —아니, 어디에?”

“바깥!”

요리가 팔을 붙잡고 끌어당겼다.

“이런 곳에 계속 있어봤자 별수 없어. 모처럼 그림갈에 왔으니까, 이 눈으로 여러 가지를 확인해봐야지!”

방주 바로 옆에 있는 폐허가 구 오르타나. 구 오르타나 남쪽에는 천룡 산맥이 솟아 있고, 그 너머에 요리와 리요의 고향인 연합왕국이 있다. 연합왕국에서 제일 지위가 높은 사람이 루덴 아라바키아이고, 이 왕이 요리와 리요의 아버지라고 한다. 두 사람은 왕의 딸인 것이다. 틀림없는 공주님이고, 왕녀라는 신분이라고.

그것은 그렇고, 구 오르타나 북쪽에 펼쳐진 숲을 빠져나가면, 녹색이 적고 기복이 있는 황무지 안에, 다른 폐허가 있다.

마나토 일행은 바로 지금, 그 폐허를 멀리서 보고 있었다.

"오르타나보다 훨씬 작네."

마나토는 검과 단검만 갖고 왔다. 활은 사냥이라면 유용하지만 루미아리스의 귀의자에게는 전혀 효과가 없다. 활과 화살통 세트는 그런대로 거치적거려, 사냥이 목적이 아니라면, 없는 편이 몸이 가볍고 좋다. 뭐가 발견하면 챙겨 가고 싶어질지도 몰라서, 배낭을 메고 왔다.

"과거에는 보루였다."

하루는 가면을 쓰고 망토를 걸쳤다. 벌써 몇십 년이나 그 차림인 모양이다.

"데드 헤드 감시 보루. 원래는 오크라는 종족이 구축한 것이라고."

"그러고 보니―."

마나토는 가볍게 몸을 틀어, 작업복이 꿰매진 부분을 만져봤다.

"여기 고쳐준 거, 하루?"

"그래."

"바늘이랑 실로, 조물조물했었지."

요리가 말했다.

"마나토가 자는 동안에 하루히로 방에서 증조할머니 이야기 등등을 들었는데, 이야기하면서 작업했어. 재주가 좋은 거지."

"익숙한 것뿐이다."

하루는 퉁명스럽게 대답했다.

참고로, 요리는 코트를 걸쳤지만, 안쪽은 꽤 얇은 옷이다. 윗도리는 가슴 부분만 덮는 얇은 천이고, 바지는 유난히 딱 달라붙었다. 목에 매달린 줄이 달린 안경은, 익룡을 탈 때 쓰는 것이겠지. 붉은 검의 검집을 등에 비스듬히 차고, 나이프를 허리에 찬 것 말고는 아무것도 들고 있지 않았다.

리요는 위아래가 붙은 가죽 작업복에, 예의 장갑과 장화, 쿠두스와 하두마를 손발에 장착했다. 어깨끈에 팔을 끼워 짊어진 보따리는, 배낭 같은, 하지만 두께가 별로 없어서 뭐라고 부르는 건지 모르겠다. 아무튼, 가방이다. 주머니가 많이 달려 있고, 무기로 짐작되는 것도 들어 있다. 오드래드에서는 투척하는 도검을 사용한다고 했던 것 같으니, 분명 그것이겠지. 줄 달린 안경은 가방 안에 있는 모양이다.

"뭐더라, 준츠아가 말했었는데, 그러니까, 일숙일밥…?"

"일숙일반(주4)"

즉각 리요가 정정해주었다.

"그거다, 일식일반! 밥을 얻어먹으면 은혜를 갚으라는 뜻이지."

"일식일반이 아니라 일숙일반."

주4) 일숙일반: 一宿一飯 한 번 잠자리를 얻고 한 번 식사대접을 받는다는 뜻으로, 조그만 은덕을 입음을 이르는 말.

리요는 마나토에게 시선을 향하고는 있지만, 전혀 표정이 변하지 않는다.

"의미하는 건, 하룻밤 재워주고, 한번 식사를 제공받는 것. 이것을 큰 은혜라고 생각하고, 반드시 은혜를 갚아야 한다는 종족이나 문화가, 붉은 대륙 각지에 여럿 존재한다."

"흠. 그렇구나."

"그래."

"리요는 아는 게 많네. 준츠아 같아."

"나는 아는 게 많지 않아. 오히려, 모르는 일이 압도적으로 많다."

"어어. 나는 많다거나 적다거나 그런 게 아니라, 아예 모르는 것밖에 없어."

"그래서?"

요리가 어깻짓을 해 보였다. 좀 어이없어하는 것 같다.

"일숙일반이 어쨌다는 거야?"

"아아, 맞아, 그거. 하루에게는 일숙일반이구나, 하고. 어라? 표현이 이상한가? 일숙일반의 신세를 졌구나, 하고. 아니지? 좀 더 많은가? 옷이랑 검도 빌려주고, 뜯어진 것도 고쳐줬고. 밥은 두 번이니까, 그럼, 일숙, 이반, 옷, 검… 우와."

세어보니 웃음이 나왔다.

"잔뜩이다. 이거, 갚아야 하겠지?"

"그런 건 생각하지 않아도 돼."

하루는 가면 쓴 얼굴을 폐허 쪽으로 향한 채로 말했다.

"갚아야 한다기보다, 갚고 싶다고나 할까."

마나토는 고개를 끄덕였다.

"응. 갚아야지."

"…그만둬."

"안 되나?"

"내가 말릴 입장도 아니긴 하지만….."

"뭔가 할 일이 있는 편이 좋을까 해서. 일본에서는 간신히 집을 발견해서, 그리고는 죽을 때까지 살자, 라는 느낌이었는데. 그런 게 없으면, 뭐더라? 음….."

"사는 낙?"

요리가 말했다.

"아. 그건가? 사는 낙. 낙?"

"혹은 삶의 보람."

이번에는 리요가 말했다.

"삶의 보람!"

마나토는 리요에게 얼굴을 향했다.

"그거다! 보람! 동료가 말했었어. 이렇게 모두와 함께 있는 것이 삶의 보람이라고. 그 동료는, 집을 찾기 전에 죽어버렸지만."

"…죽었구나."

요리가 중얼거리듯이 말했다.

"응."

마나토는 웃었다. 별로 우스운 건 아니지만, 그 작은 카나리아를 떠올리면, 역시 웃게 되어버린다.

"잘 웃는 녀석인데. 조그맣고. 가볍고. 병에 걸려서, 열이 있고, 기침하기도 하고. 혼자 걸을 수 없게 되었으니까, 업어주기도 했고, 그래도 웃었어. 그러다가 기운을 차리면 좋겠다고 생각했는데, 죽어버렸어. 계속 비가 와서, 묻는 것도 힘들었어."

"마나토."

갑자기 리요가 마나토의 왼쪽 어깨에 오른손을 올렸다.

"응?"

쳐다보니 리요는 약간 고개를 숙이고 있다. 남의 어깨를 만져놓고, 마나토와 눈을 마주치려고 하지 않는다.

"삼가 조의를 표합니다."

"조의? 그게 뭐야? 삼가? 세 명? 세 집?"

"죽음을 슬퍼하고 안타까워한다는 뜻."

요리가 리요 대신에 가르쳐줬지만, 마나토에게는 그리 와닿지 않았다.

"안타까워? 왜?"

"…마나토네는 집을 찾아다녔잖아. 그 아이는 뜻을 이루지 못하고 죽어버렸다는 거지. 그게 안타깝다는 뜻도 있고, 마나토도 동료를 잃고 슬펐겠다, 라는 뜻도. 리요가 말하고 싶은 건, 그런 의미."

"아아. 그렇구나. 기왕이면 집을 찾을 때까지 살아 있었으면 좋았을걸. 하지만 죽기 직전까지 즐거웠다고 말했었고, 웃었으니까, 안타까울 것도 없어."

마나토는 왼쪽 어깨에 올라가 있는 리요의 오른손을 살며시 잡았다. 리요는 쿠두스를 끼고 있어서, 감촉은 딱딱했다.

"그래도, 고마워. 리요는 마음을 써준 거잖아. 다정하네, 리요는."

"…아니."

리요는 고개를 부르르 흔들었다. 라고나 할까, 떨었다.

"나는… 다정하지는… 않아. 그런 인간이 아니…."

"그래? 다정하다고 생각하는데. 요리도, 리요의 마음을 알기 쉽게 설명해주고, 착하고, 대단해."

"다아앙연하지."

요리는 고개를 홱 돌리고 팔짱을 꼈다.

"…요리는 인격도 재능도 전부 완벽하니까. 그 증조할머니의 증손녀니까. 요리는 요리니까, 그 정도는 별것 아니야. 그보다…."

"그보다?"

"아무것도 아니야. …엄청 인기 짱짱님이라고, 증조할머니가 말했었는데, 그건 마나토를 말하는 게 아니라—"

"하루의 동료였던 사람? 우연히, 이름이 같은."

"하긴…."

하루는 가면을 만졌다.

"사람들 주목을 받았고, 눈여겨보게 되는 남자였지. 사람들에게도 잘 대하고, 항상 웃었었다."

"그런 건, 뭐라더라, 웃음 술버릇?"

"술버릇이라는 것은, 술에 취하면 나오는 습관을 말하는 거야. 우는 버릇이라거나 화내는 버릇 등등."

리요가 중얼중얼 말했다. 아직 고개를 숙이고 있다.

"그럼, 아닌가. 잘 웃는 사람? 뭔가 다른 표현이 있나? 뭐, 됐나. 뭐든."

"손…."

리요가 오른손을 움찔거렸다.

"손을."

"손?"

"놔줬으면 합니다."

"아아, 미안."

마나토가 손을 놔주자, 리요는 오른손을 집어넣었다. 오른손을 왼손으로 꼭 쥐고 있다. 아팠던 걸까? 그렇지는 않겠지. 마나토는 그렇게 힘을 주지 않았었고, 리요의 손은 쿠두스로 보호하고 있다.

"저 보루에는 누군가 있어?"

요리가 묻자, 하루는 고개를 저었다.

"내가 아는 한에서는, 없었다. 이 방향에서 보면, 방벽이 꽤 남아 있지만, 실제는 3분의 2 가까이 무너졌어. 보루 본체도, 안에 들어갈 수 있는 상태가 아니었다."

"써먹을 수 없다는 뜻이네."

"그래. 단, 루미아리스의 귀의자들이 오르타나로 온 것이 아무래도 마음에 걸려서."

하루는 서쪽을 가리켰다.

"여기서부터 4킬로 정도 서쪽으로 가면, 다무로라는 도시가 있다. 백 년도 더 전에는 고블린족이 점거했었다. 지금은 암흑신 스컬헬의 예속들이 아지트로 삼고 있어."

"즉―"

요리는 턱을 꼬집었다.

"이 부근 일대는, 스컬헬의 구역이라는 뜻?"

"그렇다. 루미아리스 진영과 스컬헬 진영은 그림갈 전체에서 세력다툼을 펼치고 있지만, 그들에게 있어서 풍조 황야 이남은 벽지인 모양이야. 더 일찍 다무로, 그리고 좀 더 북서에 있는 사이린 광산터에 뿌리를 내린 것이 스컬헬 진영이고, 루미아리스 진영의 공격을 몇 번인가 격퇴했었다. 최근에는 조용했었는데….”

“또다시 루미아리스의 귀의자들이 다무로를 염탐하는 것 아닐까? 하루히로는 그렇게 보고 있구나.”

“그럴 가능성은 있어.”

“요리네가 해치운 것은, 귀의자들의 선발대고.”

“그런지도 몰라.”

“본대, 혹은 그 일부가 저 보루 터나 근처 어딘가에 있고, 선발대는 오르타나를 정찰하기 위해서 파견되었다?”

“확증은 없으니까, 조사해두고 싶다. 나 혼자라면, 방주에 틀어박혀서 폭풍우가 지나가기를 기다려도 좋겠지만.”

“그럼, 잽싸게 가서 보고 올까?”

마나토가 한 손을 들고 그렇게 말하자, 요리가 못마땅한 얼굴을 했다.

“…딱 봐도 감시병한테 들켜서 엉망진창으로 만들 것 같아.”

“어어. 누군가 있어도 들키지 않도록 주의해서, 뭐더라… 정찰? 맞아, 정찰. 해오면 되는 거잖아? 나 헌터였으니까, 그런 건 비교적 잘해. 인간보다도 짐승이 더 민감하고. 그리고 왜, 알잖아, 다쳐도 나으니까. 요리와 리요는, 그렇게 잘 낫지 않지?”

“마나토처럼은. 프라나(내기)를 구사해서 치유력을 높일 수는 있지만. 솔직히, 보통사람보다는 몇 단계 높은 레벨.”

“알겠다.”

하루가 손짓했다.

“나와 마나토가 다녀온다. 요리와 리요는 여기서 대기해줘.”

†

마나토는 거의 발끝으로만, 될 수 있는 한 소리를 내지 않고 걸을 수 있지만, 완전히 무음이라는 뜻은 아니다. 불가능하지는 않다고 해도, 소리를 내지 않고 조금씩 걸어가는 것만으로도 엄청나게 시간이 걸린다. 하루는 조용하고, 빠르다. 쓱쓱 발을 디딜 곳을 결정해간다. 일일이 생각하고 결정하는 것으로는 보이지 않을 정도다.

하루와 마나토는 눈 깜짝할 사이에 보루에 접근해서, 방벽에 기댔다.

여기에서는 요리와 리요는 보이지 않는다. 두 사람은 약간 높은 언덕에 몸을 숨기고 있다.

하루가 동쪽을 손가락으로 가리켰다. 마나토가 고개를 끄덕여 보이자, 하루는 다시 걷기 시작했다. 마나토는 하루를 따라갔다.

방벽을 따라 모퉁이까지 걸었다. 모퉁이를 돌자, 바로 앞이 무너진 파편 더미였다. 하루가 손바닥을 마나토에게 향했다. 여기에서 기다려, 라는 신호겠지. 마나토는 고개를 끄덕였다.

하루가 파편 더미를 기어 올라갔다. 하루와 마나토의 키보다도 조금 높은 정도의 파편 산이니까, 금방이었다. 하루는 산꼭대기에서 약간 얼굴을 내밀었다. 곧바로 도로 집어넣지 않고, 안쪽을 관찰하고 있다. 이윽고 내려왔다.

"예상대로다. 신병들이 모여 있어."

하루가 마나토에게 귓속말했다.

"신관이 적어도 한 명은 있고, 수십 명, 어쩌면 백 명이 넘을지도 몰라."

“그건 많은 거야?”

마나토는 거의 목소리를 내지 않고, 입을 또렷하게 움직여서 물었다. 이 방식이라면, 하루는 제대로 알아 들어주겠지.

“다무로의 예속은 수백 정도가 아니야. 저 숫자로 다무로를 공략하는 것은 무리다.”

“더 있을 것 같아?”

“그래. 숫자도 그렇지만… 만약 귀의자 중에 성자가 있다면 골치 아프다.”

“성자라니?”

“신관은 알지?”

“그, 온몸이 뭐랄까, 은색 비슷한 것으로 덮인…? 수, 수태?”

“수체다. 루미아리스의 힘이 육망광핵을 통해 귀의자에게 부여한, 물체, 물질이라기보다, 일종의 생명체인 모양이야.”

“우오. 수체. 어렵다.”

“그 신관보다도 힘이 센—수체가 일부 변용한, 신관장이라는 귀의자가 있어.”

“변용….”

“대부분의 경우, 수체의 일부가 무기처럼 변한다.”

“그럼, 외형으로 알 수 있어?”

“그래. 성자는, 그보다 더 위다.”

“흠….”

신관은 체내에 육망광핵인지 뭔지를 몇 개 갖고 있고, 수체는 단단하다. 신체능력도 높았다. 게다가 뭔가 이상한 말을 중얼거리면 빛이 나면서 파워 업했다.

신관장은 그 신관보다도 강하다.

성자는 더 강하다.

"훗…."

마나토는 뿜어버릴 뻔했다. 소리를 내어 웃으면 위험하므로, 반사적으로 참은 것이다. 하루는 살짝 고개를 갸웃거렸다.

"…뭐야?"

"아니."

마나토는 고개를 저어 보였다.

"무서워서. 무서우면, 왠지 즐거워지지 않아?"

"즐겁지는 않아. 내 경우엔. 단, 네가 말하고자 하는 것은 알아. 드물게 있다. 위험부담을 감수하는 것에 쾌감을 느끼는 성질의 소유자가. …그러고 보면, 란타는 비교적 그쪽에 가까웠지."

"요리와 리요의 증조할아버지지?"

"그 두 사람도, 어딘가 그런 면이 있어. 그렇지 않았다면, 천룡산맥을 넘어오지는 않았겠지."

"하루는 달라?"

"나는 겁쟁이니까. 좀 더 살펴보자."

두 사람은 머리를 낮추고 방벽의 무너진 부분을 통과했다. 또 방벽이 어느 정도 남아 있었고, 그 너머는 파편의 산조차 남아 있지 않을 정도로 파손되어 있었다.

하루가 방벽이 무너진 가장자리로 몸을 내밀었다. 금방 다시 원래의 자세로 돌아왔다. 하루가 가볍게 손짓을 해서, 마나토는 가까이 다가갔다.

"뭔가 있어?"

“가까워. 신관을 둘러싸고, 신병들이 앉아 있다. 40명은 된다.”

“와….”

“여기는 올라갈 수 있을 것 같군.”

하루는 등에 기댔던 돌로 만든 방벽을 올려다봤다. 높이는 하루나 마나토 키의 세 배도 되지 않겠지. 손가락이나 발끝을 걸칠 만한 곳이 얼마든지 있다. 확실히 올라갈 수 있을 것 같다. 올라갈 수 있다고 생각하니, 올라가고 싶어진다.

“너는 여기에서 기다리고 있어.”

하루가 그렇게 말해서, 항의하고 싶어졌으나, 은혜를 갚아야 할 상대에게 거역하는 건 아니지 않나? 어쩔 수 없다. 마나토는 볼이 불룩 튀어나왔으나, 그래도 엄지를 세워 보였다.

“…내가 지시할 때까지 움직이지 마.”

“괜찮아. 하루 말은 들을 거야. 아마도. 대부분은. 노력할게. 응.”

하루가 방벽을 기어 올라가기 시작했다. 이 또한 빨랐다. 체중을 실으면 삐걱거리거나, 떨어져 나가버리거나 할 돌도 있을 것 같건만, 하루는 그러한 꽝에 한 번도 걸리지 않았다.

완전히 다 올라가 버리는 게 아니라, 하루는 방벽에 매달린 채로 머리를 반 정도만 내밀었다. 그러고 가만히 있다.

“…응?”

뭔가 들린다.

“E’Lumiaris, Oss’lumi, Edemm’lumi, E’Lumiaris, —.”

목소리인가?

그렇다.

이것은 분명, 목소리다.

"Lumi na oss'desiz, Lumi na oss'redez, ―."

한 명이 아니다.

몇 명이나 되는 자들이, 그저 말하고 있는 것이 아니라, 노래하는 것일까?

"Lumi eua shen qu'aix, Lumi na qu'aix, E'Lumiaris, ―."

노래는 일본에도 있었다. 부모님이 때때로 노래를 불렀었고, 마나토도 몇 개인가 배웠다. 츠노미야나 카리자에서도 노랫소리를 들었다. 동료들도 각자 노래를 알고 있었다.

"Enshen lumi, Miras lumi, lumi na parri, ―."

소리를 드높여, 즐거운 듯이 노래한다는 느낌이 아니다. 많은 사람이 노래하는 것은 틀림없지만, 목소리를 맞춰서 합창하는 것도 아니다. 아마도, 각각 고개를 숙이고, 혼잣말하는 것과 별 차이가 없는 것 같은 상태로, 중얼중얼, 소곤소곤 부르고 있다.

"E'Lumiaris, Me'lumi, E'Lumiaris, ―."

한 명 한 명의 성량은 분명 다소 작다. 그래도, 노랫소리는 점점 커졌다. 보루 안 이곳저곳에 신병이 있고, 일제히는 아니고 제각각 노래하기 시작해서, 노랫소리의 총량이 서서히 커지고 있는 것이다.

왠지 기분이 나쁘다. 모든 노랫소리가 보루 안에서부터 들려온다. 그런데도, 마치 노랫소리에 포위된 것 같다.

하루가 그제야 내려왔다.

"돌아가자."

그것밖에 말하지 않고, 하루는 원래 왔던 길을 되돌아가기 시작했다. 뭔가 심상치 않은 태도였고, 잠자코 하루를 따르는 게 좋을 것 같다.

작은 언덕까지 돌아오자, 요리와 리요가 자세를 낮추고 기다리고 있었다.

"어때?"

요리가 묻자, 하루는 가면 안쪽에서 작게 숨을 내쉬었다.

"나쁜 소식이다. 보루에는 최소 삼백의 신병이 있다. 성자까지 있었다."

"성자?"

하루가 마나토에게 했던 것과 같은 설명을 하자, 요리는 생각에 잠긴 얼굴이 되었다.

"이제부터 전쟁이 시작될 것 같다는 뜻? 요리네가 구 오르타나에서 귀의자들 무리를 섬멸한 것은 어떻게 영향을 끼칠까? 뭐, 손이 가는 일이었지만, 전원 확실히 처리해둔 게 정답이었네. 한 명이라도 놓쳤었다면, 보루의 귀의자들이 요리네의 정체를 파악했었을지도 몰라. 방주는 괜찮은 거야?"

"어느 쪽 진영에도 공격당한 적이 없다."

"그렇다면, 최악의 경우에 피난소는 있네. 하루히로는 어떻게 생각해?"

"…글쎄."

하루는 아무래도 왠지 부자연스럽다. 마나토가 지나치게 생각하는 걸까? 방벽에 올라갔다 내려온 후부터 좀 이상하다. 그 노랫소리 탓일까? 글쎄. 그밖에 또 뭔가 없었나?

"성자?"

마나토가 중얼거리자, 하루가 가면을 이쪽으로 향했다.

"…성자가 왜?"

"아니, 봤지? 하루는, 그? 성자?"

"보루 본체의, 약간 남아 있는 최상부에 앉아 있었다. 한순간, 나를 알아차린 게 아닌가 생각했지만, 기우였던 모양이야."

"어어, 그럼….."

마나토는 자기 한쪽 뺨을 찰싹찰싹 때렸다. 뭔가가 걸린다. 하지만 적절한 단어가 떠오르지 않는다.

"으음. 아아. 그렇지. 하루는 지금까지도 성자를 만난 적이 있었어?"

"몇 번인가. 백 년은 짧지 않아. 성자는 한 명뿐이 아니고, 몇 명이나 있고―만났다, 라. 만났다고 할까….."

"봤다?"

"아니."

"싸웠어?"

"제대로 맞붙은 건 아니야. 쫓기다가, 간신히 따돌렸다."

"하루히로가 아는 성자였어?"

요리의 질문을 듣고, 그런 거였나, 하고 마나토는 생각했다. 분명 그거다. 하루는 보루에 있던 성자를 알고 있는지도 모른다. 왠지 그렇게 느꼈다.

"…어떻게 말하면 좋을까."

하루는 고개를 숙였다.

"성자는, 원래부터 성자였던 것은 아니야. 루미아리스를 섬기는 신관이나 성기사였다. 인간이었던 거다. 스컬헬의 예속 중에도, 루

미아리스 진영으로 말하면 성자에 해당하는, 귀신(鬼神)이라는 상
위자가 있고, 그들도 그렇지만."

"원래 인간…."

요리가 중얼거렸다.

"귀의자는, 죽지 않는다."

리요가 툭 던지듯 말했다.

마나토는 팔짱을 끼고 하늘을 우러러본다.

"하루는 그 성자를 알고 있다. 원래 인간. 죽지 않는다. 그렇다는
건… 성자가 인간이었던 때를, 알고 있다?"

"그렇다."

하루는 손으로 가면을 눌렀다.

"보루에 있던 것은, 난진(亂震)의 성자 타이다리엘. 나는 그가 인
간이었던 시절을 안다. 어깨를 나란히 하고, 몇 번이나 함께 싸웠었
다—."

아직 해가 높이 떠 있으니까, 다무로에도 가보기로 했다. 하루는 내키지 않는 것 같았지만, 요리가 보고 싶어 했고, 마나토도 스컬헬의 예속에게는 흥미가 있었다. 리요는 요리가 가는 장소라면 따라간다.

다무로는, 데드 헤드 감시 보루는 고사하고, 구 오르타나와도 차원이 다른 규모를 자랑했다. 일본의 츠노미야도 상당한 대도시였지만, 면적만 놓고 보면 분명 다무로도 뒤지지 않을 것이다.

하루에 따르면, 다무로는 북서부의 신시가와, 남동부의 구시가, 크게 이 둘로 나뉜다고 한다.

대충 싸잡아 말하자면, 다무로는 인간의 거리였으나, 2백 년 정도 전에 다른 종족에게 한번 침공당해 멸망했다. 구시가는 폐허인 채로 남았고, 다무로의 새로운 지배자가 된 고블린족이 신시가를 재건했다. 백 년 전에 여러 가지 일이 있어서, 그 고블린족도 괴멸했다고 한다.

그 후, 스컬헬의 예속들이 와서 눌러앉았다.

"대부분의 예속은 신시가에 있다. 구시가 외곽 부분은 보는 바와 같이 폐허인 채로 있다—."

다무로는 일찍이 시가지 전 구역이 방벽으로 둘러싸여 있었다. 한창때의 흔적이 아직 남아 있다. 그렇기는 해도, 군데군데 돌이 높이 쌓여 있을 뿐, 벽이라 부를 만한 것은 아니었다. 벽의 잔해를 넘어가자, 예전에는 어떠한 건물의 형태를 띠었을 것들의 파편이 흩어져 있고, 더러는 겹겹이 쌓여 불룩하게 솟아 있었다. 풀이 무성하게 자라났고, 여기저기에 나무들도 있다. 작은 동물이나 벌레 종류는 보이지만, 예속으로 보이는 실루엣은 찾을 수 없다.

"구시가는 무인이라는 건가?"

요리가 묻자, 하루는 고개를 가로저었다.

"아니. 양식장이 있다."

"양식? 동물이라도 기르는 거야?"

"동물이라고 하면, 그렇군. 동물임은 틀림없군."

머지않아 녹지로 화할 것 같은 구시가 외곽부를 한동안 걸어가니, 벽이 보였다. 그 벽 너머에는, 거무스름한 높은 건물의 그림자가 있다. 언제였던가? 산속에서 놀랄 만큼 큰 벌집을 발견했었다. 그 벌집은 나무 위가 아니라, 나무 밑둥에 불룩하니 튀어나와 있었다. 그 벌집을 좀 더, 한참, 어마어마하게 거대화시킨 것 같은 형태다. 정말 건물일까? 하지만 자연물이라고는 생각할 수 없다.

그보다, 우선은 벽이다. 하루는 모습을 숨기기 쉬울 만한 나무들속으로 일행을 인도했다. 여기서부터 저 벽까지는, 아직 거리가 조금 있다. 뛰어가도 10초 언저리는 걸릴 것 같다.

"높이는 6미터 정도?"

요리는 나무 그늘에서 얼굴을 내밀고, 손가락을 움직여 뭔가 하고 있다.

"폭, 2백이나… 250미터쯤 될까? 뭔가를 에워싸고 있는 거야? 혹시, 저게 양식장?"

하루는 그렇다고도, 아니라고도 말하지 않고, 벽 가장자리 쪽을 가리켰다.

"감시병이 있다. 체표면까지 악종화되었군. 예병(隷兵)이다."

분명히, 하루가 가리킨 부근에 누군가가 서 있다. 인간 같은 형태를 하고는 있지만, 하루처럼 온통 검정에 가까운 차림을 한 건가? 온몸이 검다. 마나토는 준츠아와 동료들보다 눈이 좋고, 밤눈도 밝고, 멀리 잘 보는 편이었다. 이 정도 떨어져 있어도 왠지 얼굴 식별이 가능하다. 그런데, 저 감시 예병인지 뭔지는, 어떤 용모인 건지 잘 모르겠다.

"감시병은 몇 명 정도?"

요리가 물었다. 하루는 살짝 고개를 갸웃거렸다.

"글쎄. 예속은 귀의자늘저럼 봉솔뇐 것이 아닌 보양이야. 나노 다무로는 거의 둘러봤지만, 그때그때 상황이 다르다. 양식장에 상주하는 예속은 두 명이나 세 명. 한 명인 경우는 없겠지. 출하 때는, 다른 예병이 온다."

"출하… 라니, 양식장에서 사육하는, 동물의?"

"나는 귀의자들이 뭔가를 먹는 모습을 본 적이 없다. 아직까지는 말이지만. 단, 예속은 식사를 한다."

"육식이라는 거야? 주식은, 양식장에서 사육하는 동물의 고기?"

"조리는 하지 않아. 내가 아는 한에서는."

"회?"

마나토도 사냥감의 내장이나 고기를 날것으로 먹은 적이 있었다. 뭐든지 먹을 수 있는 것은 아니지만, 신선하다면 꽤 맛있는 종류와 부위가 있다. 그것에 관해서는 부모님이 가르쳐주셨다.

"…그것을 그렇게 불러도 되는 건가? 나는 뭐라고도 말할 수 없다. 아무튼, 예속은 산 채로, 혹은 죽이고 나서, 손질하지 않고 먹는다. 놈들은 사냥도 하는 것 같지만, 그것만으로는 부족한 것이겠지."

"앗. 하루, 전에 말했었지. 대형 짐승은 많이 줄었다고. 그거, 예속들이 마구 잡아버렸으니까?"

"그래. 놈들은 먹고, 번식한다."

"하지만 생물이라는 건 그런 것 아닌가?"

요리가 어깻짓을 해 보였다.

"기본적으로는 요리네도 마찬가지잖아. 살기 위해서는 먹지 않으면 안 되고, 자손번영을 위해서 번식한다."

"저 안에서 양식하고 있는 것은, 고블린이다."

"…어?"

요리는 리요와 얼굴을 마주 보았다. 두 사람 다, 넋이 나간 듯한 얼굴이다.

"고블린이라니—."

일본에서는 아마 들어본 적 없었던 것 같다. 하루의 이야기에는 몇 번인가 나왔었다. 마나토는 기억을 더듬어봤다.

"다무로를, 뭐더라? 점령? 점거했던, 그러니까… 종족? 좀 다른, 인간 같은? 어? 인간 같은 걸… 먹는다고?"

†

양식장은 다무로 구시가에 몇 군데 있다고 한다. 하루의 말로는, 돌벽으로 둘러싸인 것뿐만이 아니라, 바닥을 파내고, 그 안에서 고블린을 양식하고 있다.

벽에는 한군데만 문이 설치되었고, 거기를 열면 출입할 수 있다.

마나토 일행이 지금, 나무들과 파편이 뒤섞인 복잡한 복합체에 숨어 지켜보고 있는 것이, 바로 그 문이다. 문짝은 쇠막대기를 격자 상태로 엮어 만든 것이고, 상당히 녹이 슬었다. 빗장은 바깥쪽에 걸려 있다. 그렇다는 것은, 안에서 밖으로는 나올 수 없도록 하기 위한 것이다.

해가 기울어졌다.

신시가 쪽에서 뭔가가 다가온다.

차다. 네 개의 바퀴를 단 짐차인 것 같다. 작은 차가 아니다. 일본에서 비교적 자주 보던 경트럭보다도 훨씬 크다. 경트럭의, 속히 두 배는 된다. 짐칸이라기보다, 동물 우리에 바퀴를 단 것 같은 차다. 경트럭은 엔진으로 움직이지만, 저 차는 아니다. 우리에서 앞쪽으로 튀어나온 디귿자 형태의 손잡이를, 사람이 잡고 끌고 있다. 한 명이 아니라, 두 명이다. 꽤 덩치가 큰―저것은, 인간인가? 피부가 녹색이다.

"오크…."

요리가 중얼거렸다. 녹색 피부를 가진 종족. 오크. 그러고 보니, 신병 중에도 있었다. 두 명의 오크가 나란히 손잡이를 쥐고, 함거⁽주5⁾를 끌고 있다. 오크 신병은 눈이 빛났었지만, 저 둘은 검다. 흰자위가 없다. 예속 오크는 좌우의 눈 전체가 검었다.

우리 안은 텅 비었다. 아무것도 싣지 않았다. 하지만 우리 위에 거무스름한 인간형 생물이 걸터앉아 있다. 저것은 오크가 아니다. 감시병과 비슷한 것 같은 놈이다. 체표면까지 악종화되었다고, 하루가 말했었다. 예병인가?

함거를 문 앞에서 세우더니, 오크들은 빗장을 풀고 문을 잡아당

주5) 함거: 예전에 죄인을 실어나르던 수레.

겨 열기 시작했다. 오크들은 꽤 힘이 셀 것 같은데, 여는 데 애를 먹고 있다. 녹이 슨 탓인지, 찌그러진 건지. 여닫는 것이 상당히 힘든 상태인 것 같다.

함거 위의 예병은 다리를 꼬아보기도 하고, 한쪽 무릎을 세워보기도 할 뿐, 거기에서 움직이려고 하지 않는다. 오크들을 거들어줄 마음은 전혀 없는 것 같다.

간신히 문이 열렸다. 오크들은 다시금 함거를 끌고, 문을 통해 양식장 안으로 들어갔다. 벽 위에는 감시 예병이 있다. 하지만 여기에서 보이는 범위에는 없다.

문은 열린 채로 있다.

함거는 금방 보이지 않게 되었다.

양식장 내부는 바닥을 파내어 낮아졌다고 한다. 함거는 그 낮은 곳으로 내려간 건지도 모른다.

뭔가 목소리 같은 것이 들린다. 마나토는 알아들을 수 없는 말이었지만, 고함지르는 것 같은 느낌이다. 이 톤이 높은 외침은 뭘까? 고함지르는 소리와는, 또 다른 목소리다. 비명일까? 소란스럽다.

"…뭘 하는 거야? 저놈들…."

요리는 하루에게 물은 건가? 아니면 의문을 그저 입 밖에 낸 것뿐일까? 하루는 잠자코 고개를 끄덕이고 있다.

양식장을 조사하고 싶다는 말을 꺼낸 것은 요리였다. 하루는 되돌아가고 싶어 했었다.

마나토는 솔직히, 잘 모르겠다.

짐승을 사냥해서 먹는 것은, 마나토에게 있어서 지극히 당연한 일이다. 반대로 인간이 습격당해 짐승에게 잡아먹히는 일도 있다.

그것이 지독한 짓이라고는 생각하지 않는다. 단, 아무리 배가 고파도, 같은 인간을 죽여서 먹을 것인가 하면, 먹고 싶지는 않을 것 같다는 느낌이다.

먹고 싶지 않아도, 먹지 않으면 죽어버린다면, 먹는 수밖에 없다.

그래도, 예를 들어, 굶주린 상태라면, 준츠아 같은 동료를 먹을 것인가? 라고 묻는다면, 어찌할까?

어쩌긴 뭘 어째, 동료는 먹지 않는다.

만약, 때마침 자기가 죽어가고 있고, 동료들이 죽을 만큼 굶주린 상태라면, 어떨까? 달리 먹을 것이 없다면, 어차피 나는 조만간 죽을 테니, 먹어도 돼, 차라리 동료가 먹어줬으면 좋겠어, 라고 생각할지도 모른다. 설령 마나토가 그렇게 바란다고 해도, 동료가 먹어줄까? 웬만한 사정이 있지 않은 한, 결국, 먹지 않는 것 아닐까?

동료가 아니라면, 먹을 수 있을까?

상대가 전혀 모르는 남이라면, 먹을 것으로 간주할 수 있는가?

공복일 때에 인간의 시체를 발견한 적이 있다. 츠노미야 이외의 거리에서는 종종 길바닥에 시체들이 굴러다녔고, 파리 등 벌레가 꼬이거나, 까마귀나 개, 돼지에게 뜯어먹히기도 했다. 헌터 생활을 하다보면, 새, 산개, 돼지와 비슷한 멧돼지 등, 뭐든지 사냥하고, 뱀이나 일부 벌레도 먹는다. 짐승, 벌레가 인간의 시체를 먹는다면, 인간이 인간을 먹어도 상관없다.

그런데도, 인간은 먹을 수 없다고, 마나토는 느낀다.

이유는 모르지만, 인간은 인간을 먹지 않는다.

그것은 아마도, 해서는 안 되는 일이다.

"고블린은, 인간?"

마나토는 하루의 외투를 잡고 작은 목소리로 물었다. 하루는 잠시 사이를 두고 나서 대답했다.

"나는 옛날에 이 다무로 구시가에서 고블린들을 꽤 많이 죽였다. 그들은 언어나 고유의 문화를 갖고 있고, 인간과 비슷한 면이 있다. 그래도, 우리는 그들을 인간 취급하지 않았다. 그들에게는 동족포식을 하는 습성이 있었다. 오해를 두려워하지 않고 말하자면, 고블린은 우리들 인간보다 머리가 나쁘고, 외모도 추하고, 야만적이고, 열등한 종족이라고 생각했었다."

"…그거, 진심으로 말하는 거야?"

요리가 끼어들었다.

"고블린은 몸집은 작지만, 순발력도, 지구력도, 요리네 인간보다 오히려 위야. 머리도 나쁘지 않아. 동족의 유체를 먹는 풍습에도 분명히 애도의 의미가 담겨 있어. 붉은 대륙의 고블린들은 계속하는 것 같았지만, 연합왕국으로 넘어온 일파는, 다른 종족과 공존하기 위해 유체를 먹는 것을 그만뒀어. 용치기 중에는 고블린이 많아. 위험한 직업이고, 존경받고 있어. 참고로, 요리와 리요의 용치기 스승은 고블린이야."

"…그런가. 고블린들도, 붉은 대륙에. 천룡 산맥 남쪽에는 그들도 있구나."

하루는 한숨을 쉬었다.

"그들이 너희의 동포가 되었다는 사실은, 나 개인으로서도 그리 의외는 아니다. 그들은 다무로 신시가에 독자적인 왕국을 구축했었고, 다른 종족과 교류하는 고블린도 있었다."

"양식이라니."

요리는 고개를 숙이고 입술 끝을 꽉 깨물었다. 완전히 열 받은 모양이다. 아니, 계속 화가 나 있었던 것이겠지.

"있을 수 없는 일이야. 왜 그런 짓을—."

요리는 고개를 들었다. 리요가 요리의 팔을 살며시 만졌기 때문이다.

열린 채로 있는 문 앞에 함거가 보이기 시작했다. 역시 한번 낮은 곳으로 내려갔다가 올라온 모양이다. 오크 두 명이 끄는 함거 위에 걸터앉아 있던 예병은 보이지 않는다.

올 때는 함거는 텅 비었었다. 지금은 뭔가를 가득 싣고 있다. 낮이 타고 있다, 아니, 태웠다, 고 말해야 할까?

그들은 몸집이 작다. 인간 어린이 정도일까? 팔이나 다리는 가늘고, 가슴은 좁고 얄팍하다. 갈비뼈가 두드러져 보이는데도, 배는 불룩하다. 체격에 비해 머리가 크다. 그게 아니라, 마른 탓에 크게 보이는 건가?

오크의 피부는 녹색이고, 그들의 피부도 비슷한 색조지만, 약간 노란 빛이 돈다. 튼튼해 보이는 옷을 입은 두 명의 오크와 달리, 그들은 아무것도 입지 않았다. 알몸이다.

"…고블린들."

요리가 신음하는 것 같은 목소리로 말했다.

어떤 고블린은 앉아 있다. 서 있는 고블린도 있다. 앉을 수 있는 고블린은 앉고, 앉을 장소가 없는 고블린은 서 있을 수밖에 없는 것이다. 가장자리 쪽에 서 있는 고블린은 우리를 붙잡고, 우리에 손이 닿지 않는 고블린은 가까이에 있는 고블린에게 기대어 있다. 함거는 덜컹덜컹 흔들리기 때문에, 뭔가 지탱할 것이 없으면 쓰러져버리겠지. 엄청나게 비좁아 보이고, 서로 밀고 밀려도 이상할 것 없지만, 그럴 기운은 없는 건지도 모른다. 그들은 보기에도 쇠약해진 상태다.

함거가 문을 통과했다. 예병은 함거 뒤에 있었다. 손에 뭔가를 들고 걸어간다. 저것은 뭘까? 작은 것이 아니다. 꽤 길다. 팔 하나 정도 길이는 될 것 같다. 중간에 꺾여 있다.

오크들이 함거에서 떨어져, 문을 닫기 시작했다. 예병은 함거 옆을 천천히 걸어가면서, 손에 든 것을 얼굴에 가까이 가져갔다.

뭘 하는 건가?

저것은 무엇인가?

예병은 거무튀튀하다고나 할까, 온몸이 거의 새까맣다. 검은 비늘 같은 것으로 몸이 뒤덮인 것처럼 보인다.

입을 벌렸다—고 생각했다. 예병의 아래턱이 아래쪽으로 움직였다. 입안도 까맣다.

예병은 손에 들고 있는 것을 덥석 물었다.

"…먹고 있어."

요리가 그렇게 중얼거리고, 한 손으로 자기 입을 틀어막았다.

대략 팔 하나 정도 크기였다. 팔이었다면 팔꿈치에 해당하는 부분에서 꺾여 있다. 녹색이고, 약간 노란 빛이 돈다. 일부는 검붉다.

팔 정도 크기, 가 아니라.

저것은, 팔 그 자체다.

예병은 고블린의 팔을 먹고 있었다.

양식장 문은 닫히고, 빗장이 걸렸다. 오크들이 나란히 손잡이를 잡고, 함거를 끌기 시작했다. 예병은 함거 옆을, 그대로 걸어갈 모양이다.

함거에 실린 고블린들은 조용하다. 바로 옆에서 예병이 우걱우걱, 와작와작, 동료의 팔을 먹고 있다. 우리 안에서 그것을 보고 있는 고블린도 있는데도, 아무 말도 하지 않는다. 가만히 있다.

"어어… 그런데."

마나토는 함거로 시선을 향하고 나서, 요리와 리요를 차례로 보았다.

"두와주지 않는 거야? 저―사람들?"

"웃…."

리요가 놀란 것처럼 두 눈을 크게 뜨고 숨을 들이켰다. 요리는 붉은 검 칼자루에 손을 대고, 무릎을 굽혔다.

"아니, 그건―."

하루가 뛰어나가려는 요리를 손으로 말렸다.

"기다려줘, 요리. 다무로는 예속들의 구역이다. 예병 한 명이라도 만만히 볼 수 없어. 두 명, 세 명 모여들기 시작하면, 감당할 수 있을지 어떨지. 게다가 저 고블린들을 우리에서 꺼내주고 자유롭게 해준다고 해서…."

"하루히로. 당신이 말하고 싶어하는 건 알아. 요리는 바보가 아니야."

"…그렇게는 생각하지 않는다."

"정말로? 요리는 격정에 휩싸여, 앞뒤 가리지 않고, 저 고블린들을 구하려고 한다. 하루히로는 그렇게 생각하는 것 아니야? 말해두는데, 큰 착각이야."

"뭘… 생각하는 거야?"

“고블린 양식장은 몇 군데나 있는 거지?”

“구시가에는, 분명 네 곳.”

“전부 박살 낸다.”

“…뭐라고?”

“갇힌 고블린들을 전원 구하는 것은 어려워. 하지만 양식 따위 하게 두지 않아. 그런 짓, 요리는 인정할 수 없고, 용서 안 해. 그 시작으로 출하를 막는다. 그리고 양식장을 하나씩 하나씩 깨부순다. 괴멸시킨다. 리요.”

언니가 부르자, 동생은 말없이 고개를 끄덕였다.

요리가 할 생각이라면, 리요도 당연히 거든다. 자매라는 말을 들으면 그렇게 보이지만, 닮았냐 하면, 그리 닮지는 않았다. 쌍둥이가 아니고, 나이는 한 살 반 차이가 난다. 동생 쪽이 언니보다 훨씬 키가 크다. 외모뿐만이 아니라, 성격도 너무 다르다고 할 정도로 다르다. 그러면서도, 두 사람은 분명 일심동체인 것이다.

“하루.”

마나토는 하루의 어깨를 가볍게 두드렸다. 별로 아무것도 우습지는 않지만, 자기도 모르게 약간 웃어버렸다.

“…알겠다.”

하루는 고개를 툭 떨어뜨렸다.

“단, 퇴각해야 할 때는 퇴각하겠다고 약속해줘. 스컬헬의 예속은 그림갈 전체에 있다. 양식장이 몇 개 있는 건지. 이것은 네가 상상하는 것보다 훨씬 긴 싸움이 될 거야.”

“요리가 지쳐 포기할 것 같아? 그 증조할머니와 증조할아버지의 피를 이어받았다고.”

"좋았어."

마나토는 손바닥을 아래로 향하고 오른손을 내밀었다.

"뭐?"

요리는 살짝 고개를 갸웃거리면서도, 마나토의 오른손 위에 자기 오른손을 겹쳤다.

리요도, 언니가 그렇게 했기 때문이겠지만, 요리의 오른손 위에 오른손을 올렸다.

"…뭐야?"

하루는 손을 내밀려고 하지 않는다.

"응."

마나토가 턱을 까딱이며 재촉하자, 그제야 하루는 리요의 오른손 위에 자기 오른손을 올렸다.

"뭐야? 이거."

요리는 이해할 수 없는 모양이다.

"글쎄?"

마나토는 웃었다.

"그냥 왠지. 함께 힘내자, 그런 느낌?"

"함께…."

리요는 요리를 보고 나서 하루를 쳐다보고, 마지막으로 마나토에게 시선을 향했다. 그리고 턱을 당기는 것처럼 아주 살짝 고개를 끄덕였다.

"힘내자. 함께."

앞질러 가 있던 하루가, 함거 옆을 걸어가는 예병에게 소리도 없이 덤벼들었다. 마나토는 함거 비스듬히 뒤쪽의 덤불에서 그 모양을 보고 있었는데, 하루가 늘어나는 단검을 휘둘렀고, 그것을 예병이 몸을 숙여 피했다. 그 직전까지, 라고나 할까, 그야말로 그 순간까지도 하루가 어디에 있는지 마나토는 알 수 없었다.

하루는 사라지는 것을 잘한다. 정말로 사라진 것은 아닐 텐데도, 사라진 것으로밖에는 보이지 않는 것이나. 도대체 어떻게 하면 저런 식으로 사라질 수가 있는 것일까? 다음에 가르쳐달라고 하고 싶다.

그러나 마나토에게는 하루가 사라졌다가 갑자기 나타났다고밖에 보이지 않는데도, 예병은 제대로 반응한 것이다.

게다가 늘어나는 단검을 피한 것뿐만이 아니었다. 예병은 즉각 반격했다.

곧바로 하루를 향해 내던진 것이다.

아직 다 먹지 않은, 고블린의 팔을.

"―큭…!"

하루는 고블린의 팔을 쳐서 떨어뜨렸다. 그 틈에 예병이 하루의 사정거리 안으로 파고들려고 한다. 하루는 펄쩍 뛰어 물러나 거리를 뒀다. 예병은 하루를 쫓는다. 바싹 매달리려고 한다.

함거가 멈췄다. 함거를 끄는 역할인 오크 두 명이 이변을 알아차리고 끄는 것을 멈춘 것이다.

방금 전까지 마나토 옆에 있던 요리와 리요가, 측면에서부터 함거로 뛰어 접근했다. 정확히 말하면, 함거 앞쪽이다. 요리와 리요는 함거를 끄는 오크들을 노렸다.

예병, 예속에 관해서는 하루가 전반적으로 알려줬다. 예병은 상당히 성가실 것 같지만, 그냥 예속은 그 정도는 아니다. 체격이 좋은 오크 예속이 상대라도, 요리와 리요라면 눈 깜짝할 사이에 처치하겠지. 그후에 요리와 리요는 하루를 도우러 가기로 되어 있다.

마나토는 덤불에서 뛰어나갔다. 하루 일행의 싸움의 행방은 물론 궁금했지만, 마나토에게도 임무가 있었다.

함거다. 앞쪽이 아니다. 요리와 리요와는 반대다. 마나토는 전력 질주로 함거 뒤쪽으로 향했다.

줄곧 얌전히 있던 함거 안의 고블린들도, 이쯤 되니, 뭐야? 무슨 일이야? 라는 듯이 두리번거리거나, 아아, 우우, 하고 웅얼거렸다. 감옥 뒤쪽은 일부가 개폐할 수 있는 문처럼 되어 있고, 열쇠로 잠겨 있지 않았다. 바깥쪽에 빗장이 있다. 그것을 빼기만 하면 열 수 있을 것 같다.

마나토는 그 빗장을 빼고, 문을 열었다.

"자, 나와! 도망가!"

고블린들은 마나토 쪽으로 얼굴을 향했으나, 나오려고 하지 않는다. 깜짝 놀란 건가? 뭐가 뭔지 몰라서 머뭇거리는 건지도 모른다.

"그게… 그러니까, 저기, 나와! 밖으로. 이 안에 있으면, 뭐더라, 그렇지, 알잖아, 끌려가서, 잡아먹혀 버린다고?! 아아, 그렇구나, 말이 안 통하지…."

마나토는 자기 왼팔을 깨무는 시늉을 해 보였다.

"먹혀! 알아? 먹혔잖아, 아까, 동료가!"

고블린들은 마나토를 빤히 보고 있다. 떨고 있는 고블린도 있고, 벙찐 것 같은 고블린도 있다. 마나토가 말하려는 것은, 분명 통하지 않았다.

"으음, 그거야 뭐, 어쩔 수 없다고나 할까….."

마나토의 말을 이해해주지 못하는 것은 어쩔 수 없다. 하지만 고블린들은 감옥에 갇혀 있었다. 그 감옥에서 나갈 수 있다. 그것은 보면 알 것이다.

어째서일까? 왜 어떤 고블린도 밖으로 나가려고 하지 않는 것일까?

물론, 고블린들에게 마나토는 낯선 인간이다. 수상쩍게 여길 수밖에 없겠지. 그렇다고 해도, 이대로 끌려가면 잡아먹혀 버린다. 마나토가 누구이든, 무엇을 말하려고 하든, 일단 도망치는 수밖에 없다. 마나토가 고블린이라면 분명히 그렇게 할 것이다.

설득하려고 해도 말이 통하지 않는다. 마나토는 제일 가까이에 있던 고블린의 팔을 잡았다. 당기려고 했더니, 물렸다.

"—아얏?!"

손을 놨더니, 고블린은 즉각 무는 것을 멈췄다. 고블린의 치아는 꽤 날카롭지만, 피는 나지 않는다. 조금 아플 뿐이다. 별 것 아니다.

"아니… 하지만 나오지 않으면… 도망치는 게… 도망—치지 않을 거야? 어? 왜? 도망치자? 응, 밖으로… 난감하네, 어쩌지? 으음…."

마나토는 뒷걸음질 쳐서 일단 함거에서 떨어졌다.

생각도 못 했다.

고블린을 풀어줄 생각이었는데, 도망가주지 않는다니.

“이핫…!”

갑자기, 누군가가 큰소리를 냈다. 누군가. 누구냐? 고블린. 고블린이다. 감옥 안에 있는 고블린 중 한 명이 외친 모양이다.

그 고블린은 다른 고블린들을 헤치고 얼굴을 내밀고, 마나토 쪽을 보고 있다.

“니핫…!”

아니, 마나토가 아니다. 마나토 뒤인가?

마나토는 돌아봤다.

“이크—.”

자기도 모르게 중얼거리면서 검을 뽑았다. 검다. 새카만 것이 아니라, 약간 푸른 빛이 도는 건가? 진한 남색의 비늘 인간. 예병이다. 양식장에 있던 감시병인가? 분명 그렇다. 그 양식장까지는 꽤 거리가 있다. 일부러 함거가 양식장에서 떨어진 위치에서 습격했다. 그래도 알아차린 모양이다.

진한 남색의 예병이 달려온다. 왠지 그냥 느낌인데, 물러서면 당할 것 같다는 생각이 들었다. 마나토는 앞으로 나섰다. 발을 내딛기만 하면, 예병에게 검이 닿을 것 같다.

가깝다.

이렇게 가까웠던가?

마나토는 힘껏 검을 휘둘렀다.

끝까지 휘둘렀다.

맞지 않았다, 아니, 맞지 않는다고 생각했었다. 예상대로였다.

순간적으로 예병을 시야에서 놓쳤다. 다음 순간, 마나토는 땅바닥에서 굴렀다.

"─읏….."

발에 차여 날려간 것인가? 오른쪽 옆구리 부근을 뭔가에 맞았다. 그래서 넘어졌고, 몸이 위로 향했을 때 배를 짓밟혔다.

"우욱….."

한 번이 아니다. 예병은 두 번, 세 번, 연속으로 마나토의 배에 오른발을 처박았다. 배가 파열되는 것 아닐까? 이미 내장이 터졌다고 해도 이상할 것 없다. 혹은, 몸속에서 내장이 찌부러졌던가.

울컥 치밀어올라, 뭔가가 입에서 흘러나왔다.

뱉어냈다.

그것이 도대체 뭔지 마나토는 알 수 없었다. 그저 쓰고, 비릿했다.

"타앗…!"

무턱대고 검을 휘두르자, 예병은 몸을 슬쩍 돌렸다. 마나토는 펄쩍 뛰어 일어났으나, 하반신의 감각이 없어서 휘청거렸다. 그리고 예병에게 또 차인 건지, 맞은 건지.

"앗─."

바닥에 등을 부딪쳐 숨이 막혔다. 호흡을 할 수 없든 어떻든, 움직이지 않으면 당한다. 예병과 뒤엉킨 건가? 목을 잡혀서 간신히 예병의 손을 떼어낸 것은 틀림없다. 즉시 몇 발인가 안면을 얻어맞아 왼쪽 눈이 보이지 않게 되었다. 예병 밑에 깔리고 어딘가를 움켜잡혔다. 어디를 움켜잡고 있는 것일까?

지근거리에서 보는 예병은, 마나토는 오른쪽 눈밖에 보이지 않긴 하지만 인간이라는 느낌은 들지 않았다. 피부가 짙은 남색의 비늘 상태인 것뿐만이 아니라, 이목구비가, 뭐랄까, 마나토는 그것과 비숫한 생물을 본 적이 없다. 굳이 말하자면, 물고기와 곤충의 중간 같은.

물고기?

곤충?

그 중간?

어디가?

"—아아아아아아아아아아아아아아아아아아아아아아아아아 아아아."

깨진다.

깨진다 깨진다 깨진다.

깨져버린다.

머리가 깨질 것 같다.

깨진다니까, 머리.

머리인가?

예병은 두 손으로 마나토의 머리를 움켜잡고 있다. 꽉 쥐어 터뜨리려는 것일까?

"시시시시시시시시시시시시시시시시시시시시시시시시시시 시시시시시…."

뭔가 그런 소리를, 목소리를 발하면서. 아마도 이것은 예병의 목소리겠구나 하고 생각했다.

웃고 있는 걸까? 뭐야? 이 녀석.

도대체 뭐냐고? 머리가 깨진다. 깨진다니까, 정말로.

틀렸다. 깨진다.

"우기—기잇…!"

아니다.

다른 목소리다.

예병이 아니다.

마나토 자신도 아니다.

다른 목소리다.

고블린인가?

예병을, 뒤에서부터 뭔가가 달라붙어 꽉 잡고 있다. 고블린인가?

틀림없다. 저것은 고블린이다.

고블린 한 명이 예병의 등에 달라붙었고, 게다가 목덜미를 물고 있었다. 예병의 피부는 단단하다. 딱딱한 게 아니라, 탄력 같은 것이 있는데도 매우 단단하다. 저 피부에 이빨이 들어갈까? 그 점은 잘 모르겠다. 그래도 고블린은 일단 물어뜯으려고 하고 있다.

예병은 지금 그야말로 두 손으로 마나토의 머리를 쥐어 으깨려고 하고 있었다. 오른손은 마나토의 머리를 움켜잡은 채로 왼손만 뗐다.

그 왼손이 고블린의 머리를 향해 뻗어간다. 아아, 위험해.

으깨진다. 으깨진다니까. 고블린의 머리는, 위험하다니까.

마나토는 튼튼하다. 저 고블린은 양식장에 있었다. 기력이 있지는 않겠지. 몸이 건강하다고는 볼 수 없다. 안 그래도 마나토보다 훨씬 작다.

마나토는 검을 갖고 있지 않았다. 검이 어딘가로 가버렸다.

그래도, 단검이 있다.

예병에게 두 손으로 머리를 움켜잡혔을 때는 그럴 경황이 없었지만, 한 손이 된 덕분에 아주 조금 여유가 생겼다.

그래서 마나토는 단검 칼자루를 거꾸로 쥐고 뽑을 수가 있었다.

그것을 단숨에, 예병의 턱밑, 목에 꽂아 넣었다.

"커흑…."

예병의 입에서 그런 소리가 흘러나왔다. 예병이 겁을 먹었는지 아닌지는 정확하지 않지만, 마나토에게 가해지던 압력이 약해졌다. 마나토는 예병을 뿌리치려고 하면서 외쳤다.

"도망쳐…!"

고블린과 눈이 마주친 것 같은 느낌이 들었다. 말은 통하지 않아도, 마나토의 마음은 전해졌다. 그렇게 느꼈다.

고블린이 뭔가 외치며 예병에게서 펄쩍 떨어졌다. 그거다. 그러면 돼. 마나토는 단검을 움켜잡고 있던 오른손에 왼손을 포갰다. 그리고 더욱 힘을 주려고 했더니, 예병의 주먹이 내려왔다. 정말이지, 아아, 위험해, 하지만 어떻게 하면.

마나토는 반사적으로 턱으로 예병의 주먹을 받아냈다. 예병은 아마도 마나토의 오른쪽 눈 부근에 주먹을 때려 넣으려고 한 것 같다. 오른쪽 눈까지 가버리면 끝이라고 순간적으로 생각하고, 아주 약간만 고개를 틀어 머리 위치를 바꾼 것이다. 그것으로 오른쪽 눈의 시력은 잃지 않을 수 있었지만, 모든 것이 다 너덜너덜하다. 위험해. 역시 결국, 너무 위태롭다.

누군가가 예병을 내동댕이쳐주지 않았다면, 분명히 본격적으로 끝장났을 것이다.

오른쪽 눈은 보였기 때문에, 그렇기는 해도 흐릿하게밖에 보이지 않지만, 리요라는 것을 알았다.

리요가 도우러 와준 것이다.

마나토는 일어나려고 했다. 일어나고 싶은 마음은 굴뚝같지만, 몸을 뒤집어 엎드린 자세가 되는 것이 고작이었다. 왜 엎드리고 말았는가? 실패였는지도 모른다. 희한하게 괴로운데. 뭐가 어떻게 되어 어디가 이토록 괴로운 건가? 마나토는 짐작할 수가 없었다. 아무튼, 괴로워서 견딜 수가 없다.

리요는 싸우고 있는 모양이다.

요리가 이름을 부른 것 같은 느낌이 든다.

그리고 하루도.

분명히, 괜찮아? 라고 물었다.

마나토는, 응, 괜찮아, 라고 대답하려고 했는데, 글쎄. 제대로 대답한 건가? 대답하려고 했던 것뿐인지도 모른다.

밑을 향하고 있으면 아무것도 보이지 않으니까, 뭐, 어차피 보이지 않지만, 간신히 얼굴만 들었다.

그러려고 했는데, 어느 사이엔가 눈앞에 바닥이 있었다.

함거가 다니기 때문인지, 풀은 그리 나 있지 않았고, 바퀴 자국이 있다. 비가 내리면 질척해질 것 같은 땅이다.

얼굴로 찍어누르면 꽤 아플 것 같아서, 마나토는 두 팔을 겹쳐 이마 부근에 대고 있었다. 팔이 닿는 부분이, 꽤 아프다.

힘드네, 이거.

힘들어.

너무 힘들어서, 웃음이 나온다.

웃으면, 온몸이, 아프지만. 그게 또, 웃기다.

웃기만 하고 있을 수도 없으니까, 마나토는 또 얼굴을 들었다. 왼쪽 눈은 아직 보이지 않지만, 오른쪽 눈은 문제없는 것 같다. 몸은 아주 힘겹게 움직이면 못 움직일 것도 없을 것 같다. 마나토는 일어났다. 바닥에 손을 짚는 것까지는, 간신히 되었다.

"아아…."

고블린. 고블린이. 함거 문밖에, 고블린들이 있다. 몇 명인가는 밖으로 나온 모양이지만, 아직 감옥 안에 머물러 있는 고블린 쪽이 많다. 압도적으로 많다.

고블린 한 명이 문 앞에서 안쪽을 향해 말하고 있다. 나오라거나, 도망치자거나, 서두르라거나, 분명 동료들에게 그런 말을 하고 있는 것이겠지.

저 고블린일까? 예병에게 달라붙어 물어뜯었던. 그것은, 저 고블린인지도 몰라. 마나토는 고블린을 구분할 수 없었지만, 그런 느낌이 든다.

"마나토!"

부르는 소리에 올려다보니 요리가 있었다.

"—우왓, 심하닷!"

요리가 딱하다는 듯이 얼굴을 찡그리고 외쳐서, 마나토는 웃어버렸다.

"아픈 건, 난데."

"용케도 웃을 수 있네…."

"아니, 낫기 시작했고. 아픈 건 아프지만. 여기저기 아파… 후훗…."

리요가 큰 키를 구부려 반쯤 감옥에 몸을 집어넣고, 고블린들을 잡아 밖으로 내던지고 있다. 고블린들끼리 서로 엎치락뒤치락하면서 문 쪽을 향해 가기도 했다. 감옥 안의 고블린은 꽤 적어졌다. 예병 둘과 오크 예속 둘은 어떻게 되었을까? 보이지 않는다. 처치한 건가?

"여기를 벗어난다!"

하루가 달려온다.

"농담이지?"

요리가 곧바로 대꾸했다.

"양식장에 아직 고블린들이 있을 거야! 최소한 그들을 풀어주지 않으면!"

"마나토는 어떻게 해'?!"

"괜찮아!"

마나토는 단숨에 일어서봤다. 일어서버렸기 때문에, 스스로도 놀랐다.

"오오―푸붑….'

입에서 뭔가 나왔다.

"토혈?!"

요리가 그렇게 말하자마자, 어깨를 부축해주려고 했다. 마나토는 요리를 밀어냈다.

"아니, 음, 괜찮아, 괜찮… 쿨럭….'

"괜찮을 리 없잖아?!'

"주, 죽지 않으니까, 아마, 이 정도로는… 퉤퉷.'

"보통이라면 죽어도 이상할 것 없어!'

하루가 야단쳤다. 보통이라면 죽었다. 마나토는 보통이 아닌 건가? 실제로 준츠아랑 동료들과는 달랐었다. 달라도, 동료라고 생각하면 동료다. 보통이건, 보통이 아니건. 단, 하루가, 보통이라면, 이라는 말을 하는 것은 왠지 이상하다. 우습다.

"쿨럭, 퉷, 커헉…."

"잠깐. 이 사람, 웃으면서 피를 마구 토해내는데…."

"퉷… 그, 그렇게 아프지 않으니까, 괜찮아…."

"안 돼, 마나토를 데리고 안전한 곳까지 피난한다!"

하루가 퍼 올리는 것처럼 마나토를 옆으로 안았다.

"잘 들어, 요리, 리요! 부탁이니까, 지금은 내 말을 들어줘!"

"그럼, 하루히로는 마나토를 옮겨! 리요!"

요리는 리요를 불러 달려나갔다.

"가자, 양식장으로…!"

리요는 요리를 따라간다. 하루는 마나토를 든 채로 두 사람을 쫓아갔다.

"왜 이렇게 되는 거야…!"

마나토는, 내려달라고 해서 자기 발로 뛰고 싶었다. 하지만 아직 그렇게 빨리는 달릴 수 있을 것 같지 않다. 라고나 할까, 뛰면 분명 피를 토할 것이다. 설마 자기가 뛰면 피를 토하는 몸이 될 것이라고는 생각하지 않았었다. 웃기다니까. 아니, 아니. 참아야지. 아까 웃었다가 피를 토했다. 무엇을 해도 피를 토하기 쉽다. 피를 토하기 쉽다니. 무슨 인간이 그래? 너무 재미있다. 아니, 그러니까, 웃는 것은 안된다. 웃는 것 금지. 웃음이 나올 것 같은 일은 가급적 생각하지 않도록 해야 해.

"아, 검―단검도…."

"어떻게든 된다!"

야단맞고 말았다. 하루도 힘들겠다. 마나토는 남 일처럼 그런 생각을 했다. 남 일이 아닌데. 힘들게 만드는 게 누구인가? 마나토다. 마나토뿐만이 아닌지도 모르지만, 원인의 반 정도, 반 이상은 마나토가 만들고 있다. 웃다니 무슨 되지도 않을 말인가. 자신을 꾸짖으려고 하면 할수록, 어떻게 된 영문인지 웃음이 나온다.

웃지 말고 진지하게 하라고, 동료들한테 셀 수도 없을 정도로 여러 번 주의를 받았었다. 장난하려는 마음은 없지만, 웃고 있으면 진지하지 않게 보이는 것 같다. 조심해야지. 조심하고 있기는 하지만 아무래도 웃고 싶어진다.

이제 웃는 수밖에 없다.

웃지 않을 거지만.

웃을쏘냐.

앞쪽에서 요리와 리요가 양식장 문을 열려고 하고 있다.

"—요리…!"

하루가 소리쳤다. 벽인가? 양식장 벽 위다. 예병이 달려온다. 다른 감시병인가? 감시병 중 한 명은 마나토 일행이 습격한 함거 쪽으로 달려왔었지만, 그 말고도 감시병이 있었다. 예병이 벽에서부터 몸을 날려 요리와 리요에게 덤벼들었다.

반격한 것은 리요였다. 리요는 온몸을 빙글 비스듬히 회전시켜, 긴 다리로 예병을 차버렸다. 예병은 날려갔지만, 금방 일어서서 리요에게 다시 달려들려고 한다. 하지만 예병이 다가올 필요도 없었다. 리요 쪽에서 예병에게 공격을 가하고 있다.

요리는 빗장을 풀고 문을 열려고 했다. 오크 두 명이서도 여닫는데 고생했었다. 쉽사리 열리지는 않는다.

"—E'Lumiaris, Oss'lumi, Edemm'lumi, E'Lynuarus, …."

뭔가가 들렸다.

"하루…."

마나토가 재촉하기 전에, 하루는 주변을 둘러보고 있었다.

"좋지 않아. 성가다. 루미아리스의—"

"Lumi na oss'desiz, Lumi na oss'redez, Lumi eua shen qu' aix, …."

노래.

마나토도 데드 헤드 감시 보루 옛터에서 들었었다.

그 노래다.

단, 노래하는 방식이 다르다. 많이 다르다. 보루 터에서는 여러 명이 중얼중얼, 소곤소곤 노래했었다. 지금 들리는 노랫소리는 그렇지 않다.

"Lumi na qu'aix, E'Lumiaris, Enshen lumi, Miras lumi, …."

소리를 합쳐, 목청 높여 노래한다.

음량이 그렇게 크지 않은 것은, 거리가 있기 때문이다.

"Lumi na parri, E'Lumiaris, Me'lumi, E'Lumiaris, …."

아직 멀다.

하지만 점점 가까워지고 있다.

"내려줘…!"

마나토는 하루의 팔을 풀었다. 하루는 거부하지 않고 마나토를 놔주었다. 자기 다리로 서보니, 아까보다는 꽤 나아졌다. 팔에도, 다리에도, 제대로 힘이 들어간다. 기침하고 싶어지지도 않았다.

하루는 흘낏 마나토의 상태를 확인하더니, 예병과 요란하게 격투하는 리요 쪽을 향했다.

“요리를 말려줘! 나는 예병을 처치한다…!”

“E’Lumiaris, Oss’lumi, Edenn’lumi, E’Lumiaris, Lumi na oss’desiz, ….”

노랫소리가 밀려온다.

“Lumi na qu’aix, E’Lumiaris, Enshen lumi, Miras lumi, ….”

마나토는 문을 향해 달렸다.

“Lumi na parri, E’Lumiaris, Me’lumi, E’lumiaris, ….”

다리가 휘청거려서, 왠지 기묘한 주법이 되어버린다. 여기저기가 아프기는 아팠지만, 이 정도라면 못 견딜 것은 없다.

“요리, 요리도 정말이지, 일단 도망가자, 요리, 응…?!”

“됐으니까 여는 것 거들어!”

“난 부상자인데, 일단은.”

“뛰어왔잖아, 일단!”

“그렇긴 하지만….”

“생각이 있어서 그래! 무리하는 게 아니야, 거들어!”

“어, 그런 거야? 알았어!”

마나토는 요리와 함께 문을 열기 시작했다. 잘 보니, 문 아랫단이 지면에 조금 파묻혀 있다. 열리는 건가? 이걸로? 아까 열었었으니, 열리지 않는 것은 아니겠지?

“끄ㅇㅇㅇㅇㅇㅇㅇㅇㅇㅇㅇㅇ응…!”

“너무 무리하지 마?!”

“거들라고… 말한 건… 요리… 잖아…?!”

“그렇지만—”

“아아, 열릴 것 같아! 뭔가에 걸려서, 여기만 넘어가면 될 것 같은 느낌!”

“그럼 단숨에…! 응차…!”

요리와 공동작업으로 어떤 포인트를 돌파하자, 그 뒤는 비교적 쉽사리 열렸다. 문은 양쪽으로 여는 것으로, 함거는 양쪽 문을 다 열지 않으면 빠져나갈 수 없겠지만, 사람만 빠져나가는 데는 한쪽만 열어도 문제없다.

“―그래서? 어떻게 할 거야?!”

“리요, 하루히로…!”

요리는 양식장 안으로 들어가지 않고, 두 사람을 불렀다. 예병은 쓰러져 있다. 죽었는지 아닌지는 모른다. 애초에, 온몸이 악종화했다는 예병은 죽지 않는 건지도 모른다. 예병이 죽지 않는다고나 할까, 악종이 죽지 않는다고나 할까? 하루가 설명해줘서, 마나토 나름대로 막연하게 이해했다고 생각했지만, 머릿속이 뒤죽박죽이다. 아무튼 예병은 그냥 쓰러진 것뿐만이 아니라, 머리며 팔이며 사지가 몸에서 분리되어 있기도 하고, 박살나 있기도 한 모양으로, 일어나지는 않는다.

당연히, 리요와 하루는 무사했다. 리요는 요리에게 불리자마자 잠자코 뛰기 시작했다.

“빨리 이탈해야 해…!”

하루도 중얼거리면서 달려온다.

“E’Lumiaris, Oss’lumi, Edemm’lumi, E’Lumiaris, ….”

노랫소리는 이제 꽤 가깝다.

“Lumi na oss’desiz, Lumi na oss’redez, Lumi eua shen qu’aix, ….”

귀의자들의 모습은 아직 보이지 않지만, 상당히 가까이 와 있는 것 같은 느낌이 든다.

"Lumi na 1u'aix, E'Lumiaris, Enshen lumi, Miras lumi, …."

"모두 안으로 들어가!"

요리는 그렇게 말하고 문 너머로 뛰어들어갔다. 리요가 망설이지 않고 요리를 뒤따랐기 때문에, 마나토도 덩달아 뛰어들었다. 곧이어 하루도 양식장으로 뛰어들어왔다.

양식장 내부는, 벽으로 둘러싸인 토지 전부를 파헤친 것은 아니었다. 벽에서부터 여섯 걸음이나 일곱 걸음 정도는 지면과 같은 높이고, 그 앞이 깎아지른 절벽처럼 직각으로 쑥 패여 있다. 어떻게 해서 내려가는 걸까? 문에서 조금 떨어진 장소에 나무 같은 것으로 만든 발판이 있었다. 그리로 내려갈 수 있을 것 같다.

벽 바깥쪽에 있을 때는 별로 신경 쓰이지 않았었는데, 상당히 강렬한 냄새가 떠돌았다. 악취의 발생원은, 말할 것도 없이 양식장 안에 파헤쳐진 이 거대한 구덩이다.

구덩이는 그리 깊지 않다. 고작해야 마나토의 키의 두 배 정도겠지. 마음만 먹으면 얼마든지 기어 올라올 수 있을 것 같은데, 고블린들은 왜 도망치지 않는 걸까? 구덩이 바닥은, 약간 높은 곳과, 지독히 지저분해 보이는 흙탕물이 고여 있는 곳이 있었다. 비쩍 마른 나체의 고블린들은, 약간 높은 부분에 모여 앉아 있거나 누워 있었다. 몸을 웅크리고 뭔가 먹고 있는 것 같은 고블린도 있다. 저 씨름을 하는 것 같은 고블린들은, 어쩌면 싸우고 있는 것이 아니라, 교미하는 건가? 앉아 있는 고블린들은 미동도 하지 않고 있나 했더니, 그렇지도 않았다. 입을 움직이고 있다. 뭔가 씹고 있는 것 같다.

잘 보니, 몸을 웅크리고 식사 중인 고블린은, 같은 고블린을 먹고 있었다. 죽어버린 동료를 물어뜯기도 하고, 살점이 붙은 뼈와 내장을 파내고 있기도 한 것이다.

"문을 닫는다. 서둘러!"

요리도 구덩이 밑바닥의 고블린들의 상황을 봤을 텐데도, 전혀 동요하지 않는 것 같다. 리요와 둘이서 열린 한쪽 문을 잡아당겨 닫으려고 하고 있다. 굳이 닫는다고?

"…어? 왜?"

의문을 품으면서도 마나토도 두 사람을 거들었다. 하루도 거들어줘서 문은 금방 닫을 수 있었다.

"여기에 있을 생각인가…?"

"일단은."

문을 다 닫자, 요리는 냉큼 문에서 떨어졌다.

"상황에 따라 달라지겠지만, 카란비트와 우샤스카를 부르는 방법도 있어. 그 애들은 아직 완전히 성장하지 않은 어린 익룡이라서 두 명이 타는 건 힘들겠지만, 짧은 거리라면 못할 것도 없어. 내 눈으로 똑똑히 봐두고 싶기도 했고—"

요리는 구덩이 가장자리를 성큼성큼 걸어간다. 발을 움직이면서, 요리는 양식장의 고블린들을 응시하고 있었다.

언니를 따라가는 리요는, 구덩이 바닥을 보기도 하고, 앞을 보기도 했다. 계속 직시하는 것이 괴로운 건지도 모르겠다.

마나토도 충격을 받았다.

함거의 고블린들을 본 시점에서 어느 정도 예상은 했었지만, 상상했던 것보다 더 나쁘다. 나쁘다거나 좋다거나, 그런 문제인가?

이렇게까지 지독하다니. 오히려, 신기했다. 고블린들은 왜 살아 있는 것일까? 이런 장소에서 살아갈 수 있는 것일까?

인간이라면—이라고 생각해버리는 자신이 있었다. 인간이었다면, 도저히 살 수 없다. 절대로, 죽어버릴 것이다. 여기서 살아 있는 고블린은 과연 우리와 같은 인간인가? 인간이라고 말할 수 있을까? 예를 들어, 마나토는 저 고블린 중에서 한 명과 동료가 될 수가 있을까? 요리에게 야단맞을 것 같지만, 무리 아닐까?

왜냐하면, 구덩이 밑바닥의 고블린들은, 요리나 리요, 마나토, 하루를, 전혀 신경 쓰지 않는 것 같다.

이쪽을 올려다보는 고블린도 없는 것은 아니지만, 많지는 않다. 구덩이 밑에 몇 명의 고블린이 있는 건가? 수십 명은 훨씬 넘는다. 수백 명인가? 좀 더인가? 어쨌든, 이따금 마나토 일행에게로 시선을 향하는 고블린이 있어도, 금방 도로 눈을 피해버린다.

별로 상관없으니까, 신경 쓰지 않는 건가?

그럴 리가 없다. 인간이라면, 신경 쓰일 것이다.

그들을 잡아먹는 예병이나 예속이 아니라, 낯선 인간들이, 이렇게 양식장에 들어온 것이다. 저놈들은 뭐야? 어떻게 된 일이야? 무슨 일이 일어나고 있는 거지? 그렇게 생각하지 않는 것은 이상하다. 무엇보다, 좀 전에 그들의 동료가 끌려갔었다. 어째서 아무 일도 없었던 것처럼 동료의 시체를 먹거나, 뒹굴뒹굴하거나, 교미하거나 할 수 있는 걸까?

"E'Lumiaris, Oss'lumi, Edemm 'lumi, E'Lumiaris, ⋯."

"Lumi na oss'desiz, Lumi na oss'redez, Lumi eua shen qu'aix, ⋯."

"Lumi na qu'aix, E'Lumiaris, Enshen lumi, Miras lumi, …."

"Lumi na parri, E'Lumiaris, Me'lumi, E'Lumiaris, …."

귀의자들의 노랫소리가 쏟아져 내리는 것처럼 들려온다. 이것도 고블린들에게 있어서는 이상 사태일 것이다. 들리지 않을 것이라고는 생각할 수 없다. 겁을 먹거나, 소란을 떨거나, 뭔가 약간 정도는 반응해야 맞다. 반응하지 않는다니, 이상하다.

"…고블린들은."

하루가 중얼거리는 것처럼 말했다.

"여기서 태어나서, 여기서 죽든가, 출하되어 먹혀버린다. 보통 생물이라면 번식은 고사하고 태어나는 것조차 불가능한 환경에… 어쩌다가 적응할 수 있었던 것이다. 그들은 엄청나게 터프한 종족으로, 어떤 곳에서든 자손을 남길 수 있다. 그 특성이, 암흑신 스컬헬의 예속에게 이용당한 것이다…."

"생각해봤어."

요리가 발을 멈췄다. 이제 곧 벽의 모퉁이다. 리요와 마나토, 하루도 멈춰섰다. 요리는 돌아보지 않았다.

"요리가 여기에서 태어나서 여기서 자랐다면. 모두, 죽어버린 동료의 시체를 먹고 살아 있어. 그렇다면, 요리도 그렇게 한다. 바깥으로 나가고 싶다고 생각해도, 구덩이에서 나가려고 하면, 감시병에게 붙잡혀 잡아먹혀 버린다. 그러니까, 그런 일은 하지 않아. 그런 일은 생각하지 않도록 한다. 가끔씩 예병이 와서 동료를 끌고 가버린다. 저항해봤자 잡아먹힐 뿐이고, 얌전히 있는 수밖에 없어. 끌려가는 건, 나일지도 몰라. 싫어하며 있는 힘껏 발버둥을 쳐도, 어차피 당할 수 없으니까, 그때가 오면 어쩔 수 없는 거야. 어차피, 줄곧 여기 있어도, 동료의 시체를 먹고, 아무 데나 배설하고, 잠자고, 또 동료의 시체를 먹고, 그 반복이고. 죽든가, 잡아먹힐 때까지 사는 것뿐. 단지 그것뿐. 요리가 여기에서 태어났다면, 분명 그랬을 거야. 요리도 마찬가지야. 지금의 요리처럼은 될 수 없어. 요리는, 어쩌다가 증조할머니의 증손녀로 태어나서… 리요가 있고, 다른 형제들도 있고, 주위에 여러 사람들이 있어줘서, 그래서, 이렇게 되었어. 이렇게 될 수 있었던 거야. 하지만 만약 여기에서 태어났다면, 모든 것이 다 달랐겠지. 요리도, 저 고블린들과 똑같았을 거야."

마나토는 어떨까?

자기였다면 아니라고 말할 수 있을까?

그렇게는 생각하지 않는다.

마나토 역시, 여기에서 태어났다면 같았을 것이다. 언제나 웃었던 부모님 밑에서 자랐고, 두 사람에게 보호받으며 생활했었으니까, 마나토는 언제나 웃을 수 있다. 죽기 직전까지 웃었던 부모님과, 준츠아와 동료들 덕분에, 마나토는 마나토로서 살아 있는 것이다.

"E'Lumiaris, Oss'lumi, Edemm'lumi, E'Lumiaris, ⋯."

"Lumi a oss'desiz, Lumi na oss'redez, Lumi eua shen qu'aix, ⋯."

"Lumi na qu'aix, E'Lumiaris, Enshen lumi, Miras lumi, ⋯."

"Lumi na parri, E'Lumiaris, Me'lumi, E'Lumiaris, ⋯."

노랫소리는 울려 퍼질 정도로 크다.

귀의자들은 가까이까지 와 있다.

어쩌면, 벽 바로 너머에 있을지도 모른다.

“자유로워지고 싶다거나, 상황을 바꾸고 싶다거나, 자기 자신이 변하려고 한다거나—”

요리는 일행 쪽을 돌아본 것이 아니라, 구덩이 바닥 쪽을 보았다.

“그런 식으로 생각하는 것 자체가 저 사람들에게는 어려운 건지도 몰라. 저 사람들을 구하려면 어떻게 하면 좋은 걸까? 요리는 모르겠어. 그래도, 여기에서 나간 고블린이 아이를 낳는다면, 그 아이들은 자기 부모와는 다른 방식으로 살아갈 수 있을지도 몰라. 적어도, 여기에서 태어나 여기서 죽는 것보다는 가능성이 있어. 역시 요리는, 한 명이라도 많이 고블린을 여기에서 꺼내주고 싶어.”

“…바깥세상에 풀어주고, 뒷일은 그들 자신에게 맡기는 건가?”

하루가 고개를 숙이고 말했다. 요리에게 반론한 것은 아니라고 생각한다. 자기 자신에게 말하는 것 같은 말투였다.

“있잖아.”

마나토는 하루에게 물었다.

“하루는 어떻게 하고 싶어?”

“…나에게는, 바람 같은 건 없다. 아무것도—.”

“그럼, 아무것도 하고 싶지 않아?”

“…그렇지 않을까? 아니… 그렇군. 사실, 꽤 오랫동안, 나는 무위도식했다. 아무것도 하지 않았다.”

“그건 어째서?”

“분명, 이런… 나 같은 자가 할 수 있는 일이라고는, 아무것도 없다. 그렇게 느꼈기 때문이겠지.”

“그렇구나. 하루는 줄곧 혼자였으니까.”

“…혼자.”

“응. 그렇지? 나는 별로 없었지만. 혼자였던 때는, 아빠랑 엄마가 죽은 뒤 정도일까? 그때는 뭔가, 이상한 기분이었어. 그래도, 금방 준츠아네랑 만났고, 동료가 생기니까 전혀 그런 일은 없게 되었어. 혼자면, 이야기 같은 것도 할 수 없고, 재미없고, 안 좋지 않아?”

“…하긴. 분명히 그렇군.”

“하지만 하루는 이제 혼자가 아니니까. 어딘가 가버리라고 할 때까지는, 같이 있을 거니까.”

“어딘가에 가버리라고, 말할 리가―.”

갑자기 하루가 입을 다물었다.

조용해졌다. 노래다.

그토록 시끄럽게 울려 퍼지던 노랫소리가, 갑자기 멎었다.

아직 해는 지지 않았을 테지만, 벽 때문에 몹시 어둡게 느껴진다.

정적이 무겁게 짓누르는 것 같다.

노랫소리는 지나가버려 들리지 않게 된 것이 아니다. 오히려 최고조였다고 생각한다. 즉, 귀의자들은 양식장에 최접근했었다. 여기에서는 보이지 않지만, 문 부근을 통과하려고 했던 것 아닐까?

귀의자들은 노래부르는 것을 그만둔 것뿐일까? 지금도 묵묵하게 행진을 계속하고 있는 걸까?

귀를 기울여봐도, 발소리 같은 것은 들리지 않는다. 가로막힌 벽도 있고, 들리지 않아도 이상할 것은 없다. 하지만 귀의자들의 행렬은 움직이지 않는다. 그저 느낌이지만, 마나토는 그렇게 생각한다.

“…이잇… 이잇….”

목소리가 들렸다.

아마도, 남자 목소리다.

하루가 왼손 검지를 세우고 오른손 손바닥을 마나토와 요리, 리요에게 향했다. 조용히, 움직이지 마, 라는 사인이겠지.

사실, 지시받을 것까지도 없이, 마나토는 움직이지 못하고 있었다. 어째서인지는 모르지만, 몸이 굳어버렸다. 숨도 제대로 쉴 수가 없다.

무서운 건가? 무서운 것은 싫지 않다.

공포와는 다르다. 그렇다면, 이 감각은 무엇인가?

"비이잊…. 비잊…. 비잊…."

빛.

남자 목소리는, 빛, 이라는 말을 되풀이하는 모양이다. 그저 빛이라고 말하는 것이 아니라, 가락을 실어 노래하고 있는 건가?

"비잊… 비이잊… 비잊… 비잊… 비이잊…."

뭔가, 놀리는 것 같은, 나쁜 장난을 하는 것처럼 들리기도 한다. 귀의자들의 합창과는 전혀 다르다.

"…쿳… 훗… 훗… 쿳… 쿳… 훗…."

웃고 있다.

남자는 노래를 멈추고 웃기 시작했다.

"앗, 핫, 핫, 핫… 비잊, 비, 비, 빛, …훗, 큭, 큭…."

웃음소리가 마나토의 몸속으로 파고들어와, 폐와 심장과 위를 쥐어 터뜨리려고 한다. 그럴 리가 없는데도, 그렇게 느껴진다.

"빛이여어어어어…!"

남자가, 이번에는 외치기 시작했다.

"빛이다아아아아아아아아아…!"

"비, 잊."

다른 목소리가 뒤를 이었다. 한두 명이 아니다. 귀의자들인가?

"비, 잊."

"비, 잊."

"비, 이, 잊."

목소리뿐만이 아니다. 귀의자들이 바닥을 밟고 있다. 빚, 빚, 빚, 이라고 외치면서, 바닥을 쿵쿵 울리고 있다.

"비, 이, 이잊…!"

남자도 목청을 높였다. 그의 목소리는 다른 귀의자들의 목소리와는 달라서, 간단히, 분명하게 구별할 수 있다.

"비, 잊." "비, 잊." "비, 이, 잊."

"비! 이! 이잊…!"

진동한다. 바닥이. 아니, 바닥뿐일까? 벽인가?

벽이다.

양식장 벽이 진동하고 있다.

"빚." "비, 잊." "비, 이, 잊."

"비, 이, 이잊…!"

목소리 말고 다른 소리가 난다. 아주 큰 소리다. 두드리고 있다. 벽을, 뭔가가. 바깥쪽에서다. 당연한가. 마나토 일행은 양식장 안에 있는 것이다. 안쪽에서는, 아무도, 무엇도, 벽을 두드리거나 하지 않는다.

"비, 잊." "비, 잊." "비, 이, 잊."

"비! 이! 이잊…!"

누군가가, 어떤 자가, 벽 바깥쪽, 분명 문 근처 부근에, 어떤 방법으로 충격을 가하고 있다.

“비, 잊.” “비, 잊.” “비, 이, 잊.”

“비! 이! 이잊…!”

한 번 칠 때마다 벽이 흔들린다. 가득, 잔뜩 쌓여 있는 돌과 돌 사이의 틈새에서, 먼지가 쏟아져나온다.

“비, 잊.” “비, 잊.” “비, 이, 잊.”

“비! 이! 이잊…!”

돌이 빠질 것 같다.

라고나 할까, 빠지기 시작했다.

“떨어져.”

하루가 몸짓으로 먼 곳의 모퉁이를 가리키며 마나토의 등을 밀었다.

“무너진다. 얼마 못 버텨. 금방이다. 떨어져, 빨리….”

요리와 리요가 달려나갔다. 마나토도 달렸다. 다리가 엉키지 않아서 다행이다. 하루는 제일 뒤에 붙었다.

“비, 잊.” “비, 잊.” “비, 이, 잊.”

“비! 이! 이잊…!”

벽이 부서졌다. 물론, 벽 전체가 아니다. 문 가까운 쪽의 불과 일부였다. 그렇기는 해도, 양식장 안으로 튀어나간 돌의 양은 상당했다. 도대체 뭘 어떻게 하면 저 돌벽이 저런 식으로 부서지는 건가?

마나토 일행은 제일 가까운 모퉁이를 돌아, 그 앞에 있는 모퉁이로 가려고 했다. 이쯤 되니 간담이 서늘했는지, 구덩이 밑바닥의 고블린들이 아우성치기도 하고, 우왕좌왕하고 있다.

“비, 잊.” “비, 잊.” “비, 이, 잊.”

“비! 이! 이잊…!”

또 벽이 파괴되고, 첫 번째와 같은 정도로 돌이 튀어나왔다. 돌은 구덩이 안에도 떨어진다. 돌의 직격을 맞고 쓰러지는 고블린도 있었다.

"비, 잊." "비, 잊." "비, 이, 잊."

"비! 이! 이잊…!"

"비, 잊." "비, 잊." "비, 이, 잊."

"비! 이! 이잊…!"

벽은 점점 무너져간다. 마나토 일행이 지나온 모퉁이 쪽을 향해 파괴는 계속 진행되고 있다. 분진이 피어오른 덧에, 무너진 벽 너머는 잘 보이지 않는다.

"비! 이! 이잊…! 비! 이! 이잊…!"

이것은 귀의자들의 짓인가? 그게 아닌 건가?

혹시, 그 목소리의 남자가 혼자서 하는 일인가? 그런 일이 가능한 건가?

멀었던 모퉁이가, 이제 그리 멀지 않다.

구덩이 밑의 고블린들은, 아무튼 문에서 멀어지려고 하고 있다. 기어올라 구덩이를 나가려고 하는 고블린도 있었다. 도망치려고 한다기보다, 거기에서 도망가겠다는 생각보다는, 그저 패닉 상태에 빠진 것 같았다.

"요리, 리요! 용을 불러…!"

하루가 앞에서 뛰는 두 사람에게 말했다.

"저 사람은—저건, 보통이 아니야! 싸워서 어떻게 할 수 있는 상대가 아니다…!"

"비! 이! 이잊…! 비! 이! 이잊…!"

제법 떨어졌는데도, 아직 남자 목소리가 들린다. 남자가, 빛, 이라고 발성할 때마다, 양식장의 벽이 무너져간다.

요리와 리요가 용 피리를 꺼냈다. 두 사람은 발을 멈추지 않고 용 피리에 입을 대고 불었다. 피리 소리는 들리지 않지만, 불고 있는 거라고 생각한다.

"비! 이! 이잊…! 비! 이! 이잊…!"

남자가 외치는 소리와, 벽이 무너지는 소리밖에 들리지 않는다.

벽은 이제 마나토 일행이 막 지나온 모퉁이 부근까지 붕괴되었다. 대부분의 고블린은 구덩이에서 기어 나오려고 하고 있다.

멀었던 모퉁이가 코앞이다.

"시간이 걸리나…?!"

하루가 소리 높여 물었다. 아마도, 카란비트와 우샤스카, 익룡이 날아올 때까지 좀 더 시간이 걸릴 것 같나? 라는 뜻이겠지. 요리가 고개를 가로저어 보였다.

"산에 있었을 테니까, 아직…!"

"알았다. 막다른 곳에서 용을 기다린다!"

"비! 이! 이잊…! 비! 이! 이잊…!"

남자는 외치고, 벽은 무너진다.

마나토 일행은 마침내 막다른 모퉁이까지 왔다.

"요리."

리요가 요리를 부르며 머리 위를 가리켰다. 마나토도 그 방향을 올려다봤다. 있다. 날고 있다.

한 마리뿐인가? 아니, 두 마리 있다.

분명 익룡이다. 카란비트와 우샤스카가 틀림없다.

요리는 주위를 둘러봤다. 뭔가 생각하고 있다. 금방 결론이 나온 모양이다.

"여기에는 내릴 수 없어, 벽을 넘지 않으면."

"올라가!"

하루는, 가라, 라는 듯이 손을 흔들었다. 요리가, 리요도, 벽을 기어 올라가기 시작한다. 마나토도 두 사람을 뒤따랐다. 하루는 마나토 뒤에서 올라오기 시작했을 텐데도, 다 올라간 것은 동시였다. 요리와 리요는 벽 너머를 조금 기어내려가더니, 거기에서 뛰어내렸다. 마나토는 위에서부터 단숨에 뛰어내리고 싶어서 몸이 근질거렸지만, 다시 생각하고 요리와 리요를 따라했다. 하루는 마나토보다 약간 늦게 벽 너머에 착지했다.

요리와 리요는 벽에서 떨어져, 어느 정도 트인 장소에 익룡을 부르려고 한다. 그렇기는 해도, 슬슬 해가 질 것 같은 하늘을 우러러보고, 한 손을 들어 올릴 뿐이었다. 좀 더 뭔가 하지 않아도 되는 건가?

그것만으로도 문제없는 모양이다. 카란비트와 우샤스카는 빙글 선회한 모양으로, 남쪽으로 치우친 서쪽에서부터 날아왔다. 속도를 늦추면서 내려와, 두 마리 다 매끄럽게 착지했다. 속도를 줄이지 못해 고꾸라지는 일도, 발을 헛디디는 일도 없었다. 익룡들은 마치 사정을 깨닫고 있는 것처럼 날개를 다 접지 않고, 자, 타라, 라는 듯이 자세를 낮췄다. 카란비트에는 당연히 요리가, 우샤스카에는 리요가 올라탔다.

"마나토는 우샤스카에! 하루히로는 요리와 카란비트에 타!"

요리가 지시했다. 하루는 대답도 대충하고 요리 뒤에 탔다. 몇 명씩 탈 수 있는 용은 본래 없는 모양이니까, 가능한 한 서로 붙는 게 좋겠지. 하루는 조심스러워했으나, 요리가 하루의 팔을 잡고, 이렇게, 그리고 이렇게, 라는 식으로, 요리의 배에 단단히 두 팔을 감게 했다. 마나토도 그렇게 하려고 했더니, 리요가 어깨를 꽉 붙잡았다.

"앞에."

"아, 뒤가 아니라?"

마나토가 확인하자, 리요는 고개를 끄덕이면서 반복했다.

"앞에."

"응, 앞이구나!"

마나토가 우샤스카에 걸터앉으려고 하자, 리요는 몸을 뒤로 비켜 공간을 만들어주었다. 용의 맨 등에 탄 것이 아니다. 가죽인지 뭔지로 만든 안장이 고정되어 있다. 사람은 거기에 타는 것이다. 원래는 역시 혼자 타는 것만을 상정했던 모양으로, 마나토가 최대한 앞으로 좁혀도, 리요의 엉덩이는 안장에서 삐져나올 것 같은데. 그렇지도 않은가? 지금 어떤 상태일까?

뒤에서부터 리요의 몸이 기대와서, 마나토의 등과 리요의 몸 앞면이 딱 밀착했다. 리요는 마나토보다 키가 크다. 리요의 턱이 마나토의 오른쪽 관자놀이 부근에 닿아 있다. 이 상태라면, 리요의 상반신은 오른쪽으로 약간 기울어졌겠지. 그것은 별로 좋지 않은 것 같은 느낌이 들어서, 마나토는 목을 왼쪽으로 기울였다. 이걸로 리요는 얼굴을 똑바로 정면으로 향할 수 있을 것이다.

"고마워."

리요가 작은 목소리로 중얼거렸다. 귓가에서 속삭이는 형태가 되어, 간지러웠다.

“날아, 우샤스카.”

익룡에게 명령하는 리요의 목소리는 어디까지나 다정했고, 이번에는 간지러운 것과는 다른, 어째서인지 심장이 두근거렸다.

우샤스카가 달리기 시작하자, 리요의 몸이 마나토에게서 조금 떨어졌다.

“마나토는 달라붙은 채로 있어.”

“응.”

깜짝 놀랄 정도로 위아래로 움직임이 격렬하다. 그래도, 필사적으로 매달려 있는 것뿐이라면, 어떻게는 될 것 같나.

마나토와 달리, 요리는 익룡의 움직임에 맞춰 자세를 바꾸고 있는 건가? 그러면서도, 머리 위치는 별로 변하지 않는다. 마나토의 정수리 약간 오른쪽 부분을, 리요의 턱이 누르고 있다. 안장은 앉는 부분뿐만이 아니라, 라이더가 발을 걸치는 곳이나, 용의 목 쪽으로 들어 올려, 거기서부터 돌출된 손잡이처럼 쥘 수 있는 것도 있다. 리요는 발판에 두 발을 걸치고, 손잡이를 쥐고, 허리를 위아래로 움직이는 것 같다. 익룡의 동작에 맞추고 있다. 인간을 태운 익룡의 부담을 조금이라도 줄여주려는 것이겠지. 마나토는 무게만 늘려놓고, 그저 매달려 있는 것밖에는 할 수 없으니까, 우샤스카의 부담이 되고 있다.

“미안, 우샤스카…!”

미안하다고는 생각하지만 지금 당장 뭔가 할 수 있는 것도 아니다. 마나토가 리요 흉내를 내봤자, 오히려 우샤스카의 방해만 되겠지.

“괜찮아.”

리요가 속삭였다.

"우샤스카가 못할 일은, 시키지 않으니까."

오싹오싹했다.

우샤스카가 한층 강하게 지면을 박찼다.

지금, 날았다.

용을 탄 것은 처음이고, 하늘을 난 적이 없는 마나토였어도, 분명히 알았다. 점프하는 것과는 분명히 달랐다.

난다는 건, 이런 거구나.

쑥쑥, 밀려 올라가는 것 같기도 하고, 위에서 당겨 올리는 것 같기도 하다. 둘 다인 것 같기도 하다.

"와앗…!"

마나토는 자기도 모르게 외치고 말았다.

"기분 좋아…!"

리요가 웃은 것 같은 느낌이 들었다. 웃음소리가 들린 것은 아니다. 리요의 얼굴도 보이지 않는다. 그래도, 그런 느낌이다.

리요와 우샤스카에게 민폐를 끼치고 싶지는 않아. 마나토는 오로지 우샤스카에게 매달려 있다. 가능하다면 일체화해버리고 싶다. 머리를 움직일 수 없으니까, 아무래도 시야가 꽤 좁아진다. 우샤스카가 날고 있는 것은 틀림없지만, 어느 정도 높이에서, 어디를, 어떤 식으로 날고 있는 건지, 솔직히 잘 모르겠다. 요리와 하루를 태운 카란비트도 보이지 않고, 여러 가지로 궁금하다. 차라리 눈을 감고 있는 편이 좋을까?

"비, 잊. 비, 잊. 비, 이, 잊…! 비, 잊. 비, 잊. 비, 이, 잊…!"

"―어…."

남자 목소리가 들린다.

"비, 잊." "비, 잊." "비, 이, 잊."

게다가 귀의자들 목소리도.

이, 쿵, 하는 굉음은, 벽을 파괴하는 소리인가?

"앗—…."

우샤스카는 하강하는 것 같다. 생각해보면, 물론 계속 날고는 있지만, 계속 상승하고 있던 것은 아니었다. 꽤 올라가기도 하고 내려가기도 했다. 빙글 돌았던 것 같은 느낌도 든다. 앞쪽, 어느 정도 앞인지, 거리감이 좀 분명하지 않지만, 아무튼 앞쪽에 카란비드가 있다. 우샤스카는 카란비트 뒤를 쫓아가고 있는 것이겠지. 지상에서 올려다본다고 치면, 그리 높지는 않다.

라고나 할까, 낮다. 이대로 추락해버리는 것 아닐까? 라고 생각될 정도로 낮아서, 마나토는 자기도 모르게 웃어버렸다.

"혹시나—…."

저것은 위에서부터 내려다보이는 양식장인가? 우샤스카는 상공에서부터 양식장에 처박히려는 것일까? 처박는다고 할 정도의 급각도로 내려가고 있는 것 아닌가? 양식장 벽은 아마 3분의 1 이상 무너졌다. 귀의자들이 보였다. 옛 보루 터에는 몇백 명이나 있었다고 하루가 말했다. 확실히 그 정도는 될 것 같다. 파괴된 벽 바깥쪽에 우글우글했다. 남자 목소리가 들리지 않는다. 성자는 벽을 부수는 것을 그만둔 건가? 저건가?

아직 파괴되지 않은 벽 앞쪽에 뭔가가 서 있다.

사람, 인가?

저것이 성자인가?

모습, 이랄까, 형태, 랄까. 지독하게 기묘하다. 상반신은 역삼각형으로, 그 좌우의 상단에서부터 팔 같은 것이 늘어져 있다. 팔이라기보다도 커다란 망치 같은 것이. 역삼각형 하단에서는 유난히 가느다란 두 개의 다리가 나 있고, 머리는 있는 것 같기도 하고 없는 것 같기도 했다.

성자는 몸을 틀고, 올려다보고 있는 건가? 어디가 얼굴인 건가? 눈이 있다면, 어디 붙어 있는 걸까? 마나토는 모르지만, 이쪽을 보고 있는 것처럼 느껴졌다.

"핫! 하앗! 하아앗…!"

그 목소리다. 빛, 빛, 하고 외치던 남자 목소리. 그것과 같은 목소리다.

"하루히로인가?! 너는 하루히로로군…! 빛이 그리운가? 하루히로오오…!"

요리와 하루를 태운 카란비트가, 그리고 리요와 마나토를 태운 우샤스카가, 시간 간격을 두지 않고 재빨리 성자의 머리 위를 지나쳤다.

마나토의 체감으로는, 익룡들은 아슬아슬하게 날았다. 성자가 점프해서 익룡을 쳐서 떨어뜨리려고 하지는 않을까?

단, 실제로는 의외로 그렇게 낮게 하강한 것은 아닌지도 모른다. 성자는 아무 짓도 하지 않았고, 카란비트도 우샤스카도 순식간에 고도와 속도를 올려, 마나토는 이번에는 너무 높아서 무서워졌다. 높고, 빠르고. 빠르다니까.

"뭐가 그렇게 재미있어?"

리요가 귓가에서 속삭였다.

“히약.”

마나토는 자기도 모르게 희한한 소리를 냈다.

“…잠깐만, 리요. 그거 하지 마?!”

“그거라니 뭐?”

“히익, 그, 그러니까, 간지럽다니까…! 쿠후훗….”

“미안해.”

“아니, 사과할 건 없지만! 꺄하핫… 우우, 뭔가 이상한 느낌이 되었어… 괜찮아, 참을 테니까! 큭큭큭….”

익룡은 빠르다. 사람이 뛰어서 쫓아갈 수 있는 속도가 아니다. 그러니 괜찮다고 생각하지만 만약을 위해서겠지. 요리와 하루, 리요와 마나토를 태운 카란비트와 우샤스카, 두 마리의 익룡은 바로 방주로 가지 않고, 남쪽 방향으로 날았다. 남쪽에는 천룡 산맥이 솟아 있다. 익룡들과 자매는, 저 산을 넘어 머나먼 그림갈까지 온 것이다. 새삼스럽지만, 그건 엄청난 일 아닌가? 라고 마나토는 생각했다. 왜냐하면, 천룡 산맥은 하늘보다도 높다. 아니, 하늘은 어디까지 높이 올라가도 하늘일 테고, 하늘보다 높은 것은 아닌가? 그래도, 익룡들은 꽤 높은 곳을 날고 있을 텐데도, 천룡 산맥은 앞을 막아서고 있다. 저런 것을 어떻게 해서 넘는 거지? 무리 아닐까? 하지만 익룡들과 자매는 실제로 저 산을 넘어온 것이다. 믿을 수가 없다. 믿지 않는 것은 아니지만. 역시, 너무 위험해.

익룡들은 천룡 산맥 기슭에 펼쳐진 숲속에 착지해서 마나토 일행을 내려줬다. 그 무렵에는 이미 꽤 어두워져 있었다. 요리와 리요는 카란비트와 우샤스카를 한바탕 귀여워해준 후에, 그들을 보냈다. 모습이 보이지 않게 될 때까지 몇 번이고 몇 번이고 돌아보며 요리와 리요를 확인하는 익룡들의 동작이, 뭐라 말할 수 없을 만큼 사랑스러웠다. 마나토도 용을 키우고 싶다. 단, 알을 부화시키는 것부터 돌보지 않으면 용이 따르지 않는다고 하니, 아무래도 어려울 것 같다. 천룡 산맥에는 상당한 종류, 꽤 많은 숫자의 용이 서식하는 모양인데, 사람이 사육할 수 있는 용은 매우 적다. 극히 한정된 모양이다.

"천룡 산맥을 넘어가 연합왕국의 용치기에게 제자로 들어가는 것이 결국은 제일 빠른 길 아닐까?"

방주를 향해 걸어가면서, 요리가 그렇게 조언해주었다.

"빠른 길이라. 으음. 그게, 빠른 길이야?"

"급할수록 돌아가라는 말도 있어."

리요가 해설해줬다.

"서두르고 싶을 때는, 위험한 지름길로 가는 것보다, 멀리 돌아도 확실한 길을 선택해야 해. 결과적으로는, 그편이 빨리 목적지에 도착한다."

"그런가. 그럼, 요리와 리요처럼 용을 키우고 싶으면, 언젠가 연합왕국에 데려가 달라고 하는 수밖에 없겠네. 하지만 카란비트나 우샤스카는, 두 명을 태우고도 천룡산맥을 넘을 수 있어?"

"무리."

요리가 즉답했다.

"어엇. 그럼, 불가능하다는 건가? 으음. 어쩔 수 없네. 앗. 왼쪽 눈, 예병한테 흠씬 얻어맞아서 보이지 않았었는데, 왠지 보이는지도. 낫기 시작한 건가?"

"…정말 엄청난 회복력이로군."

하루는 감탄한다기보다는 어이없어하는 것 같다. 마나토는 웃었다.

"아니. 하루한테는 못 이길 것 같은 느낌인데?"

구 오르타나로 돌아온 것은, 완전히 밤의 장막이 드리워진 후였다. 마나토는 밤눈이 밝은 편이지만, 그래도 하루의 안내 없이는 길을 잃었을 것이다.

언덕을 올라가는 도중에 뭔가가 있는 것 같은 느낌이 들었다. 마나토 혼자가 아니라, 하루가 있고, 요리와 리요도 있다. 그들 말고도 뭔가 있는 것 아닐까? 하지만 구체적으로 어딘가에서 뭔가가 움직이고 있다, 소리가 났다, 뭔가를 봤다, 라는 것은 아니었다. 무엇보다, 사방에서 벌레가 울고 있어 웬만한 소리는 아마 알아차리지 못할 것이다. 이렇게 어두우면, 언덕 위의 방주나 경사면에 흩어진 하얗고 커다란 돌, 앞에서 가는 하루, 옆에 있는 요리와 리요의 모습 정도밖에는 구분할 수가 없다.

하루와 요리, 리요의 상태는 딱히 변함없었다. 그렇다는 것은, 아무것도 느끼지 않는다는 것이겠지. 마나토의 기분탓인지도 모른다.

그러나, 언덕을 다 올라와도, 뭐라고 딱 꼬집어 말할 수 없는, 뭔가가 있다는 느낌은 사라지지 않았다.

"저기 말이야."

마나토가 말을 걸자, 하루는 "어" 라고 대답하고 돌아봤다.

"알아. 뭔가 있네."

"어어, 알았어?"

"그야 알지."

요리가 말하자, 리요도 고개를 끄덕였다. 마나토는 웃어버렸다.

"뭐야. 눈치챘다면 말해줘. 아무도 말을 꺼내지 않으니까, 기분탓인가 했잖아."

"어떻게 생각해?"

요리가 하루에게 물었다. 하루는 언덕 경사면을 살펴보고 있는 것 같다.

"귀의자나 예속은 아닌 것 같은데. 그들은, 뭐랄까, 좀 더 직접적이다."

"직접적…."

무슨 의미일까? 마나토는 고개를 갸웃거렸다.

그것을 발견한 것은 우연이었다. 그저 하얀 돌들을 대충 둘러보고 있다가, 우연히 눈에 들어온 것이다.

하얀 돌에서 뭔가가 얼굴을 내밀고 있었다. 마나토로서는, 뭔가, 라고 밖에 말할 수 없다. 어둡기 때문에 확실히는 보이지 않는다. 윤곽조차도 잘 모르겠다. 단, 얼굴을 내밀고 있다, 라고 생각했다. 즉, 그리 작지는 않은, 생물이라고.

"…고블린?"

보인 것은 아니기 때문에, 왜 그 말이 입에서 나왔는지, 마나토 본인도 짐작할 수 없었다. 감이라고 하면 틀린 말은 아니지만.

"고블린 아닌가? 저기—."

마나토가 발을 내딛자마자, 그것은 움직였다. 몸을 돌려, 도망친 것이다. 꽤 재빠르다. 마나토는 뛰어가려고 했으나, 생각을 바꿨다. 일행을 쳐다보니, 하루도, 요리도, 리요도, 쫓아가려고 하지 않는다.

"분명히 고블린이로군."

하루는 가면 너머로 마나토보다도 선명하게 그 모습을 포착한 모양이다. 확신을 가진 듯한 말투였다.

"양식장의?"

요리는 고블린이 도망간 쪽으로 시선을 향하고 있다. 하루는 고개를 끄덕였다.

"그것밖에 생각할 수 없어. 예속이 양식장을 건설하기 시작한 이

후로 이 부근에서 고블린을 발견한 적은 없으니까.”

“그렇다면, 표현은 좀 그렇지만, 내버려 둬도 해는 없겠네.”

“뭔가 안 좋은 일이 생길 거라고는 생각할 수 없어.”

“살아남아 주면 좋으련만.”

“다행인지 불행인지, 성자가 귀의자 무리를 이끌고 다무로를 공격하고 있어. 예속들은, 양식장에서 도망친 고블린을 찾을 여유 같은 건 없겠지. 게다가 우리가 쫓아가봤자 오히려 겁을 먹게 할 뿐인지도 몰라.”

“으음….”

마나토 안에는 뭔가 석연치 않은 느낌이 있었다. 그래도, 뭐가 어떻게 석연치 않은 건지 분명치가 않다.

“하긴, 모처럼 도망 나왔는데, 또 쫓기게 되면, 무서울까? 그렇겠지….”

†

『…삐요삐요… 삐요삐요….』

들어본 적 있는 소리다.

눈을 뜨고 나서 그렇게 생각한 건가? 아니면, 그렇게 생각하고 나서 눈을 떴고, 그 소리가 들린다는 사실을 깨달은 건가? 어느 쪽인지는 모르겠다.

번쩍 눈을 뜨자 천장이 보였다. 카리자의 집이 아니다. 당연한가. 여기는 일본이 아니다. 마나토는 그림갈에 있다. 어째서 그림갈에? 무슨 일이 있었던 건가? 그걸 모르겠다. 다들 그렇다고, 하루가 말했었다. 그렇다면 어쩔 수 없다. 아무튼, 여기는 그림같이다. 방주 안의 한 방. 하루가 준비해줬다. 마나토의 방이다.

『…삐요삐요… 삐요삐요….』

"그보다, 이 소리…."

이상하네, 라고 생각하면서 일어났다. 침대에서 내려와 문 쪽으로 간다. 잠긴 문을 풀고 열어젖히자, 통로에 요리와 리요가 서 있었다.

"우왓, 또 나체…!"

요리는 얼굴을 돌렸으나, 리요는 두 눈을 크게 뜨고 마나토를 응시하고 있다. 라고나 할까, 넋이 나간 것인지도 모르겠다. 마나토는 가랑이를 두 손으로 가렸다.

"미안. 잤었으니까."

"왜 나체로 자는 거야? 그런 주의야…?"

"아니. 그렇지는 않은데. 뭐더라. 아아, 그렇지, 샤워했더니 굉장히 기분이 좋아서, 그래서 침대에 누웠다가, 그대로 잠들어버렸어."

"감기에 걸리면 안 되니까 잘 때는 뭔가 입는 게."

리요가 낮은 목소리로 말했다. 아직 마나토를 응시하고 있다. 리요의 시선은 마나토의 얼굴이 아니라 배꼽 부근에 쏠려 있는 것 같다. 왠지 마나토도 그 부근에 눈길을 향했다. 몸의 어느 부분이 두 손으로 채 가려지지 않아 빼꼼 고개를 내밀고 있었다.

"아…."

그냥 알몸이라면 둘째치고, 이 상태를 보이는 것은 좀 부끄럽다. 마나토는 몸을 뒤로 돌렸다.

"아침에는 어째서인지, 이렇게 되거나 하거든. 아침뿐만이 아니지만. 미안….”

†

아침밥은 하루 방에서 먹었다. 식사하면서, 앞으로 어떻게 할 건지 이야기를 나누었다.

요리는 일단, 다무로의 양식장을 전부 박살 내고 고블린을 풀어주고 싶은 모양이다. 리요는 요리를 따른다. 마나토도 양식장을 그대로 두는 것은 좋은 일이라고 생각할 수 없었기 때문에, 딱히 이의는 없었다. 하루는, 그건 그렇지만, 다무로의 상황을 파악하는 것이 우선이라는 의견이었다. 그 점에 관해서는 요리도 반대하지 않았다.

“성자가 이끄는 귀의자 무리와 다무로의 예속들이 전투상태에 돌입한다면, 양식장의 경비가 허술해질지도 몰라. 파고들 빈틈이 있다면, 이용하지 않을 수는 없지.”

마나토는 어제 함거를 기습했을 때 검과 단검을 잃어버렸다. 그 장소로 돌아가면 아직 떨어져 있을지도 모르지만, 회수하려고 해도 빈손으로 갈 수는 없는 노릇이다. 결국 하루에게 부탁해서 또 창고에 데려가 달라고 하여, 타치(太刀)라고 하는, 좀 긴 검과 나이프를 빌리기로 했다.

방주를 나가기 전에 컨트롤로 가서 출입등록이라는 절차를 마쳤다. 하루가 시키는 대로 기계에 손을 올려놓거나, 컨트롤의 유도에 따라 목소리를 내거나, 한동안 가만히 있거나 했을 뿐이지만, 이것으로 마나토, 요리, 리요 세 사람은 하루가 없어도 방주에 출입할 수 있게 된 모양이다. 사실은 출입등록이 아니라, 무슨 어쩌고 인증 등록 같은 이름이었지만, 어려우니까 출입등록이라고 부르는 것이라고.

출입하는 구체적인 방법도 하루가 가르쳐줬다.

방주에서 나가는 것은 간단하다. 통로의 막다른 곳에 있는 문을 열고, 거기로 밖으로 나가는 것뿐이다. 그렇게 하면, 나온 자는 방주 앞에 나타난다.

들어가는 것은 그리 어렵지는 않지만, 약간 요령이 필요하다. 방주 외벽의 정해진 장소에 손을 짚고 컨트롤을 불러 열려라 문, 혹은, 오픈 케이트, 라고 말한다. 이것은 커맨드, 라고 하는 모양이다. 그렇게 하면, 외벽 일부가 쓱 열리고, 캄캄한 네모난 구멍이 출현한다. 그곳을 통과하면, 방주 안에 있는 통로의 막다른 곳 문 앞이다. 이, 손을 짚도록 정해진 장소, 라는 것이, 아주 잘 보면 아주 조금 움푹 들어가 있어서 알 수 있는데, 그런 것이 있다는 것을 모르면 우선 눈치채지 못한다.

하루의 말로는, 출입구를 또 다른 형식으로 만드는 일도 가능하다고 한다. 그래도, 손을 짚는 장소만 기억하면 딱히 불편은 없을 것 같다.

휴대식, 물 등도 갖고 왔고, 준비 만전. 다무로로 향하려고 했을 때, 마나토는 뭔가를 느꼈다. 뭔가라고나 할까, 언덕 경사면에 흩어진 하얀 돌 중 하나에서 고블린이 얼굴을 내밀고 있었다.

"앗. 혹시나, 어제의⋯?"

만약을 위해 마나토는 너무 큰 소리는 내지 않았다. 노골적으로 손가락으로 가리키지도 않았고, 시선으로 하루와 요리, 리요에게 고블린이 숨어 있는 하얀 돌을 가리켰다. 숨어 있는, 건 아닌가? 고블린은 하얀 돌에서 얼굴 전체를 내밀고, 분명하게 이쪽을 보고 있다.

"어제 그 아이인지 아닌지까지는, 모르겠지만."

요리는 고개를 갸웃거렸다.

"혼자인 것 같고, 그럴 가능성은 클 것 같네."

리요는 생각에 잠겼으나, 아무 말도 하지 않는다. 하루도 왠지 당혹스러운 짓 같다.

"으음…."

마나토가 여기에서 움직이면, 고블린은 또 도망가버릴지도 모른다. 그래서, 발의 위치를 바꾸지 않고, 천천히 고블린을 관찰해봤다.

피부색은, 역시 오크보다도 노란 느낌일까? 하지만 뭐, 녹색이다. 머리카락은 나지 않았다. 눈썹도 없다. 비교적 밋밋하다. 눈은 마나토나 요리, 리요와는 꽤 다르다. 검은 눈동자가 크다고나 할까, 흰자위가 거의 없다. 코에서 입까지 앞으로 튀어나와 있고, 콧구멍은 옆으로 길고 가늘다. 입은 크고, 네 개의 송곳니가 튀어나와 있다. 귀가 꽤 크다. 얼굴의 양쪽 측면에 튀어나와 있고, 귀는 끝이 뾰족하고 늘어진 느낌이다.

"아니… 좀… 으음…."

마나토는 팔짱을 꼈다.

"왜 그래?"

요리가 물었다.

"음. 왜 그러냐 하면. 글쎄. 구별 같은 건 못 하겠네."

"구별."

리요가 중얼거렸다. 약간 눈썹을 찡그리고 고블린을 응시하고 있다. 고블린이 겁먹기 시작했다. 마나토가 보는 것은 괜찮아도, 리요가 직시하면 불편한 건가?

"좋았어."

마나토는 끄덕이고, 등에 칼집 채로 비스듬히 차고 있는 검에 손을 댔다. 그러자마자 고블린이 움찔거렸다. 마나토는 웃으며 고개를 저어 보였다.

"아니야, 아니야. 그게 아니라. 풀 거니까. 풀어버릴 거야. 말하는 것보다, 그렇지, 보여주는 게 좋겠지."

검을 풀어, 몸을 굽혀 바닥에 놓는다. 그리고 차고 있던 나이프도, 검 옆에 나란히 놓았다. 마나토는 두 손을 과장되게 들어 보였다.

"무기, 안 들었어. 알아? 아무 짓도 안 할 테니까. 괜찮아? 그쪽으로, 간다? 천천히 갈 거니까. 싫으면 바로 말해. 말해도 통할지 모르긴 하지만… 그럼, 간다?"

"마나토…?"

요리가 불렀다. 마나토는 일부러 무시했다.

한 걸음 한 걸음, 신중하게, 고블린이 숨어 있는 하얀 돌로 다가간다. 두 손은 든 채로 내리지 않았다.

고블린의 검은 눈동자가 마나토를 응시하고 있다. 무엇을 생각하고 있는 걸까? 어떻게 생각하고 있는 건가? 마나토는 짐작할 수 없다. 단, 적어도 고블린은 도망치지 않는다. 아직까지는. 만약 마나토가 갑자기 달려나가면, 역시 고블린은 도망가버리겠지. 마나토가 완전히 무해한 존재라고 믿어주는 것은 아니다. 그런 느낌이 든다.

간신히 앞으로 한걸음이나 두 걸음이면 아슬아슬하게 고블린을 만질 수 있을 만한 곳까지 왔다.

마나토는 땅바닥에 앉았다. 물론, 두 손을 든 채였다.

"아무 짓도 안 해. 이 상태로는 할 수도 없고. 있잖아, 이건 내 짐작인데, 어제, 도와줬지? 그때 그 고블린이지? 진짜로 정말 고마웠어. 고마워… 알아? 음, 그러니까… 감사하고 있다. 감사. 으음. 어떻게 하면 전해질까?"

마나토는 고개를 숙여봤다.

"고마워."

눈을 치켜뜨고 고블린의 상태를 살핀다. 뭐야? 이 녀석, 뭘 하는 거야? 라는 듯이 마나토를 보고 있다. 안 되나? 그럼, 내친김에, 마나토는 머리뿐만이 아니라 상체를 앞으로 숙였다. 두 손이 바닥에 닿을 때까지 숙였다.

"고마워. 어제 네가 도와주지 않았다면, 죽었을지도. 네 덕분에 살아 있어. 고마워."

고개를 든다. 어떤 상황일까? 고블린은 약간 고개를 갸웃거리며, 황당한 건가? 이것도 안 되나?

"어어, 그럼, 그러니까…."

마나토는 몸을 일으키고, 가슴에 두 손을 갖다 댔다가 고블린에게 내밀었다.

"진심으로, 고마워! 진심으로! 진짜 감사!"

"…우오?"

고블린은 뭔가 작은 목소리를 냈다. 추측이긴 하지만 분명히 이해했다는 뜻의 목소리 표출은 아니다. 오히려, 약간 동요하는 것 같기도 하다.

"…우우. 의미불명인가보다. 그렇구나. 그야 그렇겠지. 앗, 그렇지!"

좋은 아이디어가 떠올랐다. 말이 통하지 않는다. 고개를 숙이는 동작도 그다지 효과가 없다. 그렇다면, 어제의 모습을 재현해보면 어떨까?

마나토는 벌렁 드러누워 머리를 움켜쥐는 시늉을 했다. 라고나 할까, 실제로 자기 두 손으로 머리를 움켜잡았다.

"아아아아아아아아아…!"

아픈 얼굴을 하고, 비명을 지른다.

"그리고—"

마나토는 재빨리 고블린을 가리켰다. 그리고 마나토에게 올라타 있는 것, 뭐, 그런 것은 없지만, 있다고 가정하고, 그것을 가리켰다.

"이 녀석 말이야. 예병. 이 녀석을, 네가 이렇게, 콱—."

약간 복잡하지만 간신히 마나토에게 올라탄 것에 고블린이 달라붙은 상황을 손짓으로 설명했다.

"이게 예병이고, 그 뒤에서 네가, 그렇지? 그래서, 네가 예병을, 꽈악—."

마나토는 윗니와 아랫니를 꽉 다물어 보였다. 깨무는 시늉을 할 생각이었다. 곧바로 자기 목덜미를 두드려 보인다.

"그 녀석 목을, 있지. 물어뜯어서. 콱. 해줬잖아?"

"아아."

고블린은 *끄덕끄덕* 고개를 끄덕였다. 이해해준 모양이다. 마나토는 벌떡 일어나, 다시 한번 고개를 숙였다.

"고마워! 엄청, 진짜 진짜로 덕분에 살았어!"

두 손을 마주 대고, 더욱 깊이 고개를 숙인다.

"엄청 고마워! 예이―!"

마나토가 오른손 엄지를 세우고 윙크를 해 보이자, 고블린도 주저주저하는 느낌으로 조심스럽기는 했지만, 똑같이 오른손 엄지를 세웠다.

"오오, 통했다! 됐다! 기뻐! 어라…?"

언제 다가왔는지, 하루, 요리, 리요가 가까이에 있었다. 세 사람 다 땅바닥에 앉아 있다.

"뭐 하는 거야? 모두."

"뭐긴, 구경?"

요리는 대답하고 나서, 고블린을 향하여 손을 흔들었다.

고블린이 머뭇거리면서도 손을 흔들어 답해주자, 요리는 생긋 웃었다.

"일단 마나토 덕분에 경계심은 풀어준 모양이야."

하루가 주변을 둘러보았다.

"보아하니 오늘도 혼자인 모양이다."

마나토는 고블린에게 직접 확인해보기로 했다. 왠지 느낌일 뿐이지만, 지금이라면 손짓 발짓을 섞어서 말하면 통할 것 같은 기분이다.

"그러니까, 너는, 혼자? 너뿐? 너 말고는? 동료. 있어? 동료. 알까? 너 말고, 고블린. 동료. 있어? 어때?"

고블린은 천천히, 크게, 고개를 옆으로 저었다. 그러더니 북서쪽을, 이어서 방주를 가리켰다. 그리고 자기 가슴을 통통, 두드려 보였다.

"아아. 다무로에서 여기까지 너 혼자 온 거라고? 그런가. 으음. 그건가? 뿔뿔이? 뿔뿔이 흩어진 건가? 큰 난리였으니까. 저기, 뭐더라? 성자인가? 그렇지. 타다리에몬? 이던가?"

"…타이다리엘이다."

하루가 말했다.

"인간이었을 때는, 타다 씨—타다라는 이름이었다."

"그렇구나. 뭐랄까, 하루를, 불렀었지. 하루히로오오, 라고. 그렇게 되었어도, 아는구나?"

"기억이나 지성은 유지된다고 한다. 그러면서도 다른 사람이다. 다른 것, 이라고 해야 할까."

"말은 통하지만 대화하는 것은 무리라는 느낌?"

요리가 묻자, 하루는 고개를 끄덕여 보였다.

"그래. 만약 내가 루미아리스에 귀의하겠다고 맹세한다면, 또 이야기가 달라질지도 모르지만."

마나토에게는 짚이는 구석이 있었다.

"말했어, 말했었어. 빛에 귀의하라, 라던가. 싫어서 거절했는데, 그럼, 죽어라—라고. 거절하지 않았으면 어떻게 되었을까?"

"나도, 그 장면을 본 적은 없어. 귀의를 바라는 자에게 어떤 방법으로 육망광핵을 심는지, 출현시키는지. 아무튼, 뇌 속에 한번 육망광핵을 심어버리면, 자기 의사로 광명신 루미아리스를 향한 신앙을 버릴 수는 없게 되겠지."

"다들 그렇게 되어버리는구나. 우왓. 싫다, 그거. 거절하길 잘했

네. …앗.”

고블린을 내버려 두고 있었다. 황급히 시선을 돌리자, 고블린과 눈이 마주쳤다.

“미안, 미안. 이야기가 옆으로 새서. 그러니까, 너는, 그거지? 혼자이고, 갈 곳도 없어? 양식장에서 태어난 건가? 거기로 돌아가도 타다리엘… 이 아니라, 타이다리엘이던가? 성자가 망가뜨렸고. 또 그런 곳에 있어봤자. 그보다, 알몸이네. 아무것도 안 입어도 괜찮아? 옷. 알아? 이, 몸에 입는… 이런 것. 계속 알몸이었을 테니, 괜찮은 건가?”

“내가 뭔가 적당히 찾아서 갖고 오지.”

하루가 일어서서 망토를 벗더니, 마나토에게 그것을 건넸다.

“걸치기만 해도 조금은 다를 거야.”

“이거, 줘도 되는 거야?”

“상관없어. 같은 것을 몇 개인가 갖고 있다. 그보다, 내가 만든 거지만.”

“와아. 그럼, 하루와 세트라는 거네!”

하루는 일단 방주로 돌아갔다. 마나토는 하루의 망토를 펼쳐 들고 고블린에게 가만히 다가갔다.

“입힐게? 이거. 좀 큰가? 질질 끌리지 않으면 좋으련만. 어떨까?”

고블린은 다소 긴장하고 있는 것 같다. 등에 망토를 걸쳐주자, 고블린은 한순간 몸을 굳혔다. 그리고 고개를 돌려 마나토를 봤다.

“이렇게 해서.”

마나토는 가슴 부근에서 망토를 여미는 동작을 해 보였다. 고블린은 금방 마나토를 따라했다.

"그래, 맞아. 따뜻하지 않아? 뭐, 별로 춥지는 않지만. 어때?"

고블린은 망토를 잡아당기기도 하고 느슨하게 하기도 했다. 하루의 망토에는 후드가 달려 있어서, 그것을 뒤집어써 보기도 하고, 벗어보기도 하고. 길이는, 고블린이 일어서도 남는다. 역시 너무 큰 것 같지만, 벗으려고는 하지 않는다.

요리가, 후훗, 하고 웃었다.

"의외로 마음에 든 거 아니야?"

†

하루는 하얀 속옷과 짧은 바지, 그리고 소매가 없는 윗도리를 갖고 왔다. 사이즈가 작은 것은 이 정도밖에 없었던 모양이다. 단, 시간만 있으면, 대개의 것은 하루가 만들 수 있다고 한다.

고블린에게 옷을 입히는 일은 그리 손이 많이 가지 않았다. 요리와 리요는 고개를 돌리고 있으라고 하고, 마나토가 한번, 자기 옷을 벗었다가 입어보였다. 그러자 고블린은 그것을 흉내내어 옷을 입었다. 망토는 어떻게 하는 건가? 고블린은, 하루가 같은 모양의 다른 망토를 걸치고 있는 것을 확인했다. 그 뒤에, 하루에게서 받은 망토를 걸쳤다. 게다가 일부러 하루 쪽으로 얼굴을 돌리고, 된 건가? 라고 묻는 것처럼 고개를 갸웃거려 보였다.

"물론이다."

하루가 아주 약간 웃으며 고개를 끄덕이자, 고블린은 놀랍게도, 고개를 숙였다.

“…고머——…어어.”

이 모습에는 마나토뿐만이 아니라, 다들 일제히 놀랐다.

“고마워라고 말했어….”

중얼거린 요리 옆에서, 리요가 눈을 동그랗게 뜨고 있다.

“대단한 학습능력이로군.”

하루는 마나토에게 가면 쓴 얼굴을 향했다.

“어제, 도움받았다고 했는데.”

“맞아. 생명의 은인이야. 그리고 고블린들을 그 감옥 같은 차에서 내보내주려고 했는데, 좀처럼 나와주지 않아서, 우물쭈물하는 사이에 감시병 예병이 와버렸는데. 그 사실을 가르쳐준 고블린이 있었어. 그것도 이 사람이라고 생각해.”

“그러고 보니.”

리요가 한 손을 들고 말했다.

“밖에 있던 고블린 한 명이 감옥 안으로 되돌아갔었어. 도망가려 하지 않는 동료들을 끌고 나와서 나를 거들어줬어. 생각해보면, 그것도 이 아이인지도 몰라.”

“오오….”

마나토는 왠지 너무나 고블린을 끌어안고 싶어졌다. 하지만 갑자기 그런 짓을 했다가는 겁을 먹게 만들 것 같다.

“대단하네, 너. 뭔가, 굉장해. 동료들 생각도 하고, 상관도 없는 우리까지 도와주고. 그런데도 혼자서 여기까지 온 건가…?”

뭔가 근질근질했다. 이 기분은 뭘까? 날뛰고 싶다. 그렇다고 해서, 때리거나 발로 차거나 하고 싶다는 것이 아니다. 아무튼, 가만히 있는 것이 괴롭다. 뭔가 하고 싶다고나 할까. 어떻게든 하고 싶다고나 할까.

"가는 김에 갖고 왔다."

하루가 고블린에게 천 꾸러미를 내밀었다. 꾸러미를 열자, 내용물은 마나토 일행도 아침식사 때 먹었던 빵이었다. 쌀도 아니고 보리도 아닌 곡물의 씨앗을 가루로 만들어, 물을 부어 반죽해서 조금 재워둔 후에 구운 것이라고 한다. 푹신푹신하다기보다 찰진 느낌으로, 약간 산미가 느껴지지만, 달콤하기도 하고, 제법 맛있었다.

고블린이 마나토를 쳐다봤다.

"…우무아?"

"아아. 그건, 먹을 것. 먹을 수 있어. 먹는다. 알아?"

마나토는 손으로 빵을 잡는 시늉을 하고는, 자기 입 쪽으로 갖고 갔다.

"냠냠냠. 먹을 것. 너, 배고픈 것 아니야? 배. 꼬르륵 아니야?"

"…우구우."

고블린은 날름날름 입술을 핥았다. 고개를 숙이고, 배를 누르고 있다.

"입에 맞을지 모르지만, 먹어봐."

하루는 빵을 든 손을 고블린에게 가까이 가져갔다. 고블린은 빵에 코를 가까이 대고 냄새를 맡았다. 얼굴을 찡그리고 있다. 상당히 망설이는 모양이다. 그래도, 역시 배가 고팠던 것이겠지. 두 손으로 빵을 잡더니, 하루의 손바닥 위에서 조용히 들어 올렸다.

고블린은 먼저 빵을 핥았다. 몇 번이나 핥았다. 구운 빵의 표면은 약간 딱딱하고, 이게 뭐야? 라는 느낌인지도 모른다. 다음으로, 아주 약간만 깨물었다. 씹고, 삼킨다.

"…움움… 우후….”

잘 모르겠다, 라는 표정이다. 단, 먹을 수 없지는 않았던 모양이다. 고블린은 첫 번째보다 크게 입을 벌려, 빵을 물었다.

"음음…오후….”

고블린에게는 맛있지는 않은 건가? 그래도, 눈 깜짝할 사이에 빵을 입 안에 넣어버렸다. 두 손으로 입을 가리고, 잘 씹고 있다. 삼켰다.

"하아….”

고블린은 입에서 손을 떼고 한숨 쉬더니, 오른손 엄지를 세워 보였다. 마나토가 엄지를 세워 화답하자, 고블린은 하루에게 고개를 숙였다.

"고마—어.”

하루는 피식 웃었다.

"별말씀을.”

"좋았어!”

마나토가 오른손 주먹으로 왼손을 두드리자, 고블린은 흠칫 놀랐다.

"앗, 미안. 깜짝 놀라게 했어? 그게 아니라, 그러니까, 너, 같이 있는 건 어떨까 하고. 어딘가로 가고 싶다면, 말리지는 않을 거지만. 그게 아니라면, 혼자서는… 으음, 뭐더라, 분명 위험할 테고? 곤란할 것 같거든. 여러 가지로. 그야말로 먹을 것 같은 것도. 안 될까? 하루? 요리와 리요는 어떻게 생각해?”

"나는, 딱히—”

하루는 고블린을 쳐다봤다.

“그에게 달렸지.”

“우우?”

고블린은 자기를 가리키며 고개를 갸우뚱했다. 잘 모르는 모양이다. 그도 그런가. 안 그래도 말이 통하지 않는데, 주저리주저리 길게 이야기해버렸다.

“너에게 달렸다는데.”

마나토는 몸을 약간 낮추고 고블린과 눈높이를 맞췄다.

“하우….”

고블린은 오른쪽으로 기울어졌던 머리를 다시 왼쪽으로 기울였다.

요리가 마나토 옆에 나란히 서서 허리를 굽혔다.

“너는 어떻게 하고 싶어? 요리는 마나토 의견에 찬성인데. 그보다, 네 의사를 무시하고 말하자면, 요리네가 보호하는 게 좋다고 생각해. 만약 예속에게 들키면, 붙잡혀서 양식장으로 도로 끌려가거나 잡아먹히겠지.”

“…아우.”

“응. 이해하기 힘든 건 알아. 하지만 너는 머리가 좋은 것 같으니 같이 있다 보면 점점 이해할 수 있게 될 거야. 이렇게 눈을 보면 느껴져. 너는 많이 생각하고, 요리가 하는 말을 이해하려고 하고 있어. 그렇지, 너, 그 망토, 마음에 들어?”

요리는 고블린이 걸친 하루의 망토를 흘낏 봤을 뿐이었다. 그밖에는 아무런 몸짓도 하지 않았다. 그런데도, 고블린은 망토자락을 꼭 쥐었다. 그리고 긴 옷자락을 걷어 올리려고 하는 것처럼 망토 전체를 들어 올린다. 고블린은 고개를 끄덕였다.

“마아… 토. 맘… 드러.”

“그렇구나.”

요리는 미소짓고 고블린의 머리를 쓰다듬었다. 고블린은 요리의 손을 피하려고도 하지 않고, 한바탕 쓰다듬게 두었다. 싫지는 않은 모양이다. 오히려, 왠지 기분 좋아 보인다고나 할까, 기뻐하는 것처럼 보이기도 했다.

“이름.”

리요가 중얼거렸다.

“그 아이에게 이름이 있다면, 가르쳐줬으면 해.”

“글쎄. 이름이라….”

하루는 팔짱을 꼈다. 본인에게 물어보면 된다. 마나토는 자기 자신을 가리켰다.

“마나토. 마, 나, 토. 마나토!”

“…마아… 토?”

“아아, 그러면 망토랑 똑같아지잖아. 마!”

“마.”

“나!”

“나아.”

“토!”

“…토.”

“그래. 마나토!”

“마나아토.”

“응. 그런 느낌. 그리고—”

“요, 리.”

요리는 자기 턱에 검지를 댔다. 그리고 마나토를 가리키고, "마나토"라고 발음하고, 검지를 원래 위치로 되돌렸다.

"요리."

고블린은 고개를 끄덕였다.

"…요리."

"맞아. 요리."

"나는."

리요는 손으로 가슴을 눌렀다.

"리, 요."

"…리요."

"나는, 하루."

하루가 그렇게 이름을 대자, 고블린은 막힘없이 불렀다.

"하루."

"그렇다. 나는, 하루. 너는?"

"…너."

고블린은 하루를 흉내 낸 것인지, 팔짱을 낀다.

"마나토. 요리. 리요. 하루. …너. 아아… 와다… 후이이… 캇카아…."

"그림갈의 고블린어?"

요리가 작은 목소리로 하루에게 물었다. 하루는 고개를 가로저었다.

"아니. 고블린은 독자적인 언어를 갖고 있었지만, 아무래도 그것과는 다른 것 같다."

"요리는 용치기 스승님에게서 아주 약간 고블린어를 배웠는데,

공통점이 없다는 느낌이 들어. 고블린어에는, 이음(裏音)이라는 특징적인 목 울림 방식이 있어. 가래를 뱉을 때 같은. 들어봐도 그 발음이 전혀 나오지 않아.”

“아아크.”

고블린이 자기를 가리키며, 혀를 치치칫, 하고 울리면서, 얼굴 앞에서 두 손을 몇 번인가 교차시켰다.

“챠아. 이아. 나아. 바아. 보오.”

“오오.”

마나토가 두세 번 끄덕여주자, 고블린은 양손의 손가락으로 자기 얼굴을 만졌다.

“타아, 타아. 와다아. 후이이.”

“그런가.”

“봇페에. 바아. 보오.”

“그렇구나.”

“알아듣는 거야?”

요리가 눈을 크게 떴다.

“이 아이, 뭐라고 하는 거야?”

“아니, 몰라.”

“완전히 알아듣는 것 같았잖아….”

“왠지 그냥. 이름이라는 것은 없지 않을까? 호칭 같은 것밖에 없는 것 같은, 그런 느낌. 그렇지?”

마나토가 묻자, 고블린은 크게 고개를 끄덕여 보였다.

“타아, 타아.”

“타타!”

마나토는 고블린의 어깨에 손을 올렸다. 고블린은 약간 놀란 것 같았지만, 마나토의 손을 치우려고는 하지 않았다.

"…타타아?"

"응. 타타. 마나토, 요리, 리요, 하루, 그리고 너는, 타타."

"너… 타타."

"타타!"

"타타."

고블린은 사기 자신을 가리키며 반복해서 말했다.

"타타."

"이걸로 하자. 타타!"

"이거…자. 타타!"

"타타, 동료. 모두, 타타의 동료. 마나토도, 요리도, 리요도, 하루도, 타타의 동료야. 모두 동료!"

"동료오. 마나토. 요리. 리요. 하루. 타타. 동료. 모두."

"동료!"

마나토가 오른손 검지를 세우자, 고블린, 아니, 타타도 곧바로 같은 동작을 했다. 안 되겠다. 더는 참을 수 없어. 마나토는 타타를 와락 끌어안았다.

"타타! 도와줘서 고마워! 혼자서 여기까지 와줘서 고마워! 잘됐다. 진짜 잘됐다. 동료야, 타타!"

"…후오… 우오…."

타타는 온몸이 경직되어 신음했다. 놔주는 게 좋을까? 마나토가 그렇게 생각했던 순간이었다. 타타는 두 팔을 마나토의 등에 돌렸다. 마주 안아준 것이다.

"하핫! 타타!"

마나토는 웃으며 타타를 들어 올렸다. 그대로 빙글빙글 돌았다.

일단, 타타가 싫어하면 바로 그만둘 생각이었다.

"오옷, 워웃."

하지만 웃고 있는 거, 라고 생각한다.

"더? 더 돌까?!"

"와아우, 호앗."

"아직? 더?!"

"후우웃."

"…그쯤 하지?"

요리가 말했다.

"어?! 왜?!"

"눈이 돌잖아."

"괜찮아! 전혀 안 돌아!"

"마나토는 괜찮아도…."

"아웃, 오홋, 게엣, 우웨엑…."

"타타?! 왜 그래?!"

"그러니까 말한 건데…."

다무로로 가기로 결정하고, 타타를 어떻게 해야 할지—라는 문제가 부상했다. 타타 입장에서 보면, 모처럼 양식장에서 탈출해서 구 오르타나, 방주까지 도망온 것이다. 양식장이 있는 다무로에 가고 싶을까? 두 번 다시 돌아가고 싶지 않다, 가까이 가고 싶지도 않다, 라고 생각한다고 해도 이상할 것 없다.

혼자 남아 방주를 지키게 하자는 제안도 나왔으나, 타타는 일행에게서, 특히 마나토에게서 떨어지려고 하지 않았다. 손짓 발짓으로 다무로에 가는 것을 설명하자, 이해해준 것인지 아닌지는 불명이지만, 고개를 끄덕여 보였다.

하긴, 도중에 타타가 불안해하거나 되돌아가려고 하면, 그때 가서 어떻게 할지 생각하면 된다. 망토가 너무 길어서 조금 움직이기 힘들 것 같아서, 목 주위에 감는 것처럼 해서 임시로 길이를 조절했다. 나중에 하루가 길이를 짧게 해주겠다고 한다.

타타는 몸집이 작지만, 다리가 튼튼해서, 일행이 딱히 천천히 걷지 않아도 태연하게 쫓아왔다. 이야기하는 동안에 점점 단어를 외워서, 마나토의 질문에 대답하는 것뿐만이 아니라, 타타 쪽에서도 이것저것 질문하게 되었다. 자주, 후샤샷, 하고 웃고, 얼굴을 찡그리고 휘휘, 하고 불만을 표시하는 일도 있다. 아무래도 "타아"는, 나, 라는 의미 같은데, 타타는, 타아, 타아, 에서 발상한 것이기 때문에, 나, 나 자신, 그런 뜻이 되어버린다. 마나토는 즉흥적으로 이름을 지어버렸지만, 괜찮은걸까? 타타가 납득한 것 같으니 괜찮은가?

"분명, 추측일 뿐이지만."

마나토와 타타가 대화하는 것을 보고 있던 하루가 이런 말을 했다.

"우리가 양식장에서 목격한 상황은 어디까지나 한 측면일 뿐이겠지. 그토록 가혹한 환경 속에서도, 고블린들은 그저 오로지 괴로워하고, 절망하고 있기만 한 것이 아니야. 서로 소통을 하고, 있는 힘껏, 할 수 있는 한에서 생활을 영유하고 있다. 그런 장소에서 기쁨을 찾아내기도 하고, 희망을 품기도 할 수 있을 리가 없다… 그렇게 단정 짓는 것은 오류이고, 결국, 그들을 얕보는 것이겠지."

"확실히 그래."

요리가 동의했다.

"타타는 머리가 좋으니까 걸출한 슈퍼 고블린이라고 생각하고 싶지만, 그건 아닐 테고. 역시, 고블린들을 한 명이라도 더 많이, 밖으로 풀어줘야 해."

"타타는 우리가 하려는 일을 이해하고 있는 건지도 몰라."

리요가 낮은 목소리로 말했다.

"그리고 자기도 힘이 되고 싶다고 생각했다. 그러니까, 따라왔다."

이윽고 멀리에서 폭발음 같은 것이 들리게 되었다.

잠시 후면 다무로 구시가다. 앞길에 방벽의 잔해가 보인다. 하루가 중얼거렸다.

"타다 씨—타이다리엘인가….."

"궁금했는데."

요리가 발을 멈추고 물었다.

"하루히로에게 있어서 그 성자는 타이다리엘이야? 아니면, 옛날에 아는 사이였던 타다라는 사람이야?"

"그것은—"

하루는 가면을 벗으면 입이 있을 부위를 손으로 누르며 할 말을 잃은 것 같았다.

타타가 빤히 하루를 보고 있다. 종종걸음으로 하루에게 다가가 망토 자락을 잡는다.

하루는 그것을 깨닫더니, 타타의 머리를 가만히 쓰다듬어주었다.

"걱정해주는 건가? 착하네, 타타. 그래도, 너에 비하면, 내 낭실임이나 고민 같은 건 하찮아. 그저 나아갈 기력을 잃고 멈춰 서 있던 것뿐이다. 생각하는 것도 힘겨워서, 고민하는 일로부터 눈을 피했었다. 아마 망설임이라고조차 말할 수 없어."

"하루… 괜찮아?"

"응. 괜찮아."

하루가 다시 한번 머리를 쓰다듬어주자, 타타는, 후샷, 하고 짧게 웃었다.

"조금 전 질문에 대한 대답인데."

하루는 요리에게로 몸을 돌렸다.

"나에게 있어서는, 루미아리스를 섬기는 난진(亂震)의 성자 타이다리엘이 되어버렸어도, 타다 씨는 타다 씨다. 귀의자건, 예속이건, 루미아리스나 스컬헬을 믿었다고 해도, 몸도 마음도 다 바쳐 그런 상태가 되는 것을 바랐었다고는 생각할 수 없어. 신이라 불리는 압도적인 힘을 지닌 존재가, 그들을 강제적으로 복종시킨 거다."

"결국 하루히로는, 저대로 둬도 된다고는 생각하지 않는다는 거네.”

“그렇군. 요리, 네 말이 맞다. 솔직히, 조금도 그렇게 생각하지 않아. 타다 씨는 별난 사람이었으나, 자기 마음이나, 소중하게 여기는 것에 대해 충실하고, 그 점에 있어서 흔들리는 일은 결코 없었다. 소신을 굽힐 것인가, 목숨을 버릴 것인가. 그런 두 가지 중 하나를 선택해야 한다면, 주저 없이 후자를 선택한다. 그런 사람이었다. 타다 씨뿐만이 아니야. 존경하는 선배… 전우들이, 몇 명이나… 신에 의해, 운명이 일그러졌다.”

“원래대로 되돌릴 수는 없어?”

마나토가 묻자, 하루는 고개를 가로저어 보였다.

“몰라. 하지만… 예를 들어 귀의자라면, 육망광핵을 제거하지 않으면, 신의 지배에서 해방되는 일은 없겠지. 그리고 육망광핵은 뇌처럼 생명 활동을 관장하는 장소에 자리잡는다. 그것을 제거하고 생존을 유지할 수 있는 건가? 아무리 희망적으로 말해도, 매우 어렵다.”

“으음….”

마나토는 하루의 이야기를 머릿속에서 정리해봤다. 아니, 정리할 것까지도 없다. 하루의 말은 조금 돌려 말하는 것이긴 했지만, 아주 힘들다는 정도도 아니었다. 결론을 분명하게 입 밖에 내는 것은 꺼려진다.

그렇게 된 건가.

하루는 멈춰 서버렸고, 고민하는 것도 망설이는 것도 그만뒀다. 마나토도 하루 입장이라면, 마찬가지였을지도 모른다. 왜냐하면, 너무나 지독한 이야기다.

"죽음으로밖에는, 신에게서 벗어날 수 없다."

요리는 그렇게 말하더니, 한숨이라기에는 너무 강한 느낌으로 숨을 뱉어냈다.

"그들을 구하려면, 죽이는 수밖에 없다. 하루히로의 전우였다는 건, 당연히 증조할머니와도 연결고리가 있었다. 그렇지?"

"루온의—"

하루는 고개를 숙이고, 머리를 떠는 것처럼 고개를 끄덕였다.

"너희의 할아버지가 태어났을 때, 다 함께 축하했다. 모두 하나같이, 진심으로 기뻐하고… 그날 일은 생생하게 떠올릴 수 있어."

"증조할머니는 새벽촌이라는 곳에 있었지?"

"그래. 루온은 새벽촌에서 태어났다."

"새벽촌에서 무슨 일인가가 일어났고, 증조할머니는 할아버지를 데리고 도망쳤다. 하지만 그때 일은 가르쳐주지 않았어. 요리에게는 뭐든지 다 이야기해줬었는데, 새벽촌을 떠나 배를 타고 그림갈에서 벗어날 때까지 사이에 있었던 사건은, 도저히 떠올리고 싶지 않은 것 같았어."

"…새벽촌에는, 젖먹이를 데리고 있는 유메를 지키기 위해 동료가 몇 명 남아 있었다. 전원 여성이었는데… 그중에는 루미아리스를 믿는 자와, 스컬헬을 섬기는 자도 있었으니까."

"그들은, 서로 죽인 거야?"

"분명. 유메와 루온이 휘말리지 않았던 것은 기적이다. 단, 운이 좋았던 것뿐만은 아니겠지. 누군가가 두 사람을 목숨 걸고 도망치게 해준 것이 틀림없어. 새벽촌에서 태어난 새로운 생명. 루온은 우리의 희망이었다."

"그러니까, 증조할머니는, 무슨 일이 있어도 살아남아서 할아버지를 지켜내야만 했었다."

"아라바키아 왕국력 720년 1월 1일."

리요가 책이라도 읽는 것처럼 말했다.

"일족과 컴퍼니의 공동사업으로서 천룡 산맥 남으로 진출을 개시. 같은 해 3월 7일, 컴퍼니가 아라바키아 왕국 잔당과의 접촉에 성공한 것을 계기로 사업이 본격화. 해당 토지에는 17의 수신족(獸神族)이 뿌리내리고 있었고, 사자신족의 왕 오부두가 그 우두머리였다. 우리 조부 루온은, 722년 9월 9일, 오부두에게 결투를 신청, 패배. 큰 부상을 당하고, 그 상처는 끝내 완치되지 못하고, 724년 2월 23일, 증조할머니와 모두가 지켜보는 가운데 생을 마감했다."

리요의 말투는 어디까지나 담담했다.

"조부가 돌아가셨을 때, 증조할머니는 눈물은 한 방울도 흘리지 않았다고 했다. 조부는 본인이 살고 싶은 대로 살았다. 자신이 해야 할 일이라고 믿는 것만을 오로지 관철했고, 조금도 후회하지 않았다고. 그러니까 증조할머니도 슬퍼하지는 않았다고."

그래도, 아주 약간 내리깐 리요의 두 눈은 물기를 띠고 빛나고 있었다.

"왜 조부는, 키가 4미터도 넘는 괴물 같은 오부두와, 하필이면 1대 1로 결판을 내려고 했던 걸까? 아무래도 너무 무모하지 않나? 라고 어린 마음에도 나는 생각했고, 증조할머니께 그렇게 물어봤습니다. 증조할머니의 대답은, 분명히 그것이 제일 희생을 적게 하고, 또한 신속하게 싸움을 끝내는 방법이었으니까. 오부두를 죽일 필요조차 없다. 그저 정정당당히 쓰러뜨리고, 그를 대신해 조부가 17수

신족의 두령, 왕이 되면, 싸움을 끝낼 수가 있다. 조부는 그 가능성에 걸었다. 한시라도 빨리 천룡 산맥 이남의 땅을 평정하고 그림갈로 가고 싶었으니까. 태어난 고향에. 무엇보다, 증조할머니를 그림갈에 모시고 가고 싶었다. 하지만—"

리요의 목소리가 흔들리고, 흐트러졌다. 한순간이었다.

한번 숨을 쉬더니, 리요는 또 굴곡 없는 목소리로 이야기를 계속했다.

"조부는 그 승부에 져서 소원을 이루지 못했다. 오부두가 간신히 제압된 것은, 조부의 죽음으로부터 15년 후인 739년 3월 17일. 조부를 제외하고 오부두에게 1 대 1 결투를 청한 자는 한 명도 없었다. 마지막에는 수백 명의 정예부대가 오부두를 포위하고, 한참을 괴롭히다가 죽였다. 그건 너무 처참했다고 증조할머니가 말씀하셨다. 그로부터 23년. 요리와 내가 드디어 그림갈에. 사실은, 증조할머니를 모시고 오고 싶었다. 가능하면 조부도 함께."

"…리요. 무슨 이야기?"

요리가 영문을 모르겠다는 듯이 얼굴을 찡그리자, 리요는 고개를 숙였다.

"미안해."

"나는—"

하루는 오른손을 들어 손가락을 폈다가, 천천히 주먹을 쥐었다.

"신이 밉다. 모두를 구하고 싶다. 하지만 무리다. 그 사람들을… 이 손으로, 그 사람들의 숨통을 끊다니."

"무리가 아니야."

요리의 입가가 살짝 풀어졌다. 눈은 전혀 웃고 있지 않았다. 다무로를 둘러싼 방벽의 잔해를 노려보고 있다.

"요리와 리요가 있어. 전혀 무리 아니야. 요리네는, 양식장을 박살내고 고블린을 해방시킬 거고, 할아버지의 탄생을 축복해준 사람들을, 신의 종복 따위가 아니라, 인간으로서 제대로 이 세상에서 보내준다."

"하루!"

마나토는 하루를 향하여 오른손을 치켜들었다.

"거들게! 지금까지는 늘 도움받기만 했지만, 머지않아 도울 수 있게끔 될 테니까!"

"…아니."

하루는 마나토의 오른손에 자기 오른손을 맞댔다.

"마나토에게는 이미 도움받고 있어. 너와 만나고 나서부터는, 마치 오랫동안 멈춰 있던 시간이 움직이기 시작한 것 같다."

"호잇!"

타타가 마나토를 흉내 내서, 오른손을 꽉 쥐고 치켜들었다. 하루는 타타의 주먹에도 자기 주먹을 가볍게 댔다.

"그렇다, 타타. 너도 동료다. 옛날의 나에게도 동료가 있었다. 잊고 있던 것이 아니야. 잊을 수 있을 리가 없으니까, 적어도 떠올리지 않으려고 했었다. 나는, 나 자신이 해야 할 일로부터 도망치기만 했던 거다―."

양식장에서 고블린들을 풀어준다. 게다가 하루의 전우였던 귀의자와 예속들을, 신의 지배로부터 해방시킨다. 할 일이 늘어나자 마나토는 기운이 났다. 할 수 있을지 어떨지는 잘 모르지만, 가야 할 길이 있다면 우선 가본다. 혼자였다면 그런 마음은 들지 않았을지

도 모르지만, 하루가 있고, 요리와 리요가 있고, 타타도 있는 것이
다.

마나토 일행은 벽의 잔해를 넘어 다무로 구시가를 걸어갔다. 타
타가 있던 양식장은 완전히 파괴되고, 파헤쳐진 구덩이도 파편으로
반쯤 덮여 있었다. 고블린의 모습은 없었다. 고블린의 시체조차 보
이지 않았던 것은 솔직히 좀 의외였다. 타타는 당연히 나름대로 생
각하는 바가 있겠지만, 양식장 터를 말없이 한동안 바라볼 뿐, 아무
말도 하지 않았고, 뭔가 하려고도 하지 않았다.

폭발음 같은 소리는, 서쪽으로, 신시가 방향으로 걸음을 옮길수
록 커졌다. 타이다리엘 즉, 타다가 날뛰고 있는 것이다. 거의 일정
한 리듬으로, 그 거대한 망치 같은 두 팔을 뭔가 단단한 것에 부딪
치고 있는 모양이다.

"E'Lumiaris, Oss'lumi, Edemm'lumi, E'Lumiaris, —."

이윽고 귀의자들의 노랫소리도 들려왔다.

"Lumi na oss'desiz, Lumi na oss'redez, Lumi eua shen qu'
aix, —."

폭발음과 노랫소리가 뒤섞이니 하나의 음악처럼 들리기도 했다.

"Lumi na qu'aix, E'Lumiaris, Enshen lumi, Miras lumi, —."

노랫소리도, 폭발음도, 상당히 크다. 꽤 가까이 와 있는 것이다.

"Lumi na parri, E'Lumiaris, Me'lumi, E'lumiaris, —."

이 부근은 나무들과 폐허로 가로막혀 시야가 꽤 좁다. 단, 풀들
이 짓밟혀 누워 있거나, 덤불 숲의 가지가 부러져 있다거나 한 걸
보니, 아주 최근에 여기를 지나간 자들이 있었다는 것은 틀림없다.
귀의자들이 걸어간 흔적이겠지.

갑자기 시야가 트였다. 그 앞에는, 돌이 아닌 건가? 녹색 벽이 막아섰다. 벽은 좌우로 끝없이 이어져 있다. 아니, 왼쪽 벽은 일부가 뚫려 있었다. 타이다리엘의 짓일까? 분명 그럴 것이다.

"E'Lumiaris, Oss'lumi, Edemm'lumi, E'Lumiaris, —."

예의 노랫소리와 폭발음도, 그쪽 방향, 왼쪽에서부터 들려오는 것 같은 느낌이 든다.

"Lumi na oss'desiz, Lumi na oss'redez, Lumi eua shen qu'aix, —."

"가볼 거야?"

요리가 물었다. 하루는 대답하지 않는다. 망설이는 것 같다.

"위험할 것 같으면, 바로 도망가면 돼."

마나토가 말하자, 타타가 폴짝 뛰었다.

"위허엄, 바 도마앙, 돼애!"

"…알겠다."

하루는 고개를 끄덕였다.

"내가 먼저 간다. 요리, 마나토, 타타, 리요 순으로 따라오는 거다. 모두 주변에 주의를 기울여줘."

"오케이."

"응! 타타, 뒤야."

"아잇."

"네."

하루가 녹색 벽을 향해 걷기 시작했다. 요리는 거의 하루에게 바짝 붙어 있다.

마나토는 타타의 얼굴을 봤다. 타타는 딱히 긴장하는 기색도 없다. 마나토 쪽이 더 흥분하고 있다. 타타는 호기심이 왕성해 보이는 데, 그보다 배짱도 두둑한 것이다.

"가자."

마나토가 말하자, 타타는 "아잇" 이라고 짧게 대답했다. 쳐지면 안 된다. 마나토는 서둘러 요리를 쫓아갔다. 타타가 따라오고 있다. 물론, 리요도.

하루는 녹색 벽을 등지고 왼쪽 방향으로 가는 모양이다. 이 벽은 어째서 이런 색일까? 만져본 느낌으로는, 이끼와 비슷하다. 벽 자체는 딱딱하지만 역시 돌로 쌓은 것은 아닌 것 같다. 흙을 어떻게 해서 굳힌 것 같은 벽에, 이끼가 빽빽하게 낀 건가?

마나토는 벽 위와 구시가 쪽으로도 눈길을 주면서 요리를 따라 갔다.

"Lumi na qu'aix, E'Lumiaris, Enshen lumi, Miras lumi, ―."

폭발음은 여전히 거의 일정한 간격으로 울려 퍼진다. 노랫소리 는, 잘 들어보면, 약간 커지기도 하고 작아지기도 했다.

"Lumi na parri, E'Lumiaris, Me'lumi, E'lumiaris, ―."

예를 들면, 백 명의 귀의자들이 합창하고 있다고 치면, 전원이 계 속 목소리를 하나로 모아 노래하는 것이 아니라, 그중 몇 명인가 몇 십 명은 노래하기도 하고 노래하지 않기도 한다. 그런 느낌이랄까.

"E"Lumiaris, Oss'lumi, Edemm'lumi, E'Lumiaris, ―."

귀의자들은 흩어져 있는 건지도 모른다. 아마도, 타이다리엘 근 처에는 있겠지만, 인원수도 나름대로 많을 테니, 모두 한군데 모여 있는 것은 아니고, 어느 정도 분산되어 있겠지.

"Lumi na oss'desiz, Lumi na oss'redez, Lumi eua shen qu'

aix, ―.”

어쩌면, 귀의자들은 다무로 신시가에 눌러앉았다는 예속들과 싸우고 있는 건지도 모른다. 싸우면서, 노래하는 건가?

하루가 멈췄다.

이 앞은 벽이 파괴되어 있다. 벽 위에도, 구시가 측에도, 특별한 곳은 없다. 이 일대에는 귀의자도 예속도 없는 모양이다. 마나토 일행밖에 없다.

하루가 다시금 이동하기 시작했다. 요리 다음으로 마나토도 무너진 벽 너머로 발을 들였다.

천장이 없는 갓 파헤친 터널이나 커다란 동굴 같다. 벽 너머의 건물도 기본적으로는 벽과 같은 재질로 만든 모양이다. 게다가 빈틈없이 건물들이 난입해 있다. 타이다리엘은, 그 건물들을 모조리 부수며 돌진하고 있는 것이다. 귀의자들은, 타이다리엘이 개척했다고나 할까, 때려부숴서 만들어낸 길로 행진하고 있는 것이겠지.

“엉망진창….”

요리가 말했다.

“타다 씨니까.”

하루는 그렇게 대답하더니, 왼손을 들고 일행을 일단 정지시켰다. 뭔가 마음에 걸리는 일이라도 있는 걸까?

“Lumi na qu’aix, E’Lumiaris, Enshen lumi, Miras lumi, ―.”

한참 앞쪽에서 흙먼지가 피어올라 있다. 폭발음, 아니, 파괴음은 멈추는 일이 없다. 분명 저 흙먼지 속에 타이다리엘이 있다. 건물을 계속 부수고 있다.

“Lumi na parri, E’Lumiaris, Me’lumi, E’lumiaris, ―.”

하루가 올렸던 오른손을 앞쪽으로 흔들어 보이더니 걷기 시작했다. 요리가, 마나토와 타타가, 리요가 그 뒤를 따랐다.

"E'Lumiaris, Oss'lumi, Edemm'lumi, E'Lumiaris, —."

"Lumi na oss'desiz, Lumi na oss'redez, Lumi eua shen qu'aix, —."

"Lumi na qu'aix, E'Lumiaris, Enshen lumi, Miras lumi, —."

"Lumi na parri, E'Lumiaris, Me'lumi, E'lumiaris, —."

파괴음이, 노랫소리가, 점점 커진다. 진동도 느껴진다. 타이다리엘의 어마어마하게 큰 망치 같은 두 팔로 때려 부수고, 깎아내어, 흙벽의 커다란, 혹은 그렇게 크지도 않은 파편들이 굴러다니고, 평평하지는 않아도 그리 힘들지 않게 걸어갈 수 있을 정도의 상태는 되었던 지면이, 파괴음에 맞춰 진동하고 있다. 그뿐만이 아니다. 흙먼지 섞인 바람이 불어온다. 마나토는 눈을 가늘게 떴다. 기침이 나올 것 같아서 팔로 입을 막았다.

"E'Lumiaris, Oss'lumi, Edemm'lumi, E'Lumiaris, —."

"Lumi na oss'desiz, Lumi na oss'redez, Lumi eua shen qu'aix, —."

"Lumi na qu'aix, E'Lumiaris, Enshen lumi, Miras lumi, —."

"Lumi na parri, E'Lumiaris, Me'lumi, E'lumiaris, —."

흙먼지 탓에 뿌옇다. 하루가 또 왼손을 들고 발을 멈췄다.

"히하아하아아아아앗…!"

뚜렷하게 들린 것은 아니다. 그래도, 들렸다. 웃음소리인가? 타이다리엘일까?

"흡—"

마나토는 숨을 삼켰다. 타이다리엘의 것으로 여겨지는 웃음소리
를 듣고 놀란 것이 아니다. 이 앞에 타이다리엘이 있다. 그것은 알
고 있다. 각오는 되어 있었다. 그래서, 그게 아니라, 갑자기 뒤에서
누군가가 마나토의 왼쪽 어깨를 움켜잡은 것이다.

타타일까? 마나토 바로 뒤에 있는 것은 타타다. 돌아보니, 타타
가 아니었다. 리요다. 리요가 오른손을 뻗어, 타타 너머로 마나토의
왼쪽 어깨를 잡고 있었다. 리요는 마나토 쪽을 보고 있지 않았다.
왔던 방향으로 얼굴을 향하고 있다.

마나토도 그쪽으로 시선을 옮겼다. 전방보다는 흙먼지가 약하다.
덕분에 똑똑히 보였다. 그것이 어떤 형태를 하고 있는지는 확연히
알았다.

작지는 않다. 마나토 일행 중에서 제일 키가 큰 리요보다도, 훨씬
높다. 키가 크다, 라고 말해도 되는 걸까? 어떨까? 그것은 생물인
가? 색은 거무튀튀하다. 나뭇잎이 떨어진 나무 같기도 하다. 그저
고목나무가 아니다. 과연 한 그루의 나무인가? 마치, 몇 그루나 되
는 나무들이 성장하면서 모이고, 서로 얽히고, 그대로 말라비틀어
진 것 같다. 드물게 그런 나무를 숲 안쪽에서 본 적이 있다. 말하자
면, 나무 도깨비 같은. 좀 기분이 나쁘다. 나무 도깨비는, 어디에서
부터 걸어온 것일까? 이동해온 것은 틀림없다. 왜냐하면, 마나토
일행은 지금 그것이 있는 장소를 지나온 것이다. 방금 전까지, 그것
은 거기에는 없었다.

당연히 그것은 나무 도깨비 같은 것이 아니다. 마나토도 그 사실
은 이해했다. 하지만 그렇다면 도대체 뭔가?

팔, 일까? 거무튀튀한 팔. 엄청난 수의 팔. 어째서 마나토가 그렇

게 생각했냐 하면, 손이, 다섯 손가락이 갖춰진 손 같은 것이, 그 팔 끝에 붙어 있었기 때문이다. 거무튀튀한 팔들 전부에 손이 붙어 있는 것이 보인다. 거무튀튀한 팔, 셀 수 없이 많은 팔들의 집합체. 하지만 딱 한군데가 팔이 아니었다. 한가운데보다 위쪽에, 거무튀튀한 팔들에 둘러싸여, 그 사이에서부터, 뭔가 하얀 것이 엿보고 있다.

"얼굴…?"

마나도는 중얼거렸다. 얼굴. 얼굴이다. 사람 얼굴. 게슴츠레 눈을 뜨고 있다. 아마도, 여자다. 거무튀튀한 팔의 집합체. 얼굴이 있다. 저것은 뭐지?

"꼬마…."

하루의 목소리가 들렸다. 그를 보니, 하루도 뒤를 돌아보고 있었다. 꼬마. 꼬마?

"귀신(鬼神)이다. 왜 이런 곳에…."

"귀신이라니—"

요리는 하루에게 뭔가 물어보려고 한 것인지도 모른다. 그러나, 도중에 멈추고, 붉은 검을 뽑으려고 했다.

"치워, 상대가 너무 안 좋아!"

곧바로 하루가 요리를 말렸다.

"참회의 체그브레테, 그녀는 말하자면, 다무로의 영주다…!"

귀신. 영주. 보스라는 건가? 다무로에 눌러앉은 예속들의. 난진의 성자 타이다리엘은 광명신 루미아리스를 섬기는 귀의자들의 상관이겠지. 참회의 체그브레테는, 암흑신 스컬헬 쪽에서는 성자 타이다리엘 같은 것인가?

"E'Lumiaris, Oss'lumi, Edemm'lumi, E'Lumiaris, ―."
"Lumi na oss'desiz, Lumi na oss'redez, Lumi eua shen qu'aix, ―."
"Lumi na qu'aix, E'Lumiaris, Enshen lumi, Miras lumi, ―."
"Lumi na parri, E'Lumiaris, Me'lumi, E'lumiaris, ―."
노랫소리가, 파괴음이 울려 퍼지고 있다.

귀신의 팔이, 라기보다 손이, 무수하다고 말하고 싶어질 정도로 많은 손이, 그 손가락이, 구부러지기도 하고 늘어나기도 하기 시작했다.

어쨌든 크다. 위험해 보인다. 분명, 절대로, 위험하다. 그런데도 마나토는 공포를 느끼지 않았다. 무섭지 않으니까 즐겁지도 않다. 이상한 표현인지도 모르지만, 진짜라는 생각이 도저히 들지 않는 것이다. 귀신, 참회의 체그브레테인지 뭔지는, 정말로 거기에 있는 것일까?

"꼬마라고 했어."

요리는 붉은 검의 칼자루를 쥔 채로 놓으려고 하지 않는다.

"증조할머니한테서 들은 적이 있어. 꼬마라고 불렸던 사람이 있다고. 하지만 그 사람은 신관이었지 않아?"

"…그렇다. 그녀는 신관이었다. 내 눈앞에서, 그녀는, 자기 동료를… 아마도 그녀가 누구보다도 믿고 사랑했음이 틀림없는 남자를 ―렌지를…."

그때였다.

어쩌면, 하루가, 렌지, 라는 이름을 입에 올린 일과 무슨 관계가 있는 걸까? 귀신의 얼굴, 그 게슴츠레 뜬 두 눈에, 검은 액체가 고

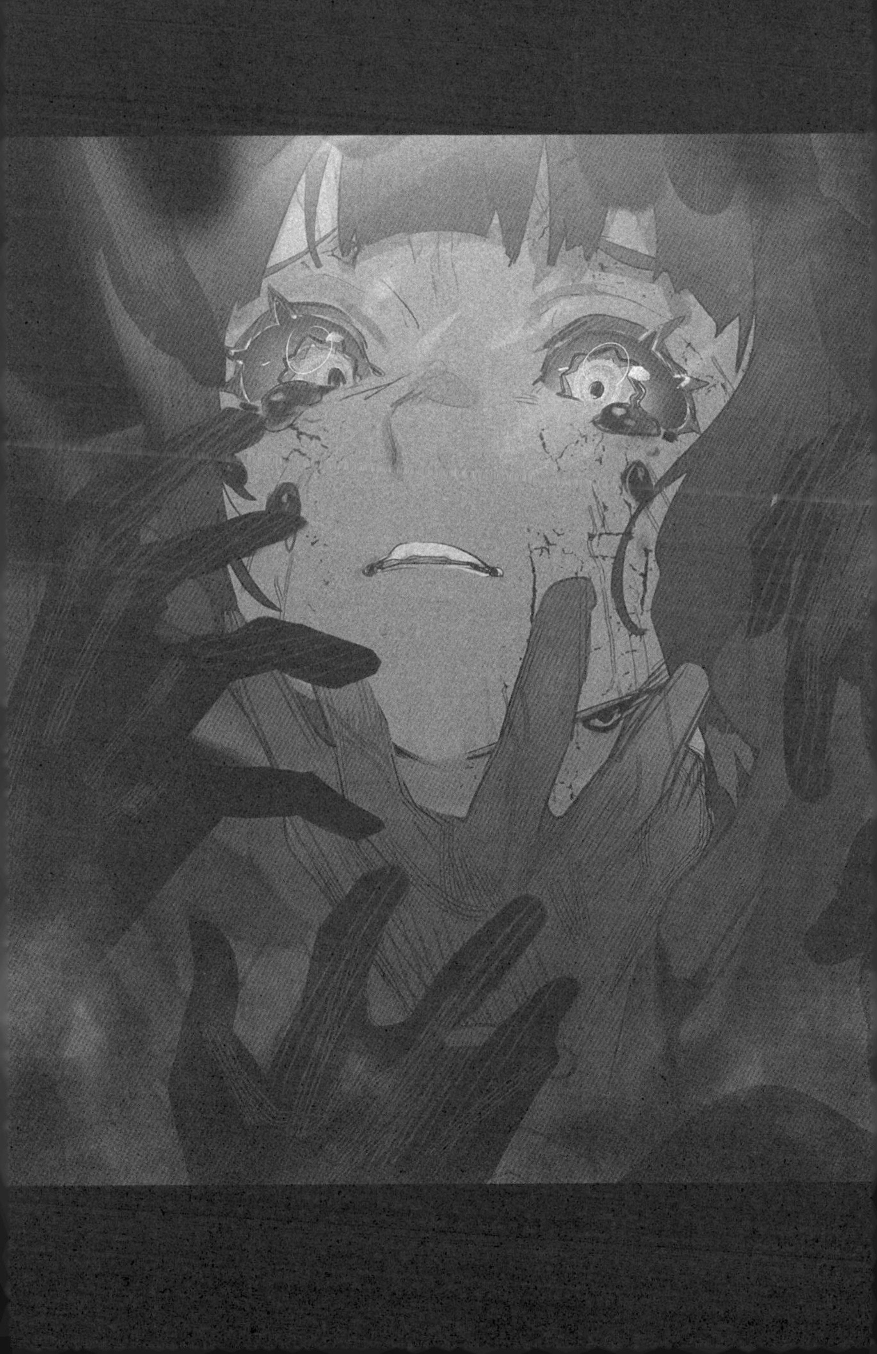

였다. 눈물인가? 검은 눈물이 흰 뺨을 타고 떨어진다. 그녀는 울고 있었다.

그러자마자 마나토는 몸을 떨었다.

그녀는 거기에 있다. 귀신. 과거에는 꼬마라는 이름이었고, 하루의 전우였다. 신관이었으며, 분명 루미아리스의 귀의자가 되었을 텐데, 어째서인지 지금은 스컬헬을 따르고 있다.

참회의 체그브레테.

아아, 검은 팔, 손, 팔, 팔, 팔, 팔을 꿈틀거리며, 그녀는 앞으로 걸어온다.

검은 눈물을 흘리면서, 다가온다.

작가 후기

　그러고 보니, 이「재와 환상의 그림갈」을 쓰기 시작한 것은 언제였더라? 문득 생각하고 파일을 찾아봤는데, 1권 초고의 타임스탬프가 2013/03/29로. 그런가, 벌써 11년이나 되었구나—하고, 그 당시를 어제 일처럼 떠올렸다고 말하고 싶지만, 구체적인 에피소드는 거의 기억나지 않습니다.

　무엇보다, 최초로 책을 낸 것은—거슬러 올라가 봤더니, 카도카와 스니커 문고인「장미의 마리아」가 헤이세이(주6) 16년이니까, 2004년 12월 1일 발행이었습니다.

　어라, 잠깐만.

　20년 지났다고?

　말도 안 돼.

　20년이라니.

　그때 태어난 인간이 스무 살이 되어버렸잖아.

　뭐랄까, 충격을 받은 건 아니지만, 이상한 느낌입니다. 20년이라니. 설마. 20년이 지나도,「장미의 마리아」와 다름없지는 않습니다만, 틀림없이 그 연장선상에 있는 이「재와 환상의 그림갈」같은 소설을 쓰고 있을 거라고는 상상하지 못했을 거라고 생각하거든요. 아니, 뭐, 딱히 아무것도 상상하지 않았던 것 같은 느낌도 들지만

주6) 헤이세이: 平成. 일본의 연호. 1989년 1월 8일부터 2019년 4월 30일을 의미함.

말입니다. 저는 똑같은 일을 계속하는 것이 고역이라서, 일단, 매번 조금이라도 다른 일을 하고 싶다. 지금까지 썼던 적 없는 것을 쓰고 싶다는 마음은 있습니다.

글쎄요. 그 무렵의 저와 지금의 저. 변했을까요? 전혀 변하지 않지는 않았을 거라고 생각하지만 큰 차이는 없지 않을까? 라는 생각도 듭니다. 별로 어느 쪽이든 상관없나? 라는 기분도 들기 시작했습니다.

그림갈. 새로운 전개입니다. 이제부터 어떻게 될까요? 다소는, 뭐랄까, 이야기의 핵 같은 것은 있지만, 디테일은 저도 아직 모릅니다. 이왕 이렇게 되었으니, 담당 편집자님과 시라이 씨와도 의견을 교환하면서 써나가려고 합니다.

아무쪼록 앞으로도, 가능하면 오래오래 잘 부탁드립니다, 라는 바람이며, 담당 편집자이신 카와구치 씨와 시라이 에이리 씨, KO-MEWORKS의 디자이너님, 그 외 이 작품의 제작과 판매에 관여하신 분들, 그리고 지금 종이책이든 전자서적이든, 이 작품을 읽어주시는 여러분께 진심 어린 감사와 가슴 가득한 사랑을 담아, 오늘은 이만 펜을 놓겠습니다. 되도록 올해 안에 또 만나 뵐 수 있다면 기쁘겠습니다.

주몬지 아오

재와 환상의 그림갈 level. 21
빛과 어둠을 찢어발기고 가라

2026년 4월 15일 초판 인쇄
2026년 4월 30일 초판 발행

저자 · AO JYUMONJI
일러스트 · EIRI SHIRAI
역자 · 이형진
발행인 · 황민호
전략콘텐츠사업본부장 · 박정훈
책임편집 · 김선림
편집기획 · 최경민 윤혜림
마케팅 · 이승아
국제업무 · 이주은 서유림
제작 · 최택순 성시원
한국판 디자인 · 디자인 우리
발행처 · 대원씨아이(주)

서울특별시 용산구 한강로3가 40-456
편집부 : 02-2071-2104 FAX : 02-794-2105
영업부 : 02-2071-2061 FAX : 02-794-7771
1992년 5월 11일 등록 3-563호

http://www.dwci.co.kr/

灰と幻想のグリムガル 21
© 2024 by AO JYUMONJI
First published in Japan in 2024 by OVERLAP, Inc.
Korean translation rights reserved by DAEWON C. I. INC.
Under the license from OVERLAP, Inc., Tokyo JAPAN

한국어 판권은 대원씨아이(주)의 독점 소유입니다.

이 작품은 OVERLAP 문고와 독점계약한 작품이므로 무단복제할 경우 법의 제재를 받습니다.
잘못 만들어진 책은 구입하신 곳에서 교환해 드립니다.
정가는 표지에 명시되어 있습니다.

ISBN 979-11-423-5278-2 04830
ISBN 979-11-5625-426-3 (세트)